Friedrich Seiler

Gustav Freytag

Friedrich Seiler

Gustav Freytag

ISBN/EAN: 9783744638159

Hergestellt in Europa, USA, Kanada, Australien, Japan

Cover: Foto ©Raphael Reischuk / pixelio.de

Weitere Bücher finden Sie auf **www.hansebooks.com**

Gustav Freytag.

Nach . . . . r K . . . l. Nationalg . . . . zu Berlin.

Gustav Freytag.

Von

Friedrich Seiler.

— Mit 28 Abbildungen. —

Leipzig.

R. Voigtländer's Verlag.

1898.

1206. Biographische Volksbücher 48—55.

Meinen Eltern

gewidmet

in dankbarer Erinnerung

an die Zeit, wo sie dem Knaben die erste
Bekanntschaft des Dichters

vermittelten.

Vorrede.

✤

Für eine umfangreiche, den Anforderungen der Litteratur-
wissenschaft entsprechende Lebensbeschreibung Gustav Freytags
ist die Zeit noch nicht gekommen. Die auf sein Leben be-
züglichen Papiere, Aufzeichnungen und Briefe befinden sich
in Privatbesitz und sind zur Zeit noch unzugänglich; nur von
den Briefen, die er selbst geschrieben hat, sind einige wenige
bekannt geworden. Dennoch schien es angezeigt, dem deutschen
Volke schon jetzt einen Abriß von dem Leben dieses Mannes zu
geben, der ja wie wenige einer seiner Lieblingsschriftsteller geworden ist. Denn bis eine wissenschaftliche Biographie geschrieben werden kann und geschrieben wird, mögen noch Jahre
vergehen, und zu einem einigermaßen abgerundeten und farben-
hellen Bilde reichen schon heute die Mittel aus. Was auf den
folgenden Blättern von dem Leben des Dichters erzählt wird,
ist bis auf den geringfügigsten Zug aus zuverlässigen Quellen
geschöpft. Vielleicht trägt diese kleine Schrift dazu bei, noch
weitere zu eröffnen; eine jede, auch die geringste Mitteilung
wäre dem Verfasser hochwillkommen.

Mit litterarischen Nachweisungen oder sonstigen Anmerkungen habe ich das Büchlein nicht belastet. Einem Volksbuche
steht ein gelehrter Apparat nicht an; es muß vom ersten bis
zum letzten Worte zum Lesen, nicht zum Nachsehen oder Nach-
schlagen bestimmt sein.

Wo das Leben eines Mannes wie Freytag erzählt wird,
da darf auch eine Würdigung seiner Werke nicht fehlen. Es
würde sonst ein Leib ohne Seele werden. Eine solche Würdigung darf aber in einem Volksbuche weder ästhetisch noch psychologisch noch philologisch in allzugroße Tiefen hinabsteigen. Sie
muß so gehalten sein, daß der freundliche Leser, der seinen

Freytag kennt und liebt, ihr mit Vergnügen und ohne Anstrengung folgt und das Buch doch mit dem Bewußtsein aus der
Hand legt, in seinem Verständnis gefördert und in seiner Wertschätzung geklärt und gekräftigt zu sein. Ich habe mich bemüht,
die richtige Mittellinie innezuhalten und, ohne oberflächlich zu
werden, doch möglichst allgemein verständlich zu bleiben. Darum
habe ich mich auch bestrebt, die üblichen ästhetischen Kunst-
ausdrücke und Schlagwörter zu vermeiden, soweit dies dem
Sterblichen, der über Kunstwerke schreibt, vergönnt ist.

Die beigegebenen Bilder, Bildnisse des Dichters und Abbildungen aus der Welt, in der er lebte, werden gewiß will-
kommen sein. Ebenso die Porträts einer Anzahl bekannter
Zeitgenossen, und zwar um so mehr, als diese Persönlichkeiten
hier vielfach in jüngeren Jahren dargestellt sind, aus denen
man heutzutage nur noch selten Bilder von ihnen sieht.

Möge das Büchlein von denen, für die es bestimmt ist, in
dem Sinne aufgenommen werden, in welchem es geschrieben
wurde.

Wernigerode, im Februar 1898.

Friedrich Seiler.

Inhalt.

Verzeichnis der Abbildungen.

I. Familie und Vorfahren.

Neben Fritz Reuter ist Gustav Freytag der volkstümlichste
der deutschen Dichter dieses Jahrhunderts. Es giebt wohl
schwerlich einen Gebildeten deutscher Zunge, der nicht seine
Hauptwerke gelesen hätte, und auch in den weiteren Kreisen des
Volkes wird man ziemlich tief hinuntergehen müssen, bis man
auf eine Schicht stößt, in welcher sein Name gänzlich unbekannt
ist. Wer aber seinen Dichtungen näher tritt, der empfindet wohl
bald den Wunsch, mit dem kräftigen, edlen und feinen Geist,
der aus ihnen spricht, in ein innigeres Verhältnis zu treten,
diejenige Fühlung mit ihm zu gewinnen, die nur aus der
Kenntnis seines äußeren Lebens und seiner inneren Entwick=
lung erwachsen kann. Dies Bedürfnis fühlt man bei Freytag
in besonderem Maße, weil er es versteht, unser Gemüt mit
milder, aber dauernder Wärme zu erfüllen und unser Herz in
freundlicher Teilnahme an seinen Gestalten gefangen zu nehmen.
Er trägt ferner so ausgeprägt den Stempel deutschen Wesens,
daß der deutsche Leser sich zu ihm mit einer Art Naturzwang
hingezogen fühlt, weil er in seinen Gestalten und seiner ganzen
Lebensanschauung unwillkürlich Fleisch von seinem Fleisch und
Geist von seinem Geist verspürt.

Darum ist es kein Zufall, daß gerade Freytag der Gesamt=
ausgabe seiner Werke als Einleitung „Erinnerungen aus seinem
Leben" vorgesetzt hat, und daß er durch das allgemeine Verlangen
sehr bald genötigt wurde, dieselben als besonderes Buch erscheinen

zu lassen. Sie bilden zugleich die reichhaltigste und treueste
Quelle für denjenigen, der sich die Aufgabe gestellt hat, dem
deutschen Volke das Leben dieses Mannes vorzuführen, der in
der zweiten Hälfte unseres Jahrhunderts so hervorragenden
Einfluß auf die gemütliche und geschichtlich-vaterländische Bildung
desselben ausgeübt hat und diesen Einfluß sicher auch noch in
einem Teile des kommenden Jahrhunderts bewahren wird.

Aus den östlichen Grenzprovinzen sind der deutschen Nation
nicht eben viele litterarisch und dichterisch bedeutende Männer
erstanden. Dort waltete durch die Jahrhunderte die rüstige
Kraft hart arbeitender bürgerlicher und bäuerlicher Kolonisten.
Der Kampf mit der herben und kargen Natur, mit den zähen
slawischen Stämmen, der geringe Reiz der ebenen Landschaften
und das rauhe, unfreundliche Klima entwickelten mehr den
nüchternen, auf das Praktische gerichteten Verstand, die Fähigkeit arbeitsvoller Entsagung und die militärische Tüchtigkeit der
Bevölkerung dieser weiten Landstriche als den Sinn für das
schöne Spiel der dichterischen Phantasie und den Wohlklang einer
gehobenen Sprache.

Zu den deutschen Kolonistenfamilien im ehemalig slawischen
Osten gehört auch die, welcher Gustav Freytag entstammte. Ihre
Heimat ist Oberschlesien, und ihr Name enthält unsere altgermanische Frühlings- und Liebesgöttin, die lichte Freya, und
das Wort „Tag“, welches in diesen alten Namenbildungen
„Licht, Glanz“ bedeutet. Der Name ist ein altthüringischer;
darum hat auch Freytag Thüringen stets als die Urheimat
seines Geschlechtes angesehen. Schlesien ist ja vorwiegend von
Kolonisten aus Mitteldeutschland besiedelt worden. Das beweisen die Mundarten, das beweist auch der frische, leichtlebige,
fröhliche Sinn der Schlesier, deren Charakter eine gewisse Ähnlichkeit mit thüringischer Volksart nicht verleugnet.

Die Vorfahren des Dichters lebten als Bauern und Hof-
besitzer in dem Dreieck zwischen den drei Städten Konstadt,
Kreuzburg und Pitschen, in dem nördlichen, an die Provinz
Posen stoßenden Teile Oberschlesiens, einer Gegend, welche im
Gegensatz zu dem kohlen- und eisenreichen Süden auch heute
noch vorwiegend einen ländlichen Charakter trägt. An den großen,
unwegsamen Grenzwald, der sich hier ehemals zwischen Polen
und Schlesien ausdehnte, erinnert noch der Name des Dorfes

Schönwald, wo im letzten Viertel des 16. Jahrhunderts der älteste nachweisbare Vorfahr des Dichters geboren wurde. Das Dorf besaß ehemals zwei Schulzenhöfe oder Scholtiseien, deren einen um 1700 ein Enkel jenes ersten Freytag erheiratete. Die Höfe in jener Gegend waren sogenannte Minorate; sie gingen immer auf den jüngsten Sohn über, die älteren wurden anderweitig versorgt oder wanderten aus. Darum ließ auch der Urgroßvater des Dichters, der Erb- und Gerichtsschulze Johann Simon Freytag zu Schönwald, seinen ältesten Sohn Georg das Gymnasium und später die Universität besuchen. Mit diesem Georg tritt die Familie aus dem Dämmerlichte bäuerlichen Stilllebens heraus in die hellere und bewegtere Atmosphäre der studierten Stände. Sie beginnt mit ihm ihren aufwärtsführenden Lebenslauf, der schon in der zweitfolgenden Generation den Höhepunkt erreichen sollte.

Georg Freytag, der Großvater des Dichters, mußte in seiner Jugend mancherlei erleben, was für die damaligen Zeitverhältnisse äußerst charakteristisch ist. Er besuchte das Gymnasium in Brieg und geriet als Primaner wegen seiner körperlichen Größe in die größte Gefahr, zwangsweise unter das Militär gesteckt zu werden. Die Zeiten des Soldatenkönigs Friedrich Wilhelm I. spukten auch unter dem großen Friedrich noch nach. Die Garnisonkommandanten durften sich „im Interesse des Dienstes" Eingriffe in das Leben der bürgerlichen Bevölkerung erlauben, die uns heute schier unglaublich bedünken wollen. Der Regimentskommandeur in Brieg hatte sich — es war in dem Jahre vor dem Ausbruch des Siebenjährigen Krieges — die sieben größten und strammsten Gymnasiasten zur gewaltsamen Einstellung in sein Regiment ausersehen. Georg Freytag stand auf der schwarzen Liste, wurde aber rechtzeitig gewarnt und vertauschte rasch seine Wohnung mit der eines kleinen und schwächlichen Schulkameraden. Das Kommando, welches den Rekruten abholen sollte, erschien und fand statt des großen, starken einen kleinen, zum Dienst nicht tauglichen Menschen. Der Oberst gab nun den Thorwachen strengen Befehl, überhaupt keinen großen Menschen, am wenigsten aber den jungen Freytag, aus der Stadt zu lassen. An ein Durchkommen war nicht zu denken, da Georg nach siebenjährigem Aufenthalte in der Stadt auch den Soldaten bekannt war.

Inzwischen war ein Eilbote nach dem neun Meilen entfernten Schönwald gelaufen und hatte den Vater von der drohenden Gefahr benachrichtigt. Der sandte sogleich einen Wagen in die Nähe der Stadt und ließ dem Sohne sagen, er solle sehen, wie er herauskäme. Dieser, der seine bürgerliche Existenz für immer bedroht sah — damals war der Soldatenstand noch kein Ehrenstand —, verfiel in seiner Verzweiflung auf einen sehr gewagten Ausweg aus dieser Klemme. Er wußte, daß beim Marsch im Tritt sich kein Soldat umsehen darf, und daß besonders bei Wachablösungen strenge auf diese Regel gehalten wurde. Darum begab er sich vormittags gegen elf Uhr unter den dunkeln Schwibbogen des Oberthores, ließ die Ablösung der Thorwache an sich vorbeimarschieren und folgte ihr dann unbemerkt über die Brücke. Während die Ablösung selbst erfolgte, ging er hinter der Linie entlang und gelangte glücklich ins Freie, wo er bald auf seinen Wagen traf. Er fuhr auf diesem nach Breslau und begab sich von da nach Königsberg, wo er drei Jahre lang Theologie studierte und auch bei Kant einige philosophische Vorlesungen hörte.

Wie er sich heimlich zur Universität geflüchtet hatte, so sollte er sich auch wieder auf heimlichen Wegen nach Hause begeben. Als sein Vater ihn nach Schönwald zurückrief, weil er den Sohn wegen Krankheit und Kriegsnot nicht länger entbehren konnte, da hielten die Russen das ostpreußische Land besetzt und ließen niemand durch, der in das Gebiet des Königs wollte. Bis Danzig bekam Georg dagegen ohne Schwierigkeit den erbetenen Reisepaß. In der Nähe dieser Stadt fand er einen Fuhrmann, der mit seiner Ladung über das Eis der Weichsel zu fahren beabsichtigte. Ihm übergab der junge Freytag sich und sein Gepäck zur Weiterbeförderung. Inzwischen war aber Tauwetter eingetreten, und am Ufer floß bereits das Wasser. Darum ließ sich Georg, als er, bereits auf dem Eise des Stromes stehend, das Krachen der Schollen und das Rauschen der Flut vernahm, vom Ufer her einen kleinen Handschlitten kommen, lud seinen Koffer und den Sack mit den Betten darauf und folgte dem Schlitten vorsichtig bis ans andere Ufer. Der Fuhrmann dagegen, der sich auf die Versicherungen der Flußanwohner, daß das Eis noch halten werde, verlassen hatte, brach hinter ihm samt Wagen und Pferden ein und versank in die Tiefe.

In der Heimat erwartete den jungen Kandidaten der Theologie eitel Sorge und Not. Seine Mutter starb wenige Stunden
nach seiner Ankunft, der Vater war durch einen Schlaganfall
gelähmt, österreichische und sächsische Truppen standen im Lande
und legten ihm schwere Lieferungen auf. Der junge Theologe
mußte das Schulzenamt für den Vater verwalten, die Lieferungen ausschreiben, erheben und absenden, zwischen der ein
heimischen Bevölkerung und dem fremden Kriegsvolk vermitteln,
für die häufige und zahlreiche Einquartierung sorgen, dabei die
Wirtschaft führen, alle Morgen früh um drei nach Stall und
Scheuern sehen und außerdem auf Wunsch des Vaters noch
alle vier Wochen predigen. Das dauerte so durch zwei Jahre,
fürwahr eine schwere Lehrzeit, die den Jüngling wohl zum
Manne reifen konnte. Das Jahr 1760 brachte ihm Erleichte
rung. Er wurde als Geistlicher nach dem nahen Konstadt
berufen, wo er später Pastor, dann Senior (Superintendent) der
Diözese wurde. Aber auch von hier aus mußte er noch lange
Jahre hindurch die Gutswirtschaft zu Schönwald für den un
mündigen jüngeren Bruder besorgen.

Die Liebe Gottes und das gnädige Walten der Vorsehung
hatte er in seinem Leben oft genug erfahren, um seiner Gemeinde eindringlich davon Zeugnis ablegen zu können. Gegen
über dem damals, vor der Katastrophe von Jena, noch sehr
dünkelhaften und anspruchsvollen Wesen des Landadels und
Militärs wußte er sich mit männlichem Stolze zu behaupten
und das gute Einvernehmen, ohne sich irgend etwas zu ver
geben, aufrecht zu erhalten. Seine für die damalige Zeit nicht
unbedeutende Wohlhabenheit erleichterte ihm den geselligen Verkehr mit diesen im Bewußtsein ihrer Vorrechte sich gern ab
schließenden Kreisen. Er zeigte wohl gelegentlich seinen Söhnen
den sorgfältig geschnörkelten Bettelbrief eines hochadligen Herrn,
worin ihn dieser um ein Darlehn anging, und gab ihnen dabei
die Lehre, daß es besser sei, solchen, die sich für vornehmer
hielten, zu geben, als von ihnen zu nehmen. Dieses kräftige
bürgerliche Selbstgefühl ist auch auf seinen Sohn und Enkel
übergegangen.

Er hinterließ, als er 1799 noch in voller Kraft starb, fünf
Töchter und zwei Söhne, deren ältester, der 1774 geborene
Gottlob Ferdinand, der Vater unseres Dichters wurde.

Dieser wuchs, da er früh die Mutter verlor, unter den Schwestern heran, besuchte dann das Gymnasium zu Öls und ging 1793, um Medizin zu studieren, nach Halle, wohin fast alle studierenden Schlesier zogen. Es waren damals in Deutschland ruhige und glückliche Zeiten. Die Schönseligkeit und Gefühlsinnigkeit, die seit Klopstock und dem Hainbund aufgekommen war, hatte auch auf das akademische Leben sittigend und veredelnd gewirkt, und der Hallenser Student hatte Gelegenheit, in dem kleinen Bade Lauchstädt in unmittelbarer Nähe seiner Musenstadt die Meisterwerke unserer Klassiker von der weimarschen Theatertruppe aufführen zu sehen.

Die Freundschaften und Beziehungen, die man während der Universitätsjahre schloß, wirkten damals noch in ganz anderer Weise als heute für das spätere Leben nach. Heutzutage, wo es Sitte geworden ist, drei bis vier Universitäten zu besuchen und die Ferien jedesmal in der Vaterstadt zuzubringen, lebt man sich nicht mehr so mit einem Freundeskreise zusammen; man hat bei dem ins Riesenhafte gesteigerten Verkehr, der auch die kleinen Landstädte, ja selbst die Dörfer in seine Netze gezogen hat, leicht Gelegenheit, auch später neue, wertvolle und förderliche Beziehungen anzuknüpfen, das Leben ist ungleich vielseitiger und verwickelter geworden. Damals lebte der Geistliche, der Richter, der Arzt, auch der Gymnasiallehrer in seinem Landstädtchen in geistiger Vereinzelung, und selten nur hatte er Gelegenheit, mit gleichgesinnten und gleichstrebenden Männern sich auszusprechen. Die Amts- und Berufsjahre des Mannes waren in ungleich größerem Maße als heute ein „Philisterium“. Darum bewahrten die Studierten jener Zeit in den engen Verhältnissen, in welche sie kamen, als teuersten Schatz ihres Herzens die Erinnerung an die „alte Burschenherrlichkeit“, die ihnen die schönsten Jahre ihres Lebens geschenkt hatte. Diejenigen, welche sich auf der Universität zusammengefunden hatten, bildeten in der Provinz eine Art Verband, dessen Glieder genau von einander wußten, wo und unter welchen Verhältnissen ein jeder lebte. Kamen zwei dieser „Koätanen“ einmal zusammen, so bildeten ihr liebstes Gespräch die fröhlichen Abenteuer und „Suiten“ der Studienzeit.

Einen solchen Schatz von Erinnerungen und Freundschaften brachte auch der junge Gottlob Ferdinand Freytag mit, als er nach vier Jahren in die Heimat zurückkehrte, und es ist natürlich, daß die Erzählungen des Vaters auch auf den Sohn ihren Eindruck nicht verfehlten. Nur ein Jahr verblieb der angehende Arzt in Konstadt, dann ließ er sich in der Kreisstadt Kreuz= burg nieder. Er fand bald eine ausgedehnte Praxis, deren anstrengendster Teil jenseits der Landesgrenze lag. In dem damals preußischen, wenig kultivierten Herzogtum Warschau fehlte es nämlich an Ärzten, und der Kreuzburger Doktor wurde oft Tagereisen weit hinübergerufen und mußte in schlechtem Wagen oder offenem Schlitten lange Fahrten durch öde Kiefern= wälder in knietiefem Sand oder fußhohem Schnee machen. Er saß dann auf seinem Sitz, eingehüllt in Mantel oder Pelz, den Arzneikasten zwischen den Füßen, Säbel und Pistole zur Seite zum Schutz gegen streifendes Gesindel und hungrige Wölfe, die damals noch zahlreich in den Grenzwäldern hausten und dem glücklichen Jäger ein Schußgeld von zehn bis elf Thalern ein= brachten. In den wilden polnischen Haushaltungen ging es auch oft recht seltsam zu: es kam vor, daß ein hochfahrender Edelmann die ihm gereichte Flasche mit dem Arzneitrank verächt= lich in die Ecke warf, weil sie ihm zu wohlfeil dünkte, worauf der Doktor natürlich sofort das Haus verließ.

Als im Jahre 1810 in Preußen die neue Städteordnung mit der Selbstverwaltung eingeführt wurde, hatten sich die Kreuzburger, wie alle anderen Städte, einen Bürgermeister zu wählen. Sie trugen dieses verantwortungsvolle Amt dem Doktor Freytag an, ein Beweis, daß sich dieser in den zehn Jahren seines Aufenthaltes in der Stadt das Vertrauen seiner Mit= bürger im vollsten Umfang erworben hatte. Er nahm den An= trag an, und zwar hauptsächlich deshalb, weil er sich trotz lang= jähriger Praxis die dem Arzte unentbehrliche Kälte und Ge= mütsruhe nicht hatte erwerben können, sondern durch jeden schweren Fall um Ruhe und Schlaf gebracht wurde.

Indessen sollte ihm auch das neue Amt kein Ruheposten werden. Denn kaum hatte er sich und die Bürgerschaft in die neuen Formen der Verwaltung eingewöhnt, da kam das Jahr 1812 mit seinen endlosen Truppendurchzügen und dann die Er= hebung des Jahres 1813, eine Zeit der anstrengendsten Thätig= keit bei Tage und bei Nacht. Das Widerwärtigste unter all dem Peinlichen und Schwierigen, was es zu überwinden galt,

war der Verkehr mit den russischen Verbündeten. Die Raub=
sucht, Roheit und Anmaßung der niederen Offiziere schien
anfangs kaum zu bändigen. Die Flasche mit Wotka und der
Tabakskasten standen beständig auf dem Tisch des Bürger=
meisters, an seinem Stuhl lehnte ein Kavalleriesäbel, und da=
neben hing die russische Nationalwaffe, ein großer Kantschu.
Diesen hatte er von einem höheren russischen Offizier deutschen
Stammes zum Geschenk bekommen, welcher das empörende Ge=
baren eines jüngeren Kameraden eigenhändig mit diesem Werk=
zeug geahndet und dasselbe dann für ähnliche Fälle zu nütz=
lichem Gebrauche zurückgelassen hatte. Die schlimmste Zeit
waren die Sommermonate, während der Kampf auf den Schlacht=
feldern unentschieden hin und her wogte, und auf die hoch=
gespannte Begeisterung, welche auch den Ärmsten willig seine
letzte Kraft und Habe hatte hingeben lassen, das lähmende, an
Verzweiflung grenzende Gefühl folgte, daß doch vielleicht alle
Opfer vergebens sein möchten. Erst die Kunde von der Schlacht
bei Leipzig brachte den verzagten Seelen neuen Mut und
fröhliche Hoffnung, und was nun noch geliefert und geleistet
werden mußte, wurde mit freudiger Zuversicht getragen.

Die schwere Zeit hatte ein festes Band zwischen Bürger=
schaft und Bürgermeister geschaffen. Dennoch nahm Freytag, als
er nach Ablauf der sechs Jahre seines Bürgermeisteramtes von
neuem gewählt wurde, diese Wahl nicht an. Er hatte sich
nämlich, als die Kriegsstürme vorübergerauscht waren, verheiratet,
und für eine Familie reichte der karge Gehalt seiner Stelle nicht
aus. Daher zog er es vor, zu seinem früheren ärztlichen Berufe
zurückzukehren und sich in der Nachbarschaft Pitschen nieder=
zulassen. Aber nur zwei Jahre verblieb er daselbst. Dann
riefen ihn die Kreuzburger, die seine bewährte Kraft auf die
Dauer nicht missen mochten, zurück: sie boten ihm von neuem
die Stelle eines Bürgermeisters ihrer Stadt an, diesmal auf
Lebenszeit und mit einem für damalige Verhältnisse bedeutenden
Gehalte. Freytag leistete dem Rufe Folge.

II. Heimat und Kindheit.

Kurz nach der Schlacht bei Belle=Alliance heiratete der
Bürgermeister der Stadt Kreuzburg, Freytag, die Jungfrau Hen=
riette Albertine Zehe, die Schwägerin des Pastors Neugebaur, die

er in deſſen Hauſe kennen gelernt hatte. Ein Jahr darauf, am 13. Juli 1816, wurde dem Ehepaar ein Sohn geboren, welcher den Namen Guſtav erhielt. Wenn die Familie auch bald darauf nach Pitſchen überſiedelte, ſo kehrte ſie doch ſchon

Freytags Geburtshaus in Kreuzburg.

nach zwei Jahren nach Kreuzburg zurück. Dieſe Stadt iſt alſo nicht nur der Geburtsort, ſondern auch die Heimat des Dichters.

Kreuzburg, heute am Knotenpunkt zweier Eiſenbahnen gelegen, mit nicht unbedeutender Induſtrie, einem königlichen

Gymnasium und einem Lehrerseminar, war damals ein stilles, einsames Landstädtchen von nicht viel mehr als 2000 Einwohnern. Es war, wie die meisten schlesischen Städte, regelmäßig angelegt. Vier Hauptstraßen mündeten auf den Markt, welcher, obwohl viereckig, doch nach schlesischem Herkommen den Namen „Ring" führte. In seiner Mitte standen das alte Rathaus und zwölf Kaufhäuser im Viereck. Die Häuser der Stadt waren niedrig, aus Ziegeln gebaut und sorgfältig getüncht, das Straßenpflaster bestand aus großen, runden Kieseln. Abseits vom Markte stand auf dem Kirchhofe die evangelische Kirche mit altem, niedrigem Turm, dem man eine Blechmütze aufgesetzt hatte. Die Wände waren grau und fleckig, und fast der einzige Schmuck des Innern war die große Holztafel mit den Namen der in den Freiheitskriegen gefallenen Angehörigen des Kirchspiels. Die Hauptbeschäftigung der Bewohner war der Ackerbau. Zwar hatten an der wasserreichen Stober, welche an der einen Seite der Stadt entlang fließt, die Färber und Gerber ihr Wesen, und auf dem Walle standen die Holzrahmen der Tuchmacher, allein das Handwerk hatte keinen goldenen Boden mehr. Die beginnende Maschinenindustrie raubte ihm den Verdienst: die alte Zeit ging unwiderruflich zu Ende, und die neue hatte ihren großartigen Zug noch nicht entfaltet.

Die Umgebung ist Flachland; die zur Stadt und den anschließenden Dörfern gehörenden Felder waren damals noch in weitem Kreise von dunklen Kiefernwäldern umrahmt. Im Felde sah man hier und da geköpfte Weidenstämme oder einen wilden Birnbaum mit einem kleinen Rasenflecke darunter. Der einzige, freilich prachtvolle Schmuck dieser eintönigen und reizlosen Gegend ist im Sommer die mächtige blaue Himmelsglocke mit den weißen Wolkenstreifen. Kunststraßen gab es noch nicht. Der Güterverkehr wurde vermittelt durch Frachtfuhrleute, die auf schweren, von grauer Plane überdeckten Lastwagen die Erzeugnisse fremder Gegenden, mühsam im Sande watend, heranführten.

Man sollte meinen, daß ein Landstädtchen mit so wenig Leben und Verkehr, so arm an geistigen Interessen und geselligen Anregungen, eine so dürftige Kulturenklave in der Wildnis, noch dazu an den äußersten Grenzen deutschen Geisteslebens, einem aufkeimenden dichterischen und schrift-

Der Marktplatz (Ring) in Kreuzburg.

stellerischen Talent nicht die geringste Nahrung hätte gewähren
können; man vergleicht unwillkürlich Goethes Vaterstadt mit
ihrer Fülle von menschlich wirksamen und poetisch fruchtbaren
Eindrücken mit der Ödigkeit und Leere, die uns hier entgegen=
starrt und uns an ein reich= und schnellpulsierendes Leben ge=
wöhnten Kindern des ausgehenden Jahrhunderts schon in dem
bloßen Gedanken an einen solchen Aufenthaltsort das Herz zu=
sammenschnürt. Indessen so ganz ohne Anregungen war dieses
Kreuzburg doch nicht. Gerade der Umstand, daß es eine Grenz=
stadt war, mußte dem Knaben einen weiteren Gesichtskreis
gewähren und eher einen gewissen politisch nationalen Instinkt
in ihm wecken, als es eine Stadt im Mittellande gethan hätte.
Gleich östlich und gleich südlich von der Stadt begannen und
beginnen wohl noch Dörfer mit polnisch redenden Landleuten:
in der Kirche wurde jeden Sonntag außer deutsch auch polnisch
gepredigt; an den Markttagen versammelte sich auf dem Ringe
eine bunt zusammengewürfelte Menge: deutsche Bürger und
Bauern, Polen in ihrer auffallenden Tracht und jüdische
Händler, die sich gleich Aalen zwischen den Wagen hindurch
wanden. Die Erzählungen des Vaters von seinen ärztlichen
Fahrten in das wilde Land zu den bettelstolzen Magnaten, die
Besuche bei Verwandten in der Nachbarstadt Pitschen, wo sich
der polnische Übermut noch viel unmittelbarer und unange=
nehmer fühlbar machte, insonderheit zur Zeit der Heuernte, wo
die Pitschener nicht selten mit den Waffen in der Hand ihre
Wiesen gegen die polnischen Bauern und Edelleute verteidigen
mußten, die unrühmliche Lammesgeduld, welche die preußische
Regierung aus höheren politischen Gründen diesen polnischen
Grenzgewaltthätigkeiten gegenüber Jahrzehnte hindurch bewies
— alles dies mußte in dem Knaben das Nationalgefühl und
den Unwillen über die politische Schwäche seines Vaterlandes
früher und stärker entwickeln, als dies geschehen wäre, wenn er
in rein deutscher Umgebung, ohne unmittelbare Anschauung
fremden Wesens aufgewachsen wäre. Erst durch den Gegensatz
erkennt man die Güter, die man besitzt, und die Gefahren, die
diese bedrohen.

Da es in Kreuzburg auch eine nicht unbeträchtliche katho=
lische Gemeinde gab, welche sichtlich aufstrebte und z. B. statt
ihrer alten Holzkirche in jener Zeit einen stattlichen Ziegel=

kirchenbau aufführte, so mußte durch diesen Gegensatz auch das
Bewußtsein seiner evangelischen Konfession und der damit verbundenen geistigen Güter in dem Knaben früh erwachen, ohne
daß dasselbe jedoch irgend welchen fanatischen Anstrich hätte gewinnen können; denn beide Konfessionen lebten in Frieden,
und kirchliche Kämpfe lagen überhaupt der Zeit, die auf die
Befreiungskriege folgte, fern.

Eine große Einwirkung auf die Entwicklung der patrio-
tischen und politischen Instinkte des Knaben hatten sicherlich
auch die Erzählungen des Vaters von der Not der napoleonischen Zeit, der Katastrophe von 1812, der Erhebung von 1813.
Er erfuhr dies alles aus frischester Quelle von demjenigen,
von dem der Knabe am liebsten hört und am besten lernt.
Tausend kleine konkrete Züge führten ihm die Schrecknisse der
Fremdherrschaft und die Macht nationaler Begeisterung förmlich
greifbar vor die Augen. Auch die wahre Natur der russischen
Bundesgenossen trat hier an der Grenze schärfer zu Tage als
im Binnenland. Wenn der kleine Gustav den Kantschu betrachtete, mit welchem der Vater die Unverschämtheiten der
russischen Freunde gezüchtigt hatte, so mußte auch schon dem
Knaben die Erkenntnis aufdämmern, daß sein Vaterland von
andern schlechterdings nichts zu erwarten habe und sich lediglich
auf sich selbst gründen müsse. Was also für den jungen Goethe
der Siebenjährige Krieg bedeutete, das bedeuteten bei Freytag
die napoleonischen Kriege, nur mit dem Unterschiede, daß diese
Einwirkungen bei dem freien Reichsstädter mehr die Phantasie
und die Anschauung befruchteten, bei dem Preußen, dem Angehörigen des leidenden, kämpfenden und siegenden Staates,
auch dem Willen und Fühlen einen starken Antrieb für das
fernere Leben geben mußten.

Nicht nur die großen Ereignisse der nächsten Vergangenheit
weckten den geschichtlichen Sinn des Knaben, auch die Zeiten des
Mittelalters verkörperten sich ihm in einigen Denkmälern.
Noch liefen die alte Mauer mit dem trockenen Graben und jen-
seits desselben ein Ringwall um die Stadt: die alten, engen
Thore wurden erst zu seiner Zeit durch moderne Gatter ersetzt.
An der einen Ecke der Stadt hatte ferner auf einer kleinen
Erhöhung die Burg gestanden, welche dem unter ihrem Schutz
gegründeten Städtchen den Namen gegeben hatte. Denn sie

war von den „Kreuzherrn vom roten Stern", einem der zahlreichen Ritterorden, die den Kampf gegen die Heiden mit der
Krankenpflege verbanden, gebaut worden. Oft sah der Knabe
neugierig zu dem alten, viereckigen Ziegelturm hinauf, der dort
noch emporragte, aber so baufällig war, daß er nicht mehr be-
stiegen werden durfte. Daneben befand sich ein Amtshaus und
auf derselben Stätte, wo einst die Ordensbrüder ihr Hospital
hatten, ein Landarmenhaus. Waren dies immerhin nur geringe
Überreste aus alter Zeit, nicht zu vergleichen mit denen, welche
das Frankfurt Goethes aufzuweisen hatte, so erinnerten sie
doch an eine der ruhmreichsten und erfreulichsten Epochen der
vaterländischen Geschichte, die große deutsche Besiedelung des
Ostens. Die Anregungen, welche dem Knaben daraus erwuchsen,
sind nicht auf unfruchtbaren Boden gefallen.

Der Vater des Dichters war ein würdevoller und zurück-
haltender Mann, in den Jahren der Trübsal durch rastlose,
hingebende Thätigkeit für das Wohl seiner Stadt und ihrer
Bewohner bewährt. Die Not der Zeit hatte seine Haare früh
gebleicht, der kastanienbraune Zopf aus früheren Jahren wurde
den Kindern bisweilen von der Mutter als Familienkleinod
gezeigt. Bei den Bürgern war er trotz seiner ernsten Gemessen-
heit beliebt, von Übelthätern, gegen die er gewaltig losbrechen
konnte, gefürchtet. Wenn er in seinem altmodischen Cylinder-
hut, mit seinem gekrümmten Bambusstock — einer teuern Erinnerung aus der hallischen Zeit — über die Straße schritt, so
bemerkte der Sohn mit Stolz, wie die Leute ihn mit Achtung
grüßten, wie die Männer ihn ansprachen und seinen Rat ein-
holten, während der angetrunkene Bauer ihn scheu in großem
Bogen umging. Auch bei den Kindern war der Vater gefürchtet und verehrt, obwohl er sie stets mit Freundlichkeit und
Milde behandelte und das Strafen ausschließlich der Mutter
überließ, wie denn überhaupt seiner Familie gegenüber erst die
volle Wärme seines Gemütes zu Tage trat.

Die Mutter war die Tochter des Pastors Zebe in Wüste-
briese bei Ohlau. Sie hatte auf dem einsamen Pfarrhofe dem
kinderreichen Haushalte ihres Vaters vorgestanden, der in
zweiter Ehe verheiratet war; dann hatte sie ihrer Schwester,
der Frau Pastor Neugebaur in Kreuzburg, in der Wirtschaft
geholfen. So war ihr die Mädchenzeit in unermüdlicher

Thätigkeit für andere vergangen. Sie hatte dabei die Haus-
und Gartenwirtschaft und alle Hausfrauenkünste, wie Backen,
Früchteeinmachen, Lichteziehen, gründlich gelernt, verstand sich
aber auch auf die feinere Handarbeit und zeichnete selbst ihre
Teppichmuster. Die Kleider der Kinder verfertigte sie aus der
Garderobe des Vaters mit unübertroffener Meisterschaft. Ihre
besondere Freude war die Blumengärtnerei: die seit 1790 neu
aufkommenden Hortensien unternahm sie sofort in Töpfen zu
ziehen. Sie war überhaupt erfindungsreich und anschlägig,
eine helle Gestalt, die es verstand, sich und anderen das Leben
angenehm zu machen. Auch las sie viel, vor allem als Pastors-
tochter die „Stunden der Andacht", aber auch Gedichte und
poetische Sachen aller Art. Von dem, was sie gelesen, erzählte
sie auch den Kindern gern. Doch mußten die Geschichten „wahr"
oder wenigstens möglich sein. Die Märchenwelt mit ihren
Wundern lag dem nüchternen Sinne jener Zeit und jener
Kreise fern; die jetzt in jedem gebildeten Bürgerhause heimischen
Kinder- und Hausmärchen der Brüder Grimm waren zwar
schon 1814 erschienen, hatten sich aber noch nicht bis Kreuzburg
Bahn gebrochen. Wem fielen bei Betrachtung dieses Eltern-
paares nicht die Eltern Goethes ein! Die Frau Bürger-
meisterin mit ihrer Frohnatur und ihrer Lust zum Fabulieren
gleicht der Frau Rat, und auch Freytag hat „des Lebens
männlich Führen" von niemand anders gelernt als vom Vater.

Unter der liebevollen Fürsorge solcher Eltern wuchs der ältere
Sohn Gustav mit einem jüngeren Bruder Reinhold in einem
kleinen in enger Straße gelegenen Hause auf; es ist jetzt durch
eine Gedächtnistafel geziert. Vor demselben auf der Straße
stand eine Bank, auf welcher der Knabe gern saß, hinter ihm
befand sich ein nur wenige Quadratfuß umfassender Hof, in
welchem sich die Familie im Sommer mit Vorliebe aufhielt.
Die Mutter hatte ihn durch Blumen und Topfgewächse in
einen Garten verwandelt: hier saßen die Kinder auf ihren
Stühlchen, während der Vater, seine Pfeife rauchend, allerlei aus
seinem Leben erzählte, und die Mutter mit ihrer Handarbeit
beschäftigt war. Vor den Thoren hatte die Familie einige
Quadratruten Ackerland zur Benutzung. Hier mußte die
Mutter alles mögliche nutzbare Gewächs zu ziehen und erlebte
nur leider regelmäßig den Kummer, daß ihr die hochgeschätzten

und mit vieler Mühe gepflegten Gurken alljährlich gestohlen
wurden. Eine Hauptlust für die beiden Brüder war stets der
Tag der Kartoffelernte. Da wurde dort draußen ein Feuer
angezündet, die Erdäpfel geröstet und frisch aus der Asche ver-
zehrt; dann durften die Jungen eine Weile barbeinig auf den
Stoppeln herumlaufen — ein etwas spitziges und stechendes
Vergnügen.

Unter den Kinderspielen, welche die beiden Brüder trieben,
ist eines von einem gewissen kulturgeschichtlichen Interesse, das
Anlegen sogenannter "Mauken", unterirdischer moosbekleideter
Verstecke, in denen die Kinder ihre Schätze, Eßwaren und
Spielzeug, niederlegten, wobei sie sich unverbrüchliches, freilich
nie durchgeführtes Stillschweigen gelobten. Ein Altertums-
forscher möchte vielleicht dieses kindliche Spiel auf die unter-
irdischen Vorratshöhlen der alten Germanen, von denen Tacitus
berichtet, zurückführen. So weit geht Freytag selbst nicht; er
hält diese "Mauken" für ein Überbleibsel der Verstecke in
kriegerischen Zeiten. Überhaupt beruhte der Reiz des kindlichen
Spiels damals nicht auf fabrikmäßig hergestelltem und billig
gekauftem, aber rasch zerbrochenem Spielzeug, sondern auf dem
Selbstanfertigen der Sachen. Nicht nur das "Weihnachtskrippel"
machten die Kinder selbst aus Pappe, Stroh, Moos und aus-
geschnittenen Figuren, sondern alle möglichen anderen brauch-
baren und erfreulichen Dinge wurden zurechtgeschnitzt, gepocht,
gepappt, gekleistert und gemalt, wobei Vater und Mutter den
Söhnen als Lehrmeister und gute Kameraden an die Hand
gingen.

Merkwürdigerweise finden wir in den Erinnerungen Freytags nirgends eine Erwähnung fröhlicher Knabenspiele mit
zahlreichen Genossen im Wald und auf der Heide; der Verkehr
mit Söhnen anderer Familien scheint nicht bedeutend gewesen
zu sein, sei es, daß der Sohn des gestrengen Herrn Bürgermeisters von andern Knaben mit einer gewissen Scheu betrachtet wurde, oder daß die Eltern einen solchen Verkehr außer
dem Hause auf der Gasse nicht wünschten, oder endlich, daß der
Knabe selbst wenig Neigung hatte zum Anschluß an andere
Jungen. Jedenfalls ist dem Dichter von der Knabenzeit her
auch im späteren Leben eine gewisse Zurückhaltung im Umgang
mit anderen geblieben: ein sich leicht auf- und anschließendes

Wesen war ihm nicht eigen, trotz des Strudels von äußerer Geselligkeit, in den er sich zeitweise stürzte. In der Knabenzeit tritt fast ausschließlich sein um drei und ein halbes Jahr jüngerer Bruder Reinhold alsfein Spielgefährte hervor. Mit diesem, einem großen und starken, etwas leidenschaftlichen und heftigen Knaben, war er durch treuefte Liebe und wärmfte Zuneigung von den ersten Jahren an verbunden; er erinnerte sich später nicht, jemals mit ihm in Zwist geraten zu sein. Das schöne Verhältnis der beiden blieb auch bis zum Tode des Bruders. Dieser starb im Jahre 1858, also im blühendsten Mannesalter; er hatte sich als Landwehroffizier aus den Dorfquartieren Oberschlesiens die ansteckende Krankheit geholt, die ihn dahinraffte. Er war damals Staatsanwalt in Gleiwitz und hinterließ eine Frau mit fünf Kindern im zarten Alter, an denen der Bruder nunmehr Vaterstelle vertrat.

Auch die Schule, die mächtige Beförderung geselliger Triebe bei der Jugend, führte den kleinen Gustav nicht mit Altersgenossen zusammen. Denn er wurde privatim unterrichtet, und zwar von dem Schwager seiner Mutter, dem Pastor Neugebaur. Dieser, der mehr Neigung zum Lehren als zum Predigen hatte, bot den Eltern an, daß er den ersten Unterricht des Knaben übernehmen wolle, und behielt diesen in seiner Lehre, bis er auf das Gymnasium überging. Eine Volks= oder Vorschule hat also Gustav Freytag nie besucht. Lesen hatte er schon bei der Mutter gelernt aus einer Fibel, die auf ihrem letzten Blatt in Rot und Schwarz den Göckelhahn zeigte. Der Knabe pflegte das Büchlein unters Kopfkissen zu legen und fand, wenn er seine Aufgabe gut gelernt hatte, am Morgen ein „Gröschel" darin, welches der Hahn ausgekräht hatte. Der Oheim begann dann den Sechsjährigen sogleich in die Geheimnisse der lateinischen Sprache einzuweihen, welche nebst der alten Geschichte den Hauptgegenstand des Unterrichts bildete. Der junge Lateiner arbeitete, noch bevor er an den Nepos kam, eine lateinische Übersetzung des Campe'schen Robinson Crusoe durch, ein ziemlich dickes Buch, welches ihn aber mehr anzog als die altrömischen Herren, nämlich „der Nepos, der Eutrop und Cicero, im grauen Röcklein, auf Papier von Stroh, wie sie gebar das Waisenhaus in Halle; wir aber übersetzten alle, alle." Naturwissenschaften und deutsche Stilübungen betrieb der Oheim nicht mit ihm. Vielleicht gerade deshalb machte sich der Knabe, als er zehn Jahre alt war, selbständig daran, einen kleinen Roman auszuarbeiten. Es war in Anlehnung an das Campesche Buch eine Robinsonade: ein Vater wurde mit seinen Kindern auf eine wüste Insel verschlagen, wo die Familie allerlei Abenteuerliches entdeckte und erlebte. Der eine Sohn Jack, ein stets gut gelaunter, sündiger und gescheiter Junge, entwickelte sich dabei zur Lieblingsgestalt des Verfassers; er war — so meinte der Dichter später — der Stammvater der spätern Stunz, Bolz und Fink. Auch Goethe hat bekanntlich schon in seiner Knabenzeit, wenn auch in etwas weiter vorgerücktem Alter, einen verwickelten Roman begonnen. Die dichterische Phantasie pflegt ihre Schwingen früh zu regen.

In den letzten Jahren nahm auch Reinhold an den Unterrichtsstunden teil; die ganze Zeit jedoch war die jüngste Tochter des Pastors, die Cousine Julie, die Gefährtin Gustavs beim Lernen; sie trieb um seinetwillen sogar ein wenig Latein. Sie wurde auch die Gespielin seiner Freistunden, die beste Freundin seiner Kinderjahre und blieb auch dem Jüngling die Vertraute seiner Gedanken und Pläne. Noch ein Jahr vor ihrem Tode besuchte sie den Dichter in Siebleben; sie hatte sich mit einem ihr eigenen Zuge von Schwärmerei der Krankenpflege gewidmet und starb als Vorsteherin der großen Irrenanstalt zu Leubus. Unwillkürlich wird man durch diese Gestalt wieder an Goethe erinnert, der zu seiner Schwester Cornelia in einem ähnlichen schönen Verhältnis stand.

Auch eine andere Ähnlichkeit zwischen dem Jugendleben beider Dichter springt noch in die Augen. Der kleine Wolfgang hatte als Enkel des regierenden Schultheißen bei allen Beamten des Stadtregiments einen Stein im Brett und bekam dadurch vielerlei zu sehen, was einem andern Knaben verschlossen geblieben wäre. So rühmt auch Freytag von sich, daß er als Sohn des Bürgermeisters mit den Gendarmen und Ratsdienern in freundschaftlichen Beziehungen gestanden habe, daß er durch deren Gunst wohl einmal einen Blick in die geheiligte Ratsstube, wo die Väter der Stadt mit ernsten Mienen tagten, habe werfen dürfen. Auch wurde ihm durch Seiltänzer und Kunstreiter gelegentlich die Ehrung zu teil, daß das Kunstpferdchen der reisenden Bande auf die Frage, welches unter den zuschauenden Kindern das artigste sei, vor ihm, dem

Söhnchen des Stadtoberhauptes, stehen blieb und den errötenden Knaben durch Kopfnicken auszeichnete, worauf dieser dann schüchtern an das Pferdchen herantrat und es streichelte.

Derartige Unterbrechungen des ruhigen, einförmigen Lebens waren in der kleinen, entlegenen Stadt nicht eben häufig. Eine Abwechslung brachte die alljährlich unternommene Fahrt nach dem zwei Meilen entfernten Pitschen zu lieben Freunden und Verwandten, die dem Knaben Gelegenheit bot, die Zustände und Einrichtungen dieser Stadt mit denen des Heimatsortes zu vergleichen. Die Stadt erschien ihm gegen Kreuzburg klein und zurückgeblieben, aber die altväterischen Gebräuche beim Schützenfest, wo noch ein Narr mit Pritsche und zwei Mohren mit Blasehörnern auftraten, zogen ihn sehr an. Von einer Reise in die Großstadt Breslau, welche um einer an dem Vater vorzunehmenden Operation willen unternommen wurde, blieb ihm nur die Erinnerung an dunkle Gassen mit himmelhohen Häusern, an menschenwimmelnde Straßen und an einen Kutschwagen im Hofe, welcher gerade lackiert wurde; auch sah er dort eine Sammlung Karikaturen auf Napoleon, von welchen ihn ein Bild, den Kaiser auf einem Berge von Menschenschädeln darstellend, besonders widerwärtig berührte.

Einen ungleich größeren Eindruck machte auf ihn die erste Bekanntschaft mit der dramatischen Dichtkunst. Als er nämlich zehn Jahr alt war, erschien in Kreuzburg eine wandernde Schauspielertruppe, solide Leute, welche ihre Sache nicht übel machten. Ein solcher Genuß bot sich damals selten, und die Eltern des Knaben besuchten die Vorstellungen häufig und nahmen ihren Sohn bisweilen mit. Dies kleine Theater übte auf Freytag eine ähnliche Wirkung aus wie auf den jungen Goethe zuerst das großmütterliche Puppentheater, dann die französische Truppe in Frankfurt; ja, um die Ähnlichkeit voll zu machen, mischte sich bei beiden eine kindlich zarte Neigung zu einem Mädchen in die zauberhaften Eindrücke der Bühne. Die kleine Albertine, Tochter des Heldenspielers Spahn, trat als Elfe, Ritterkind und Bauermädchen auf. Gustav bewunderte sie, wie sie sich so zierlich und sicher vor den Lampen bewegte; tanzte und mit ihrem feinen Stimmchen sang. Er betrachtete sie mit einem Gemisch von Entzückung und tiefer Verehrung und war glücklich, wenn er außer den Kulissen mit

ihr sprechen durfte und sie ihm freundlich anlachte. Sie
durfte ihn später auch besuchen und betrachtete mit Interesse
seine kleine Steinsammlung und andere kindliche Herrlichkeiten.
Beim Abschied trug er ihr mit Erlaubnis der Mutter ein Hals-
band zu, wofür sie ihm einen leisen Kuß gab — den ersten und
letzten. Als Gegengabe sandte sie ihm aus einer anderen Stadt
einen Geldbeutel, auf welchem Gurkenkerne mit blauen Perlen
sehr schön zu kleinen Sternen gefaßt waren: Gustav hob ihn
auf, bis die Kerne von Würmern zerfressen waren. Nach vielen,
vielen Jahren sah er das Mädchen in einer Nebenrolle auf dem
Leipziger Theater wieder. Sie war Mutter einer zahlreichen
Familie und Gattin eines wüsten Gesellen: nichts in ihr erinnerte ihn an das Kind. Er ließ ihr einen Gruß sagen, vermied es aber, sie aufzusuchen: er hätte ihr in ihren traurigen
Verhältnissen doch nichts nützen können.

Die Stücke, die damals auf jener Bühne gegeben wurden,
sind jetzt wohl sämtlich verschollen. Den tiefsten Eindruck auf
den jungen Zuschauer machte „die Waise von Genf", ein Stück,
in welchem ein Bösewicht ein unschuldiges Mädchen beständig
mit seinem Dolche verfolgt. Das flößte ihm ein solches Ent-
setzen ein, daß ihm für immer der Abscheu vor dem Häßlichen
blieb, d. h. vor Dingen, die beängstigen und quälen, ohne zu
erheben. Im übrigen ersetzte die bunte Theaterwelt dem Knaben
in etwas die mangelnde Bildung durch Leben und Verkehr.
Er lernte durch diese Vorstellungen die verschiedensten Beziehungen
der Menschenwelt, Sprache und Verkehr mannigfaltiger Lebenskreise, die Besonderheiten vieler Charaktere kennen und begann
die großen Zusammenhänge des sittlichen Lebens, das Verhältnis zwischen Schuld und Strafe u. dgl., zu ahnen. Eine
Fülle von Bildern, Anschauungen und Empfindungen strömte
von der Bühne in die Seele des Kindes. Das Interesse für
das Drama war in ihm erweckt: es sollte in der Zukunft herrliche Früchte tragen.

Die Bildungsmittel, welche das elterliche Haus selbst bot,
waren kärglich bemessen. Der kleine Familienbücherschatz enthielt weder Goethe noch Schiller, statt ihrer einige Schriften mit
moralischer Tendenz, etwas harmlose Erzählungslitteratur, Lafon-
taines Fabeln und eine Anzahl Stücke von Iffland, die der
Vater in Erinnerung an die Aufführungen, die er zu Lauch-

städt gesehen, gern las; auch der Sohn gewann durch diese früh-
zeitige Bekanntschaft eine gewisse Wertschätzung für diesen
Theaterdichter, die ihn auch später nicht verließ: er stellte angehenden Dramatikern gern Iffland wegen seiner geschickten
Bühnentechnik und seiner Menschenkenntnis als nicht zu ver-
achtendes Muster vor. Die Stelle der heutigen „Gartenlaube"
vertrat der anspruchslose „Hausfreund", dessen Rätsel zu lösen
die regelmäßige Wochenfreude der Kinder war.

Der ganze Haushalt war trotz eines gewissen Wohlstandes
für unsere heutigen Anschauungen mehr als einfach. Tapeten
gab es nicht, die Wände waren mit Kalkfarbe getüncht, eine
kleine gemalte Rosette an der Decke der guten Stube wurde
höchlichst bewundert. Ebensowenig gab es gestrichene oder ge-
bohnte Fußböden; die weißen Dielen wurden gescheuert und
mit Sand bestreut. Die Möbel waren einfach und geradlinig,
die Kost vorwiegend vegetarisch, wobei die Kinder indessen gesund
und rotbäckig heranwuchsen. Ebenso war die Wirtschaft aller
bürgerlichen Familien jener Zeiten beschaffen. Der Schmuck
des Lebens war gering, aber auch der Bedürfnisse nur wenig.
Die billige Vervielfältigung von Bildern und Skulpturwerken,
das ganze moderne Kunstgewerbe waren noch unbekannt, aber
warmes Empfinden, redliche Hingabe an den Beruf und treue
Anhänglichkeit an das Vaterland waren allgemein, eine Folge
der ausgestandenen Leiden und der wundervollen Erhebung
und opferfreudigen Anspannung aller Kräfte. Darum war auch
die stille, heitere Freude am Dasein damals vielleicht größer, als
sie es heute ist, trotz des mächtig gewachsenen Wohlstands und
der ungleich größeren Summe von Genüssen, welche das Leben
dem jetzt lebenden Geschlechte bietet.

III. Gymnasium und Universität.

Der Unterricht beim Onkel Neugebaur hatte, wie jeder
Privatunterricht, seine großen Schattenseiten. Darum drang der
Oheim selbst darauf, daß sein begabter Schüler, den er bereits
über sechs Jahre in der Lehre hatte, nunmehr einem Gymnasium
übergeben werde. Der jüngere Bruder des Vaters, welcher
Stadtgerichtsdirektor in Öls war, erklärte sich bereit, den
Neffen in sein Haus und unter seine Aufsicht zu nehmen. So
siedelte dieser denn Ostern 1829, von seinen Eltern geleitet,

in die stattliche und saubere Fürstenstadt über, welche ihren Eindruck auf den Knaben durch die Größe und Schönheit ihrer Gebäude, namentlich des Schlosses, nicht verfehlte. Die Prüfung bei dem Direktor Mörner ergab, daß die Ausbildung des Prüflings merkwürdig ungleichmäßig war. Im Lateinischen war er seiner Altersstufe so weit voraus, daß der Direktor kaum glauben wollte, daß er die ihm vorgelegten lateinischen Stellen nicht schon von früher her kannte. In Mathematik dagegen wußte er gar nichts. Das Ergebnis war, daß er in die Quarta unter zumeist jüngere und kleinere Knaben gesetzt wurde. Als alles geordnet war und die Eltern wieder abfuhren, brach das volle Schmerzgefühl des Abschieds über den Zurückbleibenden herein. Er umklammerte die Scheidenden und wollte sie nicht loslassen. Dann schlich er sich in das ihm angewiesene Dachstübchen und fühlte sich einige Tage elend wie nie zuvor. ·

In der That mußte es dem Knaben schwer werden, sich in die neuen Verhältnisse zu gewöhnen. Denn das Leben im Hause des Oheims war dem im Vaterhause so unähnlich wie nur möglich. Sein neuer Pflegevater hatte dereinst als Kind durch die Unachtsamkeit der Wärterin einen unglücklichen Sturz gethan; sein Rückgrat war seitdem allmählich verkrümmt. Infolgedessen wie durch längere Thätigkeit unter unangenehmen Verhältnissen und Menschen im damals preußischen Polen war er einsiedlerisch und menschenscheu geworden und lebte ausschließlich seinem Amte, seinen Blumen und seinen Büchern. Sehr früh stand er auf, erledigte am Vormittag seine juristischen Arbeiten und widmete dann die Nachmittage und Abende seinen Lieblingsstudien. Er besaß ein hervorragendes Sprachtalent, las geläufig lateinisch und griechisch, sprach polnisch und etwas russisch, trieb englisch und sämtliche romanische Sprachen. Seine Bibliothek enthielt die besten Dichter und Historiker aller Zeiten und aller Kulturvölker; auch griechische und römische Altertümer studierte er wie ein Philologe. Stundenlang und oft bis tief in die Nacht las er, mit dem Stift in der Hand, übersetzte, machte sich Notizen und schrieb Abhandlungen. Eine Stunde widmete er täglich der ausgedehnten Blumenzucht, die er im Garten und zur Winterszeit in einem sonnigen Zimmer seines Hauses betrieb. Der ernste und schweigsame Mann, der sich seit lange des Umgangs mit Menschen fast gänzlich entwöhnt hatte, paßte natürlich wenig mit dem dreizehnjährigen, munteren Knaben zusammen. Beim Mittagsmahl im Blumenzimmer wurde oft kein Wort gewechselt, und auch bei den gemeinsamen Spaziergängen, wo es dem Knaben schwer wurde, den langen Schritten des Mannes nachzukommen, hing jeder seinen eigenen Gedanken nach; der eine dachte an Calderon und Lope de Vega, der andere beobachtete die Lerchen und Hasen. Bisweilen machte der Oheim den Versuch, sich mit seinem jungen Neffen eingehender zu beschäftigen, war auch nie unfreundlich gegen ihn, aber diese Versuche behielten immer etwas Mühsames und Gezwungenes; es fehlte dem Manne die Fähigkeit, zu dem Anschauungskreis und den kleinen Interessen des Knaben hinabzusteigen.

Dieses Zusammenleben ohne innere Beziehungen war natürlich für beide Teile unerquicklich genug und besonders für den Oheim ein großes dem Bruder gebrachtes Opfer. Der kleine Gustav, der schon im Elternhause nicht eben viel mit Altersgenossen verkehrt hatte, war hier erst recht auf sich angewiesen. Die Neigung, allein zu sein, verstärkte sich in ihm, und das wirkte für sein ganzes Leben nach. Ein Sonderling ist er nicht geworden, aber einen Hang zur Abgeschlossenheit gegen andere, das Gefühl, in froher Gesellschaft trotz aller äußerer Heiterkeit doch eigentlich ein Fremder zu sein, hat er immer behalten und dazu die Empfindung, daß dieser Zustand nicht gerade ein Glück für den Menschen ist.

So wählerisch wie in seinem Umgang war oder wurde er auch in seinen geistigen Beschäftigungen. Von Hause aus war er nicht an regelmäßigen Fleiß gewöhnt und wurde es auch hier nicht. Die Schularbeiten wurden ihm leicht: er kam auch ohne große Anstrengung vorwärts. So hatte er reichlich Muße, alles mögliche Andere zu treiben, was ihm nicht immer förderlich war — wieder ein Zug, den er mit dem jungen Goethe gemein hat. Er wurde Feuerwerker und setzte durch die Explosion einer selbstgefertigten Zündmasse einst beinahe sein Stübchen in Flammen, wodurch er sich eine ernste Strafpredigt und dann eine mehrere Tage lang fortgesetzte kalte Nichtachtung des Oheims zuzog. Er trieb das schon in Kreuzburg begonnene Geigenspiel fort, ohne rechten Erfolg. Dann überfiel ihn in ihrer vollen Stärke eine den Entwicklungsjahren

eigene Krankheit, die Lesewut; der Mensch ist in diesen Jahren
von einer Aufnahmefähigkeit, welche alle späteren Lebensalter
nur beneiden können: er besitzt sozusagen einen geistigen
Straußenmagen. Der Tertianer Freytag mutete dem seinen
Unglaubliches zu. An der vornehmen Geistesauslese in der
Bücherei seines Oheims ging er allerdings ziemlich gleich-
gültig vorüber, da er keine Übersetzungen darin vorfand
und die verschiedenen Ursprachen der Werke nicht verstand.
Immerhin sah er hier manches, was ihm für die Zukunft
Nutzen brachte, epochemachende Arbeiten der größten Gelehrten,
schöne Dichterausgaben, gut ausgestattete Kupferwerke. Was
ihn dagegen fesselte, waren die schäbigen Bände der Leihbibliothek.
Aus dieser Quelle entnahm er, was er nur irgend bekommen
konnte, und würgte alles erbarmungslos hinunter, die seichtesten
Ritter- und Räubergeschichten, die abgeschmacktesten Romane und
Abenteuer, aber auch Walther Scott und Cooper, die er beide sein
ganzes Leben hindurch lieb behielt, und deren „freudiger, epi-
scher Kraft" er nach eigenem Geständnis viel für sein eigenes
Schaffen zu danken hatte. Namentlich an Scott lernte er die
Fülle und heitere Sicherheit der Darstellung und die Schärfe
und plastische Rundung der Charakteristik aufs höchste schätzen.
　　Die schönste Freude für den Knaben waren die Ferienreisen in die Heimat, die er alljährlich fünfmal machen durfte.
Die neun Meilen weite Reise von Öls bis Kreuzburg dauerte
den ganzen Tag; zu Mittag wurde in Ramslau bei Verwandten
Rast gemacht. Die Fuhre besorgte ein polnischer Ackerbürger
aus Kreuzburg, den der Vater ein für allemal zu diesem Zwecke
gemietet hatte. Ein primitiver Korbwagen, mit einer grauen
Plane überdeckt, nahm den Knaben auf, der vergnüglich auf
den Strohsack im Innern des Gefährts kroch und während der
ganzen Fahrt auf den schlechten Wegen Mühe hatte, sich auf
seinem Sitze zu behaupten. Regnete es, so wurde er gründlich
naß. Noch schlimmer war es im Winter, wo der Insasse dem
Fuhrmann oft helfen mußte, den Wagen aus den knietiefen
Schneewehen herauszuarbeiten. Der Pole ergab sich im Laufe
der Zeit immer mehr dem Branntweinteufel und war schwer
aus den Schenken am Wege wieder weg zu bringen. Als er
einst die Brüder Freytag — auch der kleine Reinhold war
mittlerweile aufs Gymnasium gekommen und wohnte mit dem

Bruder zusammen — für die Weihnachtsferien abholte, trat er
schon angetrunken die Fahrt an; unterwegs wurde sein Zustand
immer bedenklicher. Dichtes Schneetreiben erschwerte die Reise;
plötzlich hielt er in einer starken Schneewehe stille, zog ein polni-
sches Gesangbuch aus der Tasche und fing laut an zu singen.
Gustav versuchte nun selbst die Pferde anzutreiben. Das nahm
der Pole übel, zog ein Messer und fuchtelte damit drohend
gegen die Brüder. In seinen Augen glänzte „das häßliche
Licht, welches der Teufel anzündet, wenn er sich eines menschlichen Gehirns bemächtigt hat." Endlich gelang es durch güt-
liches Zureden, den singenden Messerschwinger wieder auf seinen
Sitz zu bringen. Aber derselbe Anfall wiederholte sich noch
einige Male; man kam erst am Abend nach Namslau und mußte
die Nacht dort zubringen. Ein anderes Gefährt brachte die
Brüder den nächsten Tag nach Hause. Der Pole erschien später
auch, reuig und zerknirscht, und warf sich dem Vater zu Füßen.
Er erhielt Verzeihung, aber die Knaben wurden ihm nicht
wieder anvertraut.

Ein halbes Jahr bevor Gustav nach Prima versetzt wurde,
starb der Oheim während der Ferienzeit plötzlich. Die Brüder
wurden in ein Bürgerhaus einquartiert, und der ältere hatte
über den jüngeren die Aufsicht zu führen. Nun wurde Gustav
etwas geselliger, die Primaner, gering an Zahl, ahmten durch
Farben an Mützen und Pfeifenquasten in harmloser Weise eine
Studentenverbindung nach und machten Freytags Stube zu einem
ihrer Hauptquartiere. Auch die Tanzstunde, die seligste Episode
des Schülerlebens, mit ihren zarten Beziehungen blühte jetzt
dem Primaner und hat ihr Licht bis in seinen Roman „Soll
und Haben" hineingeworfen.

Auf Wunsch des ihm wohlgeneigten Direktors blieb Freytag
ein halbes Jahr länger in der Prima, als nötig gewesen wäre,
und verließ die Schule 1835. Nachhaltigen Einfluß hatte keiner
seiner Lehrer auf ihn gewonnen, aber er hatte in den Primaner-
jahren fleißig gearbeitet und viel gelernt. Sein Abgangs-
zeugnis war vornehmlich in den beiden alten Sprachen glänzend
und er hatte vor, diese zu seiner Lebensaufgabe zu machen.

Zu Ostern des Jahres 1835 bezog er die Universität
Breslau, um sich der klassischen Philologie zu widmen.
Keinem angehenden Studenten wird es leicht, nachdem ihm auf

der Schule alles, was er zu lernen hat, fest bezeichnet und in
wohlgemessenen Portionen vorgeschnitten worden ist, sich auf der
Universität mit einem Male in dem scheinbar grenzenlosen
Wissensstoff nach eigener Wahl zurecht zu finden. Auch Freytag
wurde dieser Übergang schwer. Die Vorlesung über Plato,
die er belegte, interessierte ihn je länger desto weniger;
mehr behagten ihm die Vorlesungen des noch jungen Am-
brosch über Altertümer und Kunst, wobei ihm die aus der
Bibliothek des Oheims gewonnenen Anschauungen trefflich
zu statten kamen. Noch lehrreicher aber war für ihn das
Privatissimum, welches ihm Hoffmann von Fallersleben als einzigem Zuhörer über Handschriftenkunde las.
Dabei gewann der junge Student nämlich die erste Fühlung
mit der deutschen Philologie. Diese, eine im Gegensatz zu ihrer
altklassischen Schwester noch junge Wissenschaft — sie war erst
wenige Jahrzehnte alt —, übte, wie jugendlich kräftig aufstrebende Wissenschaften zu thun pflegen, eine nicht geringe Anziehungskraft auf den Studenten aus: er wandte sich ihr bald
mit Vorliebe zu, lernte alte Urkunden lesen, studierte zu Hause
mittelhochdeutsche Handschriften, die der Lehrer seinem einzigen
Schüler gern lieh, schrieb auch einige für diesen ab. Alles
dieses wurde ihm für seine späteren Studien von großem Nutzen.
Hier bekam er auch den ersten Einblick in die Werkstatt eines
Dichters. Denn Hoffmann teilte ihm mit begeisterter Freude
gern die Gedichte mit, die er geschaffen hatte. Freytag hörte
sie durchaus nicht mit passiver Bewunderung an, sondern dachte
darüber nach und fand bald, daß Hoffmanns Art zu schaffen
nicht seiner eigenen Anlage entsprach; darum fühlte er sich auch
durch das, was er hörte, nicht zur Nachahmung angeregt.

Eifriger wohl noch als den Wissenschaften widmete sich
der neunzehnjährige Studiosus in der Breslauer Zeit dem
Leben. Er liebte eine ihm gegenüber wohnende Professorentochter
schwärmerisch, obwohl er nicht einmal ihr Gesicht erkennen konnte
wegen seiner Kurzsichtigkeit, der durch eine Brille abzuhelfen
er aus Grundsatz verschmähte; er malte sich in dichterischer
Phantasie die zärtlichsten und rührendsten Scenen aus, die er
mit ihr haben könnte, und überlegte sich, was er ihr alles sagen
wollte, wenn er sie einmal allein zu sprechen bekäme. Vielleicht
dürfen wir in diesem Gegenüberwohnen die erste Wurzel

des Verhältnisses zwischen dem Doktor und Laura in der
„Verlorenen Handschrift" erkennen. Auch das Verbindungs-,
Mensur- und Commentwesen, welches er in diesem Roman
episodisch vorführt, lernte er aus eigenster Erfahrung kennen.
Er sprang bei den Borussen ein, erkannte aber bald, daß sich
in diesem Korps einige wüste Kumpane befanden, mit denen
möglichst wenig zu verkehren das Beste sei. Von anderen Genossen dagegen hatte und hielt er viel, z. B. von Fritz Weber,
dem späteren Dichter von „Dreizehnlinden", der von seiner
dichterischen Begabung bereits rühmliche Proben abgelegt hatte
und ihm weit mehr wie das Ideal eines Dichters erschien als
Hoffmann. Im ganzen gesteht Freytag, durch das Treiben im
Korps mehr aufgehalten als gefördert worden zu sein.

Die akademischen Verbindungen wurden damals zwar unter
der Hand geduldet, waren aber offiziell verboten. Wenn sie
allzu laut hervortraten, so schritt man gegen sie ein. Nun ver-
anstalteten die Breslauer Studenten einmal wieder nach längerer
Zeit den großen Zobtenkommers, wobei alle Streitigkeiten und
Verrufserklärungen zwischen den einzelnen Verbindungen ruhten.
Man fuhr die vier Meilen nach der Stadt Zobten, kommersierte
dort feierlich auf offenem Markte, stieg dann den Berg hinauf,
Freytag als einer der Präsiden mit Stürmer, Pekesche, Kanonen-
stiefeln und Glockenschläger. Oben trank man fröstelnd in einer
Mooshütte Kaffee und sah verschlafen die Sonne über Schlesien
aufgehn. Diese „Suite" ärgerte den hohen Senat der Universität. Das Verbindungswesen war über das erlaubte Maß
hinaus in der Öffentlichkeit sichtbar geworden. Eine Haupt-
und Staatsaktion wurde eingeleitet. Die meisten Korpsburschen
erhielten den Rat, die Universität zu verlassen. Freytag, der
mit drei Tagen Karzer davon kam — man war von seiner Unschäd-
lichkeit überzeugt —, hielt es nichtsdestoweniger für angezeigt,
Breslau auch den Rücken zu kehren. Ein Bekannter, namens
Hollmann, forderte ihn auf, mit ihm nach Berlin zu gehen, und
Freytags Vater hatte nichts dagegen.

Im Herbst 1836 finden wir also den Studiosus Freytag in
Berlin. Die Stadt selbst imponierte ihm gegen Breslau nicht
sonderlich. Die breiten Straßen sahen ihm aus wie ein weites,
schlotteriges Kleid an einem mageren Leibe; denn auf der
Leipziger Straße z. B. konnte man damals, soweit das Auge

reichte, noch bequem die Menschen zählen. Solche Gebäude allerdings, wie das Königliche Schloß, das Brandenburger Thor, das Museum, hatte er noch nicht gesehen, und die Kunstschätze des letzteren fesselten ihn sehr, besonders die Antiken, für die er die meiste Vorbildung mitbrachte. In dem Kreis junger Leute, in den er durch Holtmann eingeführt wurde, fühlte er sich anfangs gar nicht heimisch. Das scharfe, spottlustige Wesen, die schonungslose Kritik, mit der sie bei jeder Gelegenheit über einander herfielen, waren dem harmlos gemütlichen Schlesier unheimlich; er saß anfangs verschüchtert und wortkarg unter den Gesellen. Bald aber gefiel ihm das lebhafte Interesse für Litteratur und Theater, der Eifer, mit welchem ästhetische Fragen erörtert wurden, und die Begeisterung für alles, was den jungen Leuten groß und schön erschien. In wichtigen Punkten stellte sich mit manchen der Genossen Übereinstimmung der Anschauungen heraus, und allmählich entwickelte sich mit einzelnen eine feste Freundschaft, welche Jahre überdauerte.

Zu diesem Kreise gehörte vor allem Adalbert Kuhn, der vergleichende Mythologe. Er las an der Universität über Sanskrit, gab auch Freytag in dieser Sprache Unterricht und wies ihn an, vergleichende Sprachwissenschaft bei Bopp zu hören. Daneben sammelte Kuhn abergläubische Gebräuche, Sagen und Märchen des deutschen Volkes und brachte diese in kühner Entschlossenheit mit den mythologischen Vorstellungen des ältesten indischen Volkes in Verbindung. Er hat mit solchen Bestrebungen und wohl auch mit der zuverlässigen, redlichen Offenheit seines Wesens wesentliche Züge zu dem Doktor in der „Verlorenen Handschrift" geliefert.

Hatte Freytag in Breslau durch Hoffmann von Fallersleben die Richtung auf das Altdeutsche erhalten, ohne von diesem mehr dichterisch als wissenschaftlich angelegten Mann in Grammatik und Kritik viel zu profitieren, so kam er in Berlin in die beste philologische Schule, die es damals überhaupt gab, und an den ersten Lehrer, dem er ein wirkliches Vorwärts= kommen in seiner Wissenschaft verdankte, Karl Lachmann. Dieser gefiel dem Studenten, der sich mit einem Gruß von Hoff= mann bei ihm einführte, gleich beim ersten Zusammensein durch sein ganzes ruhiges und nachdrückliches Wesen und den klaren Blick seines Auges. In seinen Vorlesungen prunkte er nicht

mit glänzenden Einleitungen und sogenannten großen Gesichtspunkten, hatte darum auch nur einen kleinen aber ausgewählten
Hörerkreis von solchen Leuten, welche die nötige Hingabe und
das ausreichende Verständnis besaßen, den scheinbar auf Kleinig-
keiten gerichteten Ausführungen des Meisters zu folgen. Die
Einzelheiten, die er gab, waren indessen echte Goldkörner und
bildeten das Ergebnis einer gewaltigen geistigen Arbeit: die
Hörer hatten gehörig zu thun, wenn sie das Gebotene verarbeiten wollten. Freytag meint, daß zwei Stunden Lachmann-
scher Vorlesungen eine völlig genügende Tagesarbeit waren.
Die Zuhörer wurden in ihnen mit der echten, durchaus vor-
urteilslosen Methode der Kritik bekannt gemacht und gewannen
ein eindringendes Verständnis der Dichter, indem sie es lernten,
sich mit Drangabe ihrer eigenen Gedanken und Ansichten in
ihre Gedankenwelt und Ausdrucksform zu versenken. Freytag
hörte bei Lachmann die Nibelungen, Litteraturgeschichte des
Mittelalters und den römischen Dichter Catull und gewann
daraus feste Grundlagen des Wissens und der wissenschaftlichen
Methode.

Neben solchen Studien zog Freytag das Theater auf das
lebhafteste an. Er begeisterte sich im königlichen Schauspiel-
hause für die damaligen Bühnensterne: ja er begann sogar
selbst ein Trauerspiel: „Der Hussit", welches er aber sorgfältig
vor den Augen der spottlustigen Freunde verbarg und auch
nie vollendete.

Fast ebensoviel wie die Stadt bot ihm die weitere Umgegend.
Da er nämlich wegen der großen Entfernung in den Ferien
unmöglich nach Hause reisen konnte, pflegte er mit mehreren
Genossen nach Wollup zu wandern, wo der Vater eines seiner
Freunde, der Amtsrat Koppe, zwei große Staatsgüter ge-
pachtet hatte. Bald war er hier regelmäßiger, gern gesehener
Feriengast und fühlte sich in dem liebenswürdigen und umfang-
reichen Familienkreise äußerst wohl: vier Töchter zierten das
Haus, und man ließ es nicht an gemeinsamen Unternehmungen,
Gesellschaftsspielen, Aufführung von Sprichwörtern u. dergl.
fehlen, Gelegenheiten, bei denen Freytag auch seiner dichterischen
Ader unter vielem Beifall der andern freien Lauf ließ. Hier
wurde einmal der sehr seltene Fall Ereignis, daß der Jüngling
sich mehr zu dem Vater als zu den Töchtern hingezogen fühlte.

Der alte Amtsrat nämlich gewann des jungen Philologen ganzes Herz und entzückte ihn förmlich. Er war ein durchaus selbstgemachter Mann und als Sohn eines kleinen Landwirts in seiner Jugend selbst hinter dem Pfluge hergegangen, jetzt aber das Muster eines einsichtsvollen und tüchtigen Landwirtes, der zahlreiche Schüler nach seinem Vorbilde zog.

In jener geldarmen Zeit, wo das einzelne Gut außerdem nur in schwacher Verbindung mit der Verkehrswelt stand, mußte es das Ziel des Landwirts sein, sein Gut nicht nur möglichst aus sich selbst heraus zu erhalten, sondern auch seine Kraft durch zweckmäßige Benutzung des Bodens und geeignete Fruchtfolge allmählich zu steigern. Sich ausschließlich auf ein Produkt zu werfen und dies für den Welthandel konkurrenzfähig herzustellen, wie heute etwa den Zucker, den Branntwein, den Weizen, den Tabak, war damals eine Unmöglichkeit. Solch eine selbständige Gutswirtschaft war ein kunstvoller Organismus, dessen einzelne Teile im Gleichgewicht bleiben und sich gegenseitig fördern mußten. Darum führte ein Mann wie Koppe auch auf das Sorgfältigste Buch über jeden Zweig der Wirtschaft: er mußte am Ende des Jahres anzugeben, wie viel ihm sozusagen jeder Obstbaum Gewinn oder Verlust gebracht hatte. Er hatte auch ein offenes Auge für neue Kulturen, welche Vorteil versprachen. So war er in seiner Gegend, dem Oderbruch, einer der ersten, die eine Zuckerfabrik anlegten und den Rübenbau einführten: doch blieb ihm auch hier die Verbesserung des Bodens und die Steigerung des Wertes des Ackers die feste Schranke, die er nie zu gunsten augenblicklichen Gewinns durch einseitig übertriebenen Rübenbau überschritt. Der Getreidebau erschien ihm immer als die unverrückbare Grundlage der deutschen Landwirtschaft und zugleich als die festeste Stütze der Wehrkraft und damit der Selbständigkeit des Vaterlandes — ein Standpunkt, dem man auch jetzt nur beipflichten kann, so sehr sich heutzutage auch im übrigen die Verhältnisse geändert haben mögen.

Koppe war, als ihn Freytag kennen lernte, ein starker und fester Mann in der vollsten Kraft seines Schaffens und von klarstem und sicherstem Urteil auch auf anderen Lebensgebieten, auf dem Hofe als Gebieter gefürchtet, dabei aber wohlwollend und nachsichtig gegen die gelegentlich etwas überschäumenden

Genossen seines Sohnes. Freytag schloß sich ihm, so eng er
nur konnte, an; er war glücklich, wenn er ihn auf einem Gange
durch die Felder oder einer Fahrt begleiten und von seinen
stets bereitwillig gegebenen Belehrungen Nutzen ziehen und
seinen Gesichtskreis erweitern durfte. Dem wahren Dichter ist
es eigen, daß er sich für jede Sache interessiert, weil ihm nichts
Menschliches fern liegt, und weil er von keinem Dinge weiß,
ob er es nicht für seine Arbeiten einst brauchen kann. Freytag
hatte schon in seinen Knabenjahren den Landbau kennen gelernt
und begann jetzt sogar in aller Stille Koppes großes Werk
über „Ackerbau und Viehzucht" zu studieren. Überhaupt fühlte
er sich durch das frische, kernige und gesund gedeihende Leben
auf den Gütern dieses Mannes auf das wohlthuendste berührt.
Der Landwirt Bauer und das Leben auf dessen Gut in der
„Verlorenen Handschrift" ist der dichterische Niederschlag von
dem in Wollup Gesehenen und Erlebten.

Die Universitätszeit näherte sich nun allmählich ihrem Ende.
Freytag gedachte ihr durch die Promotion zum Doktor der
Philosophie den üblichen äußeren Abschluß zu geben. Das
Thema, welches er sich wählte, war das Produkt seines doppelten
Interesses für die altdeutsche Litteratur und das Theater. Er
schrieb „Über die Anfänge der dramatischen Poesie bei den
Deutschen (de initiis scenicae poeseos apud Germanos)". Das
war ein Stoff, zu dessen Bewältigung weit mehr Zeit und
Raum gehört hätte, als dem Verfasser für seine Dissertation
zur Verfügung stand; denn es war darüber damals sehr wenig
erschienen, und das Material mußte erst mit Mühe und Umständen, zum Teil aus Handschriften, zusammengebracht werden.
Freytag führte in seiner Schrift den Nachweis, daß das deutsche
Drama sich entwickelt habe aus einer Verbindung alter Volks-
spiele, die zum Teil bis in die heidnische Zeit zurückgehen, und
kirchlicher Aufführungen in lateinischer Sprache zu Ehren der
hohen Feste, eine Ansicht, die sich im allgemeinen als richtig er-
wiesen hat. Lachmann, damals Dekan der philosophischen
Fakultät, dessen Beifall nicht leicht zu gewinnen war, war mit
der Arbeit zufrieden. In der mündlichen Prüfung dagegen,
welche sich auf Philosophie und Geschichte erstreckte, leistete
Freytag nur gerade das Erforderliche, um zu den Ehren der
philosophischen Doktorwürde zugelassen zu werden. Mit dem

neuen Titel verließ er im Herbst 1838 Berlin und kehrte zunächst in die Heimat zurück.

IV. Der Breslauer Privatdocent.

Den Winter 1838—39 verbrachte der junge Doktor der Philosophie unter den Hortensien seiner Mutter. Er arbeitete still in seiner Wissenschaft weiter, vollendete daneben aber auch ein zweites Schauspiel, „Die Sühne der Falkensteiner," in welchem zwei feindliche Familien durch Liebe geeinigt wurden. Es war noch ohne jedes dramatische Geschick gearbeitet, und obwohl Freytag es mit vielem Behagen verfaßt hatte, dachte er nicht daran, es irgendwo zur Aufführung zu bringen. Inzwischen reifte in ihm der Entschluß, sich der akademischen Laufbahn zuzuwenden; sein Vater, der die Begabung des Sohnes noch besser erkannte als dieser selbst und mit rührender Sorgfalt alle Gedichte und Schriften desselben sammelte, hatte nichts dagegen einzuwenden. Am 9. Januar 1839 reichte er also an die philosophische Fakultät der Universität Breslau das Gesuch ein, ihm für „deutsche Grammatik und Interpretation deutscher Klassiker, Litteraturgeschichte und Mythologie der deutschen Völkerstämme die Habilitation als Privatdocent hochgeneigt bewilligen zu wollen". Da dies Gesuch genehmigt wurde, so hielt er am 6. März vor der Fakultät das erforderliche Kolloquium, und zwar über die Poesie des 12. Jahrhunderts, und schrieb als Habilitationsschrift eine Abhandlung über die alte Gandersheimer Nonne Hroswitha, in welcher sich wieder seine Neigung zum Theater mit den altdeutschen Studien vereinigt: denn Hroswitha von Gandersheim, der erste Blaustrumpf unserer Litteratur, schrieb vor 1000 Jahren christlich-sittliche lateinische Theaterstücke in Prosa, um die des Heiden Terenz mit ihrer liederlichen Wirtschaft zu verdrängen. Im Mai hielt er dann seine Antrittsvorlesung und kündigte als erstes Kolleg „deutsche Sprache und hochdeutsche Grammatik" an, ohne daß er jedoch bereits die für eine solche Vorlesung erforderlichen Kenntnisse besessen hätte. Er mußte das meiste erst noch selber lernen, und war sich dessen auch wohl bewußt.

Auch hatte er noch nicht einmal seiner Militärpflicht genügt und mußte das jetzt nachholen. Dabei machte er recht unangenehme Erfahrungen. Von dem Obersten des elften

Regiments hatte er Aufschub bis zum Herbst 1839 erhalten; das wurde aber bei einer Kontrollversammlung rückständiger Kantonisten im August, zu der er sich laut polizeilichen Befehls einzustellen hatte, nicht anerkannt, sondern ihm rundweg eröffnet, daß er, weil bereits älter als 23 Jahre, sein Recht auf einjährigen Dienst verwirkt habe. Der Arzt untersuchte ihn auf der Stelle, erklärte ihn für versuchsweise tauglich, die Fahne wurde herbeigebracht, und er als Gemeiner für drei Jahre in Eid und Pflicht genommen. Das war nun eine üble Sache. Der Vater schrieb eine Immediateingabe an den König, um dem Sohne das Recht des einjährigen Dienstes wieder zu verschaffen, während dieser zu den Ferien zu Hause ernsthaft an einem gastrischen Fieber erkrankte. Da er deshalb unmöglich zum Gestellungstermin nach Breslau reisen konnte, zeigte der Vater unter Beilegung eines Zeugnisses des Kreisphysikus dies der Ersatzkommission zu Breslau an und bat, den Sohn zu entschuldigen. Statt dessen erging der Befehl, ihn per Schub zum Regiment zu schaffen. Für den Vater, den langjährigen, pflichtgetreuen Beamten, war dies eine herbe Kränkung, aber dem Befehl mußte gehorcht werden. Der Kranke wurde eingepackt, nach Breslau geschickt, beim zehnten Regiment eingestellt und zunächst als Revierkranker behandelt, dann mit zwei andern Nachzüglern gedrillt. Inzwischen kam von Berlin die Nachbewilligung der Einjährigenschnüre, und Freytag fühlte sich nun bei der Truppe ganz wohl und fing an wahrzunehmen, daß der Dienst ihm ganz gut bekam. Seine Vorlesungen hielt er, so gut es ging, ruhig daneben, und öfter bestieg er noch im Kommißrock das Katheder, was den steifleinenen Herren unter den Universitätsgrößen wie ein Majestätsverbrechen erschien.

Leider war die Krankheit vom Herbst nur scheinbar überwunden. Das Exerzieren im Drilchanzuge brachte eine Erkältung und einen neuen Ausbruch der Krankheit. Als dem bärbeißigen und wegen schlechter Avancementsaussichten mißvergnügten Hauptmann hiervon Meldung gemacht wurde, ordnete er die Überführung des Einjährigen Freytag, der sich ja doch nur verstelle, ins Lazarett an. Hier in der dumpfen, menschen- und dunstüberfüllten Krankenstube verschlimmerte sich das Leiden zusehends und wuchs sich zu einem hitzigen Nervenfieber aus. Der Arzt, darüber betroffen, ließ den

Kranken nunmehr in ein besonderes Zimmer bringen, wo er
mehrere Wochen in Fieberphantasieen zubrachte. Als er sich so
weit erholt hatte, daß ein Transport möglich erschien, brachte
man ihn in seine Privatwohnung, wo er noch einige Zeit als
Revierkranker behandelt wurde, um dann als Armeereservist
entlassen zu werden. Der Dichter schrieb später sich und seinem
Ungeschick die Hauptschuld an dieser ganzen unglücklichen Geschichte zu, meinte aber nicht mit Unrecht: „mein altes Preußen
hat mich auch nicht mit Sammetpfötchen angefaßt."

Unter der Pflege der Mutter erholte sich der an sich kräftige
Körper des jungen Mannes rasch, und eine gute Gesundheit
ist ihm das ganze Leben hindurch treu geblieben. Im Sommer
1840 nahm er seine Vorlesungen wieder auf, aber daß er viel
Erfolg damit gehabt hätte, kann man nicht behaupten. Stän-
dige Zuhörer wenigstens, die seine Kollegien „belegten", stellten
sich in den nächsten Jahren nur in geringer Anzahl — drei
bis zehn — ein; die öffentliche Vorlesung, die er im Winter
1842 auf 43 über die neuesten Erscheinungen der deutschen
Poesie mit eingelegtem, sorgfältig eingeübtem Vortrag charakteristischer Gedichte hielt, entwickelte eine ungleich größere
Anziehungskraft: sie wurde von 31 Studenten belegt.

Reichlichen Ersatz für die geringe Zahl der Zuhörer, die
bei einem so jungen Privatdocenten übrigens nichts Auffallendes
hat, fand er in der Geselligkeit. Auch wer in seinem innersten
Wesen nicht auf breiten und verflachenden Verkehr angelegt
ist, stürzt sich, wenn er nicht gerade ein Sonderling ist, in
gewissen Jahren doch gern einmal in die rauschenden Fluten
geselliger Freuden, und für den mit reichlichen Mitteln aus-
gestatteten jungen Mann machte es sich unter dem heiteren,
lebenslustigen schlesischen Völkchen wie von selbst, daß er ganz
gehörig in den Strudel der Vereine, Zweckessen, Aufführungen
und Bälle hineingezogen wurde. Schlesien war seit Opitzens
Tagen das gelobte Land der Gelegenheitsgedichte: kein Fest
durfte vorübergehn, ohne daß der wohlgesattelte Pegasus vor
den Gästen seine Schwingen entfaltete. Freytag war schon als
Gymnasiast gewohnt gewesen, Familien- und Freundesfeste
durch Reimereien zu verherrlichen. Jetzt fand er reichlich Gelegenheit, das Talent weiter zu entwickeln. Er wurde Mitglied
des sogenannten Künstlervereins, einer harmlosen Genossen-

schaft von Dichtern, Künstlern und jüngeren Musikern, in der er
manchen guten Genossen fand — auch sein ehemaliger Lehrer
Hoffmann von Fallersleben gehörte dazu. In diesem Kreise
fehlte es nicht an froher Laune; der Becher wurde fleißig an
der Tafelrunde geschwungen und vor allem das Gesellschaftslied
gepflegt; was die Poeten sangen, komponierten die Musiker
sofort, und eine gutgeschulte Liedertafel trug es dann bei einem
der zahllosen Vereinsfeste vor. Freytag erwarb sich bald einen
wohlbegründeten Ruf als Dichter, und als er nun auch noch
die oben erwähnte Vorlesung über neuere deutsche Poesie las,
da hielt man ihn für eine Autorität in poetischen Dingen. Eine
Abordnung der Studentenschaft erschien bei ihm und ersuchte
ihn, die Redaktion eines akademischen Musenalmanachs für das
Jahr 1843 zu übernehmen, zu welchem die Studenten die Gedichte liefern wollten. Mit trüber Vorahnung willigte Freytag
ein und wurde nun mit poetischen Beiträgen überschüttet, die
er alle lesen und beurteilen mußte. Seit der Zeit blieb ihm —
wie er schreibt — ein tiefer Groll gegen alle lyrischen Zusendungen, denen die Bitte um ein Urteil beigefügt war; mit
dramatischen Zusendungen sollte er später noch viel Schlimmeres
erleben.

Die Lieder des Dichters selbst erschienen 1845 unter dem
nicht gerade günstig gewählten Gesamttitel: „In Breslau“.
Im ersten Bande der „gesammelten Werke“ finden sich die
meisten von ihnen wieder abgedruckt. Es sind teils Gesellschafts-
lieder, in denen das alte Thema vom Trinken und Dichten,
Dichten und Trinken in neuen Wendungen behandelt wird:
Die Nachtigall ist gestorben und die Welt nun leer; der kleine
Geiger gehört nicht zu den gewöhnlichen Menschen, sondern zu
den Auserwählten der Natur, der Muse und des Geistes, der
im Weine wohnt; ein kleiner Teufel ertrinkt in einem Weinfaß
und zieht seitdem als Kater in die Brust jedes Trinkers; der
Künstler wird von Jehovahs liebstem Engel aus einer Rebe
und einem Trinkpokal geschaffen. Politische Lieder nach Her-
weghs und Freiligraths Art finden sich nur zwei in der
Sammlung: „Die Wellen“ in Kronen und Purpur schlagen
vergeblich gegen die feste Küste, welche das gute Recht des
Volkes bedeutet, und „Die Krone“, deren Moral ist: „Des
Königs Thräne für des Volkes Blut“. Eigentliche Liebeslieder

finden sich bezeichnenderweise unter den Gedichten gar nicht. Überhaupt sagt Freytag selbst mit vollem Recht von sich, daß er nicht zum lyrischen Dichter geboren sei. Seine durchaus episch angelegte Natur zeigt sich auch in diesen Gedichten. Es reizt ihn weit mehr, darzustellen, was andere Personen, in deren Lage er sich hineinversetzt, gefühlt und gelitten, als was er selbst empfunden hat. So enthält die Sammlung vorwiegend poetische Erzählungen und episch gehaltene Stimmungsbilder. Zu diesem Zweck hat sich der Dichter die alte Nibelungenstrophe zugerichtet mit Kürzung im letzten Vers und Einführung auch weiblicher Reime: er hielt auch später noch viel auf dieses Maß und glaubte, es sei geeignet, jeder Stimmung der Seele lebendigen Ausdruck zu geben. Dem Leser wird bei anhaltender Lektüre das Gefühl einer gewissen Eintönigkeit dennoch nicht erspart bleiben.

Eine Art Berühmtheit unter diesen episch-lyrischen Sachen hat „Der polnische Bettler" gewonnen. Ein zerlumpter, schmutziger polnischer Bettelmann steht vor dem Dome zu Breslau und bittet „die braune Mutter der Polen", die Mutter Gottes von Czenstochau, die Herzen der Leute zu öffnen, daß sie ihm geben. Dabei erzählt er, wie er früher ein schönes Kleid von Tuch mit grünen Schnüren, ein Haus aus Balken gezimmert und mit neuem Stroh gedeckt, ein Rößlein und sechs Hähne besessen habe. Kosaken haben ihn eines Morgens aus dem Bett herausgeholt, als einen Landesverräter angespieen, mit Säbeln gehauen, sein Haus angezündet und seine sechs Hähne am Feuer gebraten. Er hat das Unglück der braunen Mutter verziehen und nur eines erbeten, Rettung dem Vaterland. Dann ist sein Weib umgekommen, und sein Sohn von Pferden zertreten. Die braune heilige Mutter hat ihm nie geholfen: sie hilft ihm auch jetzt nicht; denn keiner der Vorübergehenden giebt ihm. Er will ihr näher auf den Leib rücken, geht in den Dom und sieht sich alle Marienbilder an, aber die, die er sucht, findet er nirgend. Da wird ihm klar, daß auch die braune Mutter der Polen gestorben ist und tot. Er setzt sich weinend zur Erde, und die Mutter von Czenstochau küßt ihm der letzten Thräne Tau aus den geschlossenen Augen. Das Gedicht sandte er an Ruge, der es sofort in seinen Musenalmanach aufnahm und ihm einen sehr erfreuten Brief deswegen schrieb. Damals

herrschte in den Kreisen der Liberalen die ungesunde Polen=
schwärmerei, und Ruge glaubte mit Unrecht, daß auch Freytag
in seinem Gedicht dieser freisinnigen Modekrankheit huldige.
Und in der That kann das Gedicht auf den, der des Dichters
deutsch=nationale Gesinnung nicht kennt, nur den Eindruck
machen, als wolle er für das „unglückliche, zertretene" Polenvolk,
dem selbst seine Götter gestorben sind, mitleidige Sympathieen
erwecken.

Sonst finden wir unter diesen Nibelungenstrophengedichten
Bilder aus dem Studenten=, Künstler= und Soldatenleben,
Romanzenkränze von Rittern und Äbten, auch einen Vorläufer
zu Ingo, „Der Sänger des Waldes", wo der germanische Sänger
das Römerheer mit dem giftigen Drachen vergleicht, der das
Land verheert. Einen allerdings nicht neuen Gedanken führt
„Die Beschwörung" in neuer Form aus. Ein Dichterknabe be=
schwört des Nachts im Walde die alten Meister, daß sie ihm
die Vollkraft der Dichtkunst verleihen. Da tönt ihm die Ant=
wort aus den Bäumen, daß jedem im Innern sein eigenes gutes
Lied schlummere: „Nur, was in dir selbst erklungen, giebt reinen,
vollen Ton, Und kannst du den nicht wecken, so schweige, Dichtersohn."

Zu den Gelegenheitspoesieen zählt ein Cyklus von kleinen
Gedichten, welcher der Dichterin Agnes Franz zum Ge=
burtstag gewidmet ist. Mit dieser liebevollen und frommen
Kinder= und Volksschriftstellerin wohnte der Dichter in einem
Hause. Er schätzte ihren vortrefflichen Charakter und warm=
herzigen Sinn und fühlte sich mit ihr durch die gemeinsame
Neigung zu Volksmärchen und Sagen verbunden, von denen
er selbst auf Kuhns Anregung hin bereits eine ganze Anzahl
gesammelt hatte. In seinen „Erinnerungen" hat er dem kränk=
lichen und verwachsenen Fräulein mit ihren vier verwaisten
Geschwisterkindern, an denen sie Mutterstelle vertrat, und ihren
herzerfreuenden Weihnachtsbescherungen ein anmutiges Denk=
mal der Freundschaft und Dankbarkeit gesetzt. Offenbar fühlte
sich das Kindliche seiner Seele zu dem mütterlichen, selbstlosen
und zartsinnigen Wesen des älteren Fräuleins mächtig hin=
gezogen. Ja, er, das Weltkind, las trotz ihrer Warnung, daß
ihr Dichten Männern unmöglich gefallen könne, alle ihre kleinen
Erzählungen und Gedichte, in denen es von Blumen, Sternen
und Engelchen wimmelte.

Nicht nur dem Künstlerverein gehörte Freytag an, er war auch thätiges Mitglied des akademischen Klubs, einer Gesellschaft, welche auf größere Vornehmheit Anspruch machte, und der die Familien der Universität und des höheren Beamtentums angehörten. Als Vorstand, Tanzordner und angehender Dichter wurde er in diesen Kreisen bald heimisch, und das zog wieder Einladungen bei den adligen Familien der Umgegend nach sich. So lernte er die Breslauer Gesellschaft ziemlich kennen und gewann auch einen Einblick in die Verhältnisse der Rothsattel und Konsorten und den in diesen Familien herrschenden Ton, was ihm für seinen ersten Roman sehr zu statten kam.

In der Stadt selbst gehörte zu seinem liebsten Umgang die alte Kaufmannsfamilie der Molinari, die im 17. Jahrhundert aus Italien eingewandert war und in einem großen Patrizierhause der Albrechtstraße nahe am Markt ihren Stammsitz hatte. Damals hatte Breslau als Handelsplatz noch eine größere Wichtigkeit als heute; besonders seine Wollmärkte waren bedeutend; zu ihnen versammelten sich die Händler aus den weiten Landstrichen des Ostens. Das Molinarische Haus, Kolonialwaren und Produkte, hatte einen doppelten Geschäftskreis, einen auswärtigen, der sich über Krakau, Polen und Galizien bis an die türkische Grenze erstreckte, und einen provinziellen besonders nach Oberschlesien hin. Dem ersten stand der ältere Bruder Theodor, dem zweiten der jüngere Ottomar vor. Besonders Theodor wurde, obwohl dreizehn Jahr älter, einer der intimsten Freunde Freytags, und diese Freundschaft hat bis zum Tode vorgehalten. Er war ein feuriger und leidenschaftlicher, dabei aber höchst gutherziger und freigebiger Mann, ein Vater aller Bedrängten und Waisen. Was Freytag mit ihm verband, waren besonders die gleichen politischen Ansichten, und die Politik drängte sich seit der Thronbesteigung Friedrich Wilhelms IV. immer mehr in den Vordergrund der Interessen. Beide Männer gehörten der jungen liberalen Partei an, welche das alte Polizeiregiment im Staate durch eine vernünftige Verfassung ersetzen und eine größere Einigung des zerrissenen deutschen Vaterlandes herbeiführen wollte. Auch mit anderen bedeutenden Männern von dieser Richtung kam Freytag durch Theodor Molinari in dauernde Verbindung. Durch den Verkehr in diesem Hause lernte er ferner die Bedeutung eines großen Handelshauses, das Leben und Treiben

in den Geschäftsräumen und Gängen, die Art und Weise des
Verkehrs und eine Menge eigenartiger Gestalten von Buch-
führern, Handlungsbediensteten, Kunden und fremden Geschäfts-
leuten aus dem Osten kennen, alles Dinge, die bestimmt waren,
seinem ersten Roman Leben und Farben zu liefern.

Auch sonst bot die schlesische Provinzialhauptstadt damals
noch mehr Eigenartiges und Seltsames als die heutige moderne
Großstadt. In der Weißgerbergasse stießen die Häuser noch
mit den Hinterseiten an das trübe Gewässer der Ohle, welches
jetzt längst zugeschüttet ist. Der Dichter hat die hohen, düsteren
Gebäude mit ihren über das Wasser hinausspringenden Erkern,
auf denen die Felle der Gerber trockneten, mit den engen zum
Fluß hinabführenden Treppen in der nächtlichen Schreckens-
scene gezeichnet, in welcher Itzig seinen Lehrer ertränkt. Auch
zu dieser Gestalt und zu dem ganzen lichtscheuen Schacher- und
Wuchergetriebe boten sich ihm in Breslau reichliche Vorbilder.
Die Judenstadt mit ihren engen Gassen, ihren Ausdünstungen
und Trödelläden, mit ihrem Lärm und Geschrei zeigte ihm das
jüdische Wesen niedrigster Art; daneben gab es aber schon herauf-
gekommene Ehrenthale, die in feinen Häusern mit einer gewissen überladenen Eleganz eingerichtet waren, und deren Frauen
und Töchter in Bildung machten. Der Gegensatz zwischen diesen
halb- oder ganzdunklen Vertretern des Handelsstandes und den
streng rechtlichen und stolzen deutschen Kaufleuten, wie solche
seine Freunde waren, ist in seinem Roman höchst wirksam
dargestellt.

Die geselligen Ansprüche, die an den jungen Privatdocenten
gestellt wurden, wuchsen immer mehr. Außer dem Künstlerverein nahm jetzt auch das „Börsenkränzchen" seine Muse in
Anspruch. Das war ein großer Klub, dem die angesehensten
Mitglieder der Kaufmannschaft angehörten. Das „Maskenfest
des guten Königs René", welches er diesem Verein dichtete, ist
unter seine Gedichte aufgenommen. Auch wohlthätigen Zwecken
stellte er sein Talent gern zur Verfügung. Die Not der schlesischen
Weber im Gebirge nahm in den vierziger Jahren einen gefährlichen Charakter an. Es bildete sich in Breslau ein Verein
zur Herbeiführung besserer Lebensbedingungen für die Leidenden, dem auch Freytag beitrat. Vorstellungen wurden gegeben,
deren Ertrag der grimmigsten Not steuern sollte; zu lebenden

Bildern, die diesem Zwecke dienten, dichtete Freytag die poeti=
schen Erläuterungen. Leider hatten diese Bestrebungen, soviel
Gutes sie im einzelnen stifteten, im ganzen und großen wenig
Erfolg. Es zeigte sich, daß nichts schwerer ist, als einem ver=
kommenden Industriezweig seine Opfer zu entreißen.

Unter all diesen Zerstreuungen, Nebenbeschäftigungen und
der dichterischen Arbeit an der „Brautfahrt" vernachlässigte
Freytag auch das eigentliche wissenschaftliche Studium nicht;
beruhte doch darauf sein Vorwärtskommen in der akademischen
Laufbahn. Für das große Grimmsche Wörterbuch übernahm
er es, den ganzen Jakob Ayrer, einen Dramatiker des 16. Jahrhunderts, der etwa 70 Stücke verfaßt hat, zu verarbeiten —
keine geringe Mühe. Aus dem großen Sammelwerk der monu-
menta Germaniae trug er alles zusammen, was ihm von kultur-
geschichtlichem Werte zu sein schien — die erste Vorarbeit zu
den „Bildern aus deutscher Vergangenheit". Seine eigentliche
Hauptarbeit aber verwendete er damals noch auf dasjenige Gebiet, dem er auch seine beiden akademischen Dissertationen entnommen hatte, die Geschichte der dramatischen Poesie und Kunst
der Deutschen. Die kirchlichen Spiele des Mittelalters sowohl,
wie die großen städtischen Aufführungen des 15. Jahrhunderts
haben eine massenhafte, damals noch fast unbekannte und schwer
zugängliche Litteratur hinterlassen. Freytag sah bald ein, daß
schnelle Lorbeeren für einen jungen Docenten hier nicht zu
pflücken waren, daß viele Jahre nötig sein würden, um nur
einigermaßen den Stoff zusammen zu bekommen. Dennoch hielt
er zunächst an dieser Aufgabe fest. Er unternahm mit mini-
steriellem Urlaub, aber aus eigenen Mitteln zwei kostspielige
Reisen, eine nach Norddeutschland, eine nach Wien, wo er im
Herbst 1841 auf der Hofbibliothek emsig arbeitete.

Die Gelegenheit, eine Professur zu erhalten, schien sich ihm
zu bieten, als Hoffmann von Fallersleben, der sich aus dem
Manne der Wissenschaft immer mehr zum Festredner und Dichter
von Gesellschafts= und anderen Liedern entwickelt hatte, seiner
Professur enthoben wurde. Dies geschah im Dezember 1842 wegen
seiner „unpolitischen Lieder", in denen er seinen Spott über
die herrschenden Zustände allzu freien Lauf gelassen hatte. Freytag,
der vom Kurator der Universität die Erlaubnis erhalten hatte,
in seiner Vorlesung über neueste Litteratur diese Lieder zwar

zu erwähnen, doch ohne sie zu loben, schrieb Hoffmann einen
herzlichen Brief und nahm gerührten Abschied von seinem ehemaligen Lehrer, den er im Leben nicht wieder sehen sollte. Er
hoffte, in die durch Hoffmanns Abgang entstandene Lücke im
Lehrkörper der Universität einzutreten, und richtete an die philosophische Fakultät das Gesuch, seine Ernennung zum außer-
ordentlichen Professor beim Minister zu befürworten. Er wies

Aug. Heinr. Hoffmann von Fallersleben.

in diesem Schreiben darauf hin, daß es ihm nach und nach gelungen sei, einiges Vertrauen bei der akademischen Jugend zu
gewinnen, und daß er sich nach Kräften bestrebt habe, den „Sinn
für unsere deutsche Nationalität zu wecken“. Aber er hatte keine
größeren wissenschaftlichen Leistungen aufzuweisen, und die
Wechsel auf die Zukunft, die er ausstellte: eine Geschichte des

deutschen Dramas und eine „Historische Entwicklung der deutschen Volkstümlichkeit", mochte die Fakultät nicht acceptieren;
sie konnte ja nicht voraussehen, wie glänzend er wenigstens den
zweiten dereinst einlösen würde. So wurde er denn mit einer
„Remuneration" abgespeist, auf das „Weiterwarten" verwiesen,
und an Hoffmanns Stelle ein anderer zum Professor er-
nannt.

In „Soll und Haben" macht der Dichter einmal die Bemerkung, daß das Leben einer Wagschale gleiche. Steigt die
eine, so muß die andere sinken, und sinkt die eine, so steigt die
andere. So ging es ihm damals selbst. Was ihm das Leben
für seine akademische Laufbahn versagte, ersetzte es ihm vollkommen durch den Erfolg, den sein dramatisches Erstlingswerk
wider alles Erwarten hatte. Er hatte in Fuggers „Ehrenspiegel
des Hauses Östreich" die Werbung des Erzherzogs, späteren
Kaisers Maximilian, um Maria von Burgund gelesen und sich
durch diese romantische Geschichte so angezogen gefühlt, daß er
im Sommer 1841 das Lustspiel „Die Brautfahrt oder Kunz
von Rosen" aus diesem Stoffe fertigte, und zwar mit
viel Wärme und Freude, aber mit sehr ungenügender Kenntnis
der Bühne. Er hatte es gerade fertig, als ihm in der Zeitung
ein Preisausschreiben der Berliner Hoftheaterintendanz für ein
Lustspiel aus der Gegenwart vor die Augen kam. Trotzdem
nun der Stoff seines Lustspiels nichts weniger als aus der
Gegenwart war, und er sich keinen Augenblick verhehlte, daß es
auf einen Preis nicht zu rechnen habe, sandte er es dennoch
unter dem Motto: „Weit ritt ich her von Böhmen, ich habe spät
mich aufgemacht" noch gerade vor dem Schlußtermin ein. Er
dachte den Winter über kaum noch an diesen jugendlich ver-
wegenen Streich, da las er Ende März 1842 wiederum eine
Bekanntmachung, daß vier der eingesandten Stücke mit dem
gleichen Preise bedacht seien. Als letztes Kennzeichen las er
seins. Aufs angenehmste überrascht, meldete er sich sofort bei
der Intendanz und erhielt die Nachricht, daß sein Stück zur
Aufführung angenommen sei. Er ließ es nun als Manuskript
drucken, versandte es an die größeren Bühnen und erlebte die
Freude, daß es in der nächsten Zeit auf nicht weniger als zwölf
Theatern gegeben wurde, allerdings mit geteiltem Erfolg. In
Breslau genoß er bei der ersten Aufführung alle Entzückungen

eines jungen dramatischen Dichters, der sich zum erstenmal
selbst sieht; er sprach die Worte der Schauspieler fortwährend
leise mit und war am Schluß nur verwundert, daß das Publikum seine Begeisterung nicht aus voller Seele teilen wollte.
Merkwürdigerweise kam in Berlin infolge eines Wechsels des
königlichen Theaterintendanten das Stück überhaupt nicht zur
Aufführung, dagegen erschien es 1843 im Druck, und zwar war es
— seltsam genug — einem russischen Schiffskapitän finnischer Ab-
kunft gewidmet. Freytag hatte ihn zwei Jahre zuvor im Seebad
Swinemünde kennen gelernt und durch entschlossenes Vertreten
der deutschen Nationalität dem hochfahrenden, auf alles schimpfen-
den Gast derartig imponiert, daß dieser schließlich nach gewechselten Grobheiten seinen Verkehr suchte und sich als einen
wackern, wenn auch vergrillten Seebären erwies. Einmal sprach
er verachtungsvoll von aller Bücherschreiberei, worauf Freytag
erwiderte, er werde ihm zur Strafe sein nächstes widmen. Dies
war „Die Brautfahrt".

Das Thema des Lustspiels ist die Treue zweier fürstlicher
Jugendverlobten, welche, obwohl sie sich nur aus Bildern kennen,
viele Jahre trotz aller Ränke aneinander festhalten. König Max,
der letzte Ritter, schlägt sich durch alle Schwierigkeiten und Gefahren zu seiner geliebten Maria durch und vereinigt sich mit
ihr. Der ganze Stoff ist mehr episch wie dramatisch, voller
Abenteuer und Erlebnisse, aber ohne rechte Einheit der Handlung. Auch hat er nicht einen, sondern zwei Helden, weil das
Interesse der Zuschauer mindestens ebenso wie für Max für
dessen „lustigen Rat", Kunz von der Rosen, in Anspruch genommen wird, einen prächtigen Gesellen voll unverwüstlichen
Lebensmutes, sprudelnden Witzes und aufopfernder Treue, der
seinen geliebten Herrn aus den französischen Fallstricken rettet
und dann auch selbst sein Glück findet, indem er das liebliche
Mädchen, das in Knabentracht als Zitherschläger mit ihm gezogen, zur Gattin gewinnt. Auf der Bühne hat sich das Drama
nicht zu behaupten vermocht, aber als Lesestück ist die flott
erzählte, inhaltsreiche und romantische Geschichte immer noch
sehr empfehlenswert.

Unvollendet blieb ein zweites Drama, welches er im Sommer
1844 entwarf, „Der Gelehrte"; nur der erste Akt kam zu
stande, der den Dichter besonders anzog. Ein junger Historiker,

4*

Walther, liebt ein adliges Fräulein; diese verlobt sich jedoch, obwohl sie jenen wieder liebt, aus Schwäche mit ihrem Vetter. Walther sagt als ein zweiter Marquis Posa einem Minister, der ihn befördern will, gehörig seine republikanischen Anschauungen ins Gesicht, schlägt die angebotene hübsche Stelle aus und erklärt, er wolle „ins Volk" gehen. Im Verlaufe des Stückes sollten noch zwei Akte folgen. Der Held sollte Steinmetz werden, das Fräulein tiefsinnig, bis endlich die Liebenden

Berthold Auerbach.

sich wiederfinden und vereinigen sollten. Im ersten, ausgeführten Akte sucht der Freund des Helden, Romberg, vergebens diesen zum liberalen Journalisten zu machen — ein Beweis, daß schon damals dieser Gedanke unserm Dichter nicht fern lag.

V. Der erste Ruhm.

Zwei Geister hatten bisher nebeneinander in Freytags Seele gewohnt, der Geist wissenschaftlicher Forschung, zu dem ihn sein Beruf, und der dichterischer Produktion, zu dem ihn wachsende Neigung und Übung hinzog. Allmählich gewann der letztere die Oberhand. Die Freude, selbst Dichterisches zu bilden, ward stärker als der Drang, das, was andere in alter und neuer Zeit geschaffen hatten, zu erforschen. Hätte er beides

Karl von Holtei.

auf die Dauer vereinigen wollen, so wäre leicht beides verkümmert. Daher reifte in ihm der Entschluß, sein akademisches Amt aufzugeben. Das wurde ihm durch eine besondere Veranlassung erleichtert. Von jeher hatte es ihn besonders gereizt, sich in das Leben und Fühlen des kleinen Mannes hinein zudenken, der keine Rolle in den großen Weltbegebenheiten spielt, zu ergründen, wie die Ereignisse der Geschichte auf Empfinden und Denken, auf Lebensführung und sittliche Haltung der großen Masse zurückwirken. Die alten Chroniken und Geschichtswerke hatte er vornehmlich auf diesen Gesichtspunkt hin gelesen und ercerpiert. Die so gewonnenen Anschauungen wollte er nun auch für seine Zuhörer nutzbar machen und kündigte daher im Jahre 1844 eine Vorlesung über deutsche Kulturgeschichte an. Allein diese Vorlesung zu halten untersagte ihm die hochlöbliche Fakultät, weil Kulturgeschichte in keines der damals üblichen wissenschaftlichen Fächer paßte und solche Neuerungen seitens eines jungen Privatdocenten, der wissenschaftlich noch keine bedeutenden Leistungen aufzuweisen hatte, nicht statthaft erschienen. Formell wurde die Ablehnung des Kollegs damit begründet, daß Freytag nur für deutsche Sprache und Litteratur habilitiert sei, nicht aber für Geschichte oder etwas dem Ähnliches.

Dieses Verbot bewirkte, daß Freytag den Entschluß, den er wohl schon seit längerer Zeit mit sich herumgetragen hatte, ausführte. Er antwortete, daß er unter diesen Umständen auf das fernere Halten von Vorlesungen überhaupt verzichte. Damit gab er seine akademische Thätigkeit, für die er doch keinen rechten inneren Beruf mehr fühlte, auf, um fortab ausschließlich der dramatischen Muse zu leben.

Er blieb aber vorerst in Breslau und arbeitete, sich von den Zerstreuungen des Tages mehr und mehr zurückziehend, still für sich und seine Zukunft. Sehr förderlich war ihm für seine dichterischen Bestrebungen der Umgang mit Karl von Holtei, der seit 1842 als Theaterdirektor in Breslau lebte und wie kein anderer die deutschen Bühnenverhältnisse kannte. Auch Berthold Auerbach, dessen „Schwarzwälder Dorfgeschichten" damals allgemein wie eine Erlösung von der öden Salonlitteratur nach französischem Muster empfunden wurden, suchte seine Bekanntschaft. Er hatte sich mit einem Mädchen verlobt, welches Freytag bei Agnes Franz kennen gelernt hatte, und bat den Freund, bei der nach jüdischem Ritus zu vollziehenden Trauung als Zeuge zu erscheinen. Freytag erfüllte die Bitte gern und mußte sich zu seinem Erstaunen mahnen lassen, in die Synagoge nicht unbedeckten Hauptes zu treten. Das Verhältnis zu Auerbach

dauerte bis zum Tode des letzteren, obwohl Freytag als Kritiker
bei Besprechung der späteren Werke des Freundes diesem bis=
weilen bitter wehe thun mußte. Der Riß zog sich immer wieder
zusammen, und Auerbach besuchte Freytag noch auf seinem
Gute zu Siebleben.

Freytag suchte inzwischen durch eifrige Arbeit den Mängeln,
die ihm — wie er fühlte — als Lustspieldichter noch anhafteten,
abzuhelfen und studierte in diesen Jahren besonders das fran=
zösische Lustspiel, dessen Wert auch für die deutsche Bühne er
vollständig würdigte. Er sah in Scribe das hervorragendste
Talent und erkannte, ohne sich über die mannigfachen Schwächen
des Dichters zu täuschen, namentlich die geschickte Disposition
der Handlung, den wirksamen Bau der einzelnen Scenen und
die Gewandtheit des Gesprächs als mustergültig an. In diesen
Dingen nahm er sich „den großen, alten Taschenspieler" — wie
er ihn einmal nennt — zum Vorbild, als er im Frühjahr 1846
ein neues Schauspiel, „Die Valentine", schrieb, welches dann
vom nächsten Jahre an die Runde über die deutschen Bühnen
machte. Es gefiel damals ungemein und erregte nur an einigen
Hoftheatern wegen der bürgerlich freisinnigen Tendenz Bedenken.
„Die Valentine" (d. h. eigentlich die Valentinstage) stellt dar,
wie Georg Winegg, genannt Saalfeld, der sich in Amerika zu
festem Charakter, kühner Männlichkeit und weitem Gesichtskreis
hindurchgearbeitet hat, die Standesvorurteile und den Stolz der
schönen aristokratischen Valentine von Geldern besiegt, ihre Liebe
gewinnt und sie nach Italien führt, damit sie an seinem Herzen
unter anderm Himmel gesunde. Das Paar will dann zurück=
kehren, um in der Heimat dem großen, stillen Bunde „der
Krieger, Propheten und Dulder für die Zukunft" zu dienen.
Daneben führt Georg den Spitzbuben Benjamin durch psycho=
logisch wohlberechnete Erziehung auf den Weg der Ehrlichkeit
zurück. Das Stück ist in ganz anderer Weise bühnengerecht
als „Die Brautfahrt"; es konnte mit einer geringfügigen Ände=
rung gleich so gegeben werden, wie der Dichter es nieder=
geschrieben hatte. Die Handlung ist bewegt und spannend, der
Dialog von ungemeiner Frische und Lebendigkeit, die Sprache
edel und elegant. Da ferner das Schauspiel vollgesättigt ist
mit den Tendenzen und Anschauungen jener Jahre, so begreift
sich der Erfolg, den es hatte, ohne weiteres. Uns erscheint es

als im swesentlichen veraltet und überlebt. Das Ungesunde, Radikale der sogenannten „jungdeutschen Schule" mischt sich deutlich mit den Einwirkungen der französischen Bühne. Es ist eine schwüle Luft, die in dem Stücke herrscht, „eine Mischung von Patschuli und Veilchenduft," ein feiner Egoismus, geistige Überhebung und ungerechtfertigte Weltverachtung beherrschen die Hauptpersonen. Neben der Verachtung der engen heimischen Verhältnisse tritt die Überschätzung des amerikanischen

Karl Gutzkow.

Wesens, sowie die Geringschätzung der herkömmlichen Begriffe von Sitte und Sittlichkeit für uns in unangenehmer Weise zu Tage.

Freytag urteilte daher richtig, wenn er meinte, daß das Stück, „weil es Verbildungen vergangener Jahre" deutlich offenbare, zwar bei dem älteren Geschlecht große Freude erregt habe, aber dem jüngeren, welches gegen jene Verbildungen anzukämpfen suche, gerade dadurch verleidet worden sei. Es ist eben ein geschickt gearbeitetes Tendenzstück. Für den Augenblick freilich brachte es dem Verfasser Anerkennung, ja Berühmtheit. Er wurde auf einmal ein Dichter, der zu großen Hoffnungen berechtigte, und sah sich in einen umfangreichen Briefwechsel mit Theaterintendanturen, Schriftstellern und Schauspielern verwickelt. Unter anderen lud ihn Gutzkow, der damalige Dramaturg des Dresdener Hoftheaters, zu einer persönlichen Besprechung nach Dresden ein und empfing ihn dann mit der Haltung, mit welcher auf der Bühne der Minister den armen Teufel von Bittsteller zu empfangen pflegt. Er verlangte von dem Dichter, daß dieser sich die Änderungen, die er für nötig halten werde, gefallen lasse. Das verweigerte Freytag und verließ mit der kategorischen Erklärung, daß er in diesem Falle die Aufführung versage, den verdutzten Drama= turgen. Der Schauspieler Devrient vermittelte dann, und bei einem Diner fand die Versöhnung statt. In Berlin hätte der bekannte Schauspieler Louis Schneider, der es liebte, sich durch allerlei Mätzchen vorzudrängen, beinahe den Erfolg des Stückes arg gefährdet. Er hatte sich den Zigeuner ausgebeten und steckte bei der Probe während der hochtragischen Unterredung zwischen Georg und Valentine sein rundes Gesicht mit schlauer Miene zwischen dem Vorhang hindurch, so daß es von diesem umrahmt schien. Das sah so grotesk aus, daß der Ernst der Scene unter den Lachsalven der Zuschauer begraben worden wäre. Zum Glück ließ er sich bedeuten und begnügte sich damit, während der Aufführung selbst in lächerlicher Weise auf die Bühne zu kollern, um die Galerie einen Augenblick fröhlich zu machen.

Bei Abfassung der „Valentine" hatte Freytag erkannt, daß ihm zum dramatischen Dichter noch eine genauere Kenntnis des Bühnenwesens, der Art, wie man ein Stück insceniert, fehle. Darum begab er sich im Winter 1846 nach Leipzig, wo das Theater unter Marrs Leitung gerade einen neuen Aufschwung nahm. Als vielversprechender Dichter fand er in den dortigen Theaterkreisen eine freundliche Aufnahme, durfte den täglichen Proben beiwohnen und lernte die ganze Bühne mit all ihren Vorrichtungen bis zum Schnürboden hinauf gründlich kennen. Nach den Aufführungen fanden sich die hervorragenden Schau= spieler und Schauspielerinnen am Theetisch zusammen und er= örterten in lebhafter und für einen angehenden Theaterdichter höchst fruchtbarer Weise die Fragen der dramatischen Kunst. Am engsten schloß sich Freytag an seinen Landsmann Heinrich Laube an, ohne jedoch die tiefgehende Verschiedenheit zu ver= kennen, die ihn von diesem damals noch als Haupt der radi= kalen sogenannten jungdeutschen Richtung geltenden Schriftsteller trennte. In Freytags Gegenwart wurde auch die „Valentine" in Leipzig einstudiert und mit Beifall aufgeführt.

So viel ihn nun auch nach Leipzig zog, so wählte er diese Stadt doch nicht zum bleibenden Aufenthaltsort, wie er wohl anfangs vorgehabt hatte, sondern siedelte im Jahre 1847 nach

Heinrich Laube.

Dresden über. Dazu bewog ihn außer der herrlichen Lage dieses Elbflorenz besonders wohl der Umstand, daß Dresden damals noch als Residenz weit großstädtischer und bedeutender als Leipzig war; hatte es doch im Jahre 1845 etwa 86 000, Leipzig

aber nur 55 000 Einwohner. Er wollte der jungen Frau, die
er heimzuführen gedachte, ein möglichst angenehmes und viel=
seitig angeregtes Dasein verschaffen. Die Bekanntschaft mit
dieser Dame reicht bis in die Anfänge seiner Breslauer Privat=
docentenzeit zurück. Zu Pfingsten 1840 machte er mit Hoffmann
von Fallersleben einen Ausflug nach Gimmel, einem Ritter=

Arnold Ruge.

gute im Kreise Öls. Der Gutsherr, ein Graf von Dyhrn, war
ein gutmütiger, aber etwas leichtsinniger Herr, der trotz einiger
schöngeistiger Neigungen wenig Anziehungskraft auf seine Gäste
auszuüben vermochte. Um so mehr Eindruck machte seine Ge=
mahlin, eine geborene Schulz, deren reizvolle, anmutige Unter
haltung Freytag so fesselte, daß er statt ein paar Tage eine
ganze Woche blieb. Dieser Besuch sollte wichtige Folgen für

sein ferneres Leben haben; denn das Bild der jungen Gräfin und der Gedanke an ihre wenig beneidenswerte Lage an der Seite eines ungeliebten und wenig freundlichen Gatten wollte nicht wieder aus seiner Seele weichen. Als sie später die ihr zur unerträglichen Fessel gewordene Ehe löste, bot er ihr Herz und Hand und führte sie in sein neugegründetes Haus zu Dresden.

Acht Jahre frischester und entwicklungsfähigster Jugendzeit

Ludwig Tieck.

hatte er in der heimischen Provinzialhauptstadt zugebracht. Hier hatte er diejenigen Dichtungen geschaffen, die ihn zuerst in weiteren Kreisen bekannt machten. Innerlich hatte er sich aber aus der eng begrenzten schlesischen Welt längst losgelöst. Er war übergetreten in den Kreis der Männer, welche, durch dichterisch litterarisches Streben verbunden, eine große, zerstreute Gemeinde bilden, deren Glieder sich in allen Brennpunkten der Kultur heimisch fühlen und überall rasch zusammenfinden. In

Dresden gab es einen ansehnlichen Kreis von Künstlern, mit denen Freytag sogleich in geselligen Verkehr trat. Da lebte der Dichter, Schauspieler und Theaterdirektor Eduard Devrient, dessen glückliche Häuslichkeit einen Mittelpunkt für einheimische und durchreisende Kunstgrößen bildete. Da lebte ferner das Haupt der romantischen Schule Ludwig Tieck, der Altmeister der deutschen Dramaturgie, der dem so viel jüngeren Freunde durch seinen Rat und seinen weitreichenden Einfluß manchen guten Dienst leistete. Er war ein milder, feiner Mann mit wunderbar leuchtenden Augen, dem das ausdrucksvolle Haupt wie ermüdet über der vom Alter gebeugten Gestalt neigte. Da lebten auch radikale Politiker wie Fröbel und Ruge, deren seltsames Gebahren und kühne Weltverbesserungspläne zwar das lebhafte Interesse Freytags erregten, ihm aber doch ein eigentlich freundschaftliches Nähertreten unmöglich machten. Als Oppositionsleute gegen den Polizeistaat waren sie zwar seine Gesinnungsgenossen; was sie aber trennte, war, daß Freytag zuerst deutscher

Julius Fröbel.

Patriot, dann erst liberaler Freiheitsmann war. Der Bruch mit Ruge erfolgte, als dieser an einem finstern Winterabende 1848/49 zu Freytag kam und ihm mitteilte, er werde den bei ihm versteckten Schlüssel der Posener Citadelle in der nächsten Nacht zwei polnischen Sendlingen übergeben, welche die Garnison von Posen zu überfallen dächten. Freytag erwiderte darauf, daß er Preuße sei, daß sein Bruder als Reserveoffizier in Posen stehe, und daß sich ihre bisher gemeinsamen Wege an diesem Punkte schieden. Auch mit Richard Wagner wurde Freytag in Dresden vorüber-

gehend bekannt. Dessen große, mit Feuereifer entwickelte Opern
pläne konnten jedoch seinen Beifall nicht sonderlich gewinnen:
es schien ihm auch später, als sei die Freude an unerhörten
Dekorationswirkungen das stille Leitmotiv von Wagners Schaffen
gewesen.

Auf die „Valentine" ließ Freytag im Herbst 1847 als eine
Art Gegenstück den „Grafen Waldemar" folgen. Wie in jener

Richard Wagner.

eine in Standesvorurteilen befangene Aristokratin durch einen
hochsinnigen Bürgerlichen, so wird in diesem ein aristokratischer
Lebemann und blasierter Salonheld durch ein einfaches,
liebenswertes Gärtnermädchen geheilt und zu neuem, gesundem
Leben erweckt. Das ist ein ansprechendes Grundmotiv, der

Stoff aber ist mehr novellistisch als dramatisch, weil er zum
Inhalt einen seelischen Vorgang, nicht eine eigentliche Handlung
hat. Auch ist die Begebenheit an sich nicht eben wahrscheinlich
und durch „die vornehme Behandlung", die ihr Freytag gegeben
hat, kaum wahrscheinlicher gemacht. Man darf billig Zweifel
hegen, daß die Sinnesänderung des Grafen Waldemar am
Schlusse eine dauernde sein werde; Freytag meint daher mit
Recht, er hätte sie durch einen kleinen Zusatz zu dem Charakter
des Helden schon während des Stückes besser vorbereiten sollen.
Es kommt noch eine andere Unwahrscheinlichkeit in dem Stücke
vor, nämlich die, daß der Graf seine frühere Geliebte nach acht
Jahren nicht sogleich in der russischen Fürstin wiedererkennen
soll. Die Atmosphäre, die wir auch in diesem Stück atmen, ist
die vornehmer Blasiertheit und übersättigter Genußsucht, der
Held ist schwankend, unklar, unsicher, keine sympathische Erscheinung; mit Fink und Bolz teilt er bloß die Anlage zu Spott
und Ironie. Aber die beiden Frauen, welche um den Helden
streiten, Gertrud und Georgine, sind gut kontrastiert und lebenswahr gezeichnet. Die ganze Scenenführung, der Aufbau der
Handlung ist ebenso geschickt und bühnengerecht wie in der
„Valentine".

Der „Graf Waldemar" wurde unter Tiecks Mitwirkung in
Berlin einstudiert und im Juni des Jahres 1848 mitten unter
dem Straßenlärm der Revolution aufgeführt. Das Haus war
natürlich leer; der Verfasser saß im Parkett fast allein. Aber
die Aufführung war trotzdem infolge der allgemeinen Begeisterung der Spielenden und der höchst sorgfältigen Ein-
studierung eine Leistung ersten Ranges und erfüllte den Dichter
mit stolzer Freude und dauernder Hochachtung vor der Schauspielkunst; sie half ihm auch in späteren Zeiten über die nicht
seltenen Mißgriffe und Verkehrtheiten selbst berühmter Künstler
hinweg; er brauchte in solchen Fällen nur an diesen Juniabend
zurückzudenken, um den guten Glauben an den Beruf und die
Kunst der Schauspieler wiederzugewinnen.

Sowohl der „Graf Waldemar", wie die „Valentine" be-
haupteten sich auf den Theatern, und der Dichter hatte nunmehr
festen Fuß auf der deutschen Bühne gefaßt und zugleich das
Gefühl gewonnen, daß er die Geheimnisse des dramatischen
Stils nun wirklich gefunden habe. Von der „Brautfahrt" bis zu

der „Valentine", also fünf Jahre lang, war er nach diesen auf der
Suche gewesen, und jetzt durfte er sich sagen, daß er die technische
Arbeit des Bühnenschriftstellers gründlich verstand. Er gedachte
sich fortab ganz dem dichterischen Schaffen zu widmen und
glaubte, Jahr für Jahr ein neues Theaterstück liefern zu
können und so den errungenen ehrenvollen Platz als dramatischer
Dichter dauernd zu behaupten. Es sollte anders kommen!

VI. Politiker und Journalist.

Die Frühlingstage des Jahres 1848 brachten diejenige
Explosion, welche man seit lange geahnt, erwartet und voraus=
gesagt hatte. Die Nachricht von dem Sturze Metternichs in
Wien, von dem Barrikadenbau und den Straßenkämpfen in
Berlin durchzuckte die seit lange von dumpfer Unzufriedenheit
und wachsendem Mißtrauen gegen die Regierungen erfüllten
Gemüter wie ein elektrischer Schlag. Jetzt muß alles anders
werden — so rief man laut —, der Staatsbürger muß Anteil
an der Regierung bekommen; eine konstitutionelle Verfassung,
Volksbewaffnung, Geschworenengerichte müssen eingeführt, die
unerträglich gewordene Censur und sonstige Bevormundung
der öffentlichen Meinung muß abgeschafft werden; man ver=
langte Preß=, Versammlungs=, Jagd= und noch einige andere
Freiheiten mehr. Ebenso ungestüm machte sich das Verlangen
nach einer stärkeren Einigung des deutschen Vaterlandes geltend.
Statt des ohnmächtigen deutschen Bundes wollte man eine
kräftige deutsche Centralgewalt und daneben zur Vertretung der
Rechte des Volkes eine deutsche Nationalversammlung. Diese
alten und wohlbegründeten Forderungen der liberalen Partei
wurden nun mit einem Male durch eine mächtige Volksbe=
wegung unterstützt, welcher die deutschen Regierungen keinen
Widerstand entgegenzusetzen wagten. Im Hintergrunde machten
sich bereits die radikalen Elemente bemerklich, welche Revolution
um jeden Preis, Abschaffung der Monarchie, republikanische
Verfassung und Herrschaft der Demagogen erstrebten. Auch in
Dresden gelangte die freiheitliche Bewegung ohne viele Mühe zum
Ziele. Ein liberales Ministerium wurde eingesetzt, welches die ge=
wünschten Freiheiten bewilligte. Aber die demokratische Partei,
damit nicht zufrieden, drängte unruhig weiter, was dann
schließlich im Mai 1849 zu dem Aufruhr führte, der durch
preußische Truppen blutig niedergeschlagen werden mußte.

Wie wäre es unter solchen Verhältnissen, unter den leidenschaftlichen Zuckungen einer politisch aufs äußerste erregten hauptstädtischen Bevölkerung einem Dichter möglich gewesen, ruhig seiner Muse zu leben, noch dazu einem, der wie Freytag von Hause aus eine starke historisch politische Ader in sich trug. Er war von ganzem Herzen liberal gesinnt, aber nicht minder auch national. Für ihn stand fest, daß das Heil Deutschlands nur in der vollständigen Trennung von dem vielsprachigen, seinem innersten Wesen nach undeutschen Österreich und in der Einigung der Mittel- und Kleinstaaten unter Preußens Führung zu suchen sei, also in dem, was zwei Jahrzehnte später durch Blut und Eisen errungen wurde, damals aber noch im weiten Felde lag. An eine Führerschaft Preußens zu glauben, war in Sachsen zu jener Zeit auch gemäßigten und besonnenen Männern so gut wie unmöglich. Den demokratisch gesinnten und nach der Republik hinstrebenden Kreisen aber, wie sie sich im sogenannten „Vaterlandsverein" zusammenfanden, erschienen beide Großmächte als „gemeinschädliche Erfindungen feudaler Vergangenheit".

Es ist nicht zu verwundern, daß sich Freytag unter diesen Umständen in Dresden vereinsamt fühlte. Trotz der Irrungen und Wirrungen in seinem engeren Vaterlande hielt er den Glauben an den deutschen Beruf Preußens unerschütterlich fest und konnte daher auch den Vorschlag, den ihm Laube machte, er solle sich für einen böhmischen Wahlkreis um ein Mandat zur Frankfurter Nationalversammlung bewerben, nicht annehmen; denn die preußische Führerschaft des neuen deutschen Bundesstaates, wie er sie erstrebte, vertrug sich natürlich nicht mit der Zugehörigkeit des Kaiserstaates zu ihm. „Nicht in Frankfurt, sondern in Berlin liegt die Entscheidung," entgegnete er dem in ihn dringenden Freunde. Damit war die Sache abgethan.

Dagegen bot sich ihm eine andere Gelegenheit, den Drang nach politischer Thätigkeit, wenn auch nur in einem kleinen Kreise, zu befriedigen. Die in Dresden lebenden Nichtsachsen, die sogenannten „Fremden", hielten, wie damals jede nur denkbare Klasse von Staatsbürgern, ihre politischen Versammlungen ab, und in einer solchen kamen auch die sozialen Nöte dieser Leute zur Sprache. Es waren meistens Arbeiter, Gesellen, Handlungsgehilfen zugegen, und einer von ihnen schilderte mit

leidenschaftlich beredten Worten, wie bitter es für einen fremden
Arbeiter sei, allein und ohne jeden Familienanhalt am Feier=
abend in der großen Stadt an so vielen glänzenden Sälen mit
Kronleuchtern, Tapeten und vergoldeten Spiegeln vorüber=
zugehn, zu sehen, wie angenehm sich die reichen Leute ver
gnügten, um dann seine öde und kalte Dachkammer aufzusuchen.
Da trat Freytag auf und sagte den Anwesenden, daß sie es
ebensogut haben könnten wie die Reichen, wenn sie nur zu=
sammenhielten. Wenn jeder monatlich nur wenige Groschen
zahle, so könnten sie ebenfalls einen schönen, großen Saal
mieten, sich Zeitungen halten, eine kleine Bibliothek gründen,
einen Hausmeister einsetzen, der für billige Speisen und Ge=
tränke sorge, und was dergleichen Annehmlichkeiten mehr seien.
Er selbst erklärte sich bereit, ihnen bei alledem behülflich zu sein
und besonders die Bürgschaft gegenüber dem Besitzer des Lokals
zu übernehmen.

Der Gedanke zündete. Es wurde sogleich ein Ausschuß
gewählt, Satzungen entworfen. Dann wurde ein Saal mit
Kronleuchter, Spiegel und blauer Tapete gemietet, und der neue
Fremden= oder — wie er sich bald nannte — Handwerkerverein
war fertig. Freytag und ein Musiker Namens Bauck, ein zu=
verlässiger und in solchen Dingen geschickter Mann, übernahmen
die Leitung. Die eigentliche Schwierigkeit begann freilich erst
hiermit. Denn es ist leicht, einen Verein zu gründen, schwer,
ihn zusammenzuhalten und vor falschen und gefährlichen Bahnen
zu bewahren, ganz besonders in so aufgeregten Zeiten. An
mehreren Abenden in der Woche wurden Vorträge gehalten,
der Musiker richtete ein Quartett ein, ein Fragekasten wurde
aufgestellt und die zahlreichen hineingeworfenen Fragezettel von
dem Vorsitzenden beantwortet. Das war ein vortreffliches
Mittel, auf die Gesinnungen und Anschauungen der Vereins=
mitglieder klärend einzuwirken und radikalen Neigungen ent=
gegenzutreten. Obwohl der Verein nach den Satzungen kein
politischer war, ließen sich selbstverständlich politische Er=
örterungen nicht fernhalten, und die sozialen Wünsche und
Forderungen der Arbeiter waren zwar damals noch nicht pro=
grammartig formuliert und zu Schlagwörtern zusammengefaßt,
aber doch schon fast sämtlich vorhanden. Sie wurden oft unter
Klagen und bitteren Ausfällen gegen die Arbeitgeber geäußert.

Der radikale „Vaterlandsverein" suchte in dem neugegründeten Verein Anhänger zu werben; das mußte abgewehrt werden, und die Leiter hatten manche Abende höchster Aufregung zu überstehen; besonders hart ging es her, als es galt, den Leuten klar zu machen, daß die Ermordung der beiden konservativen Abgeordneten Auerswald und Lichnowsky weiter nichts war als ein Verbrechen.

So war die Vereinsleitung mit großen persönlichen Opfern an Zeit, Stimmung und Nervenkraft verbunden: einer von den beiden geistigen Führern war an jedem Abend anwesend, und Freytag lebte den Frühling und Sommer 1848 fast ganz diesem Vereine und brachte die meisten Abende in ihm zu. Der Erfolg war aber auch ein recht guter. Die Vorträge und Auseinandersetzungen erregten großes Interesse bei den Mitgliedern, die Sonntagsausflüge mit Frauen und der Vereinsfahne verliefen bei aller Lustigkeit doch stets in den Grenzen des Anstandes, und als im Mai 1849 die bewaffnete Empörung ausbrach, beteiligten sich von den fünfhundert Genossen nur fünf an dem Straßenkampfe. Er wurde darum seitdem von der sächsischen Regierung begünstigt und für den Fortbildungsunterricht, den er einrichtete, mit einem kleinen Zuschuß unterstützt.

Freytag hatte von seiner vielen Mühe auch für sich selbst nicht unbedeutenden Gewinn. Abgesehen von dem Bewußtsein, durch seine stille Arbeit Gediegeneres und Nützlicheres zu wirken, als die leidenschaftliche Agitation und die rauschenden Reden manches sogenannten Volksmannes zu wirken vermögen, ergänzte und bereicherte er die Erfahrungen, die er bei Gelegenheit der schlesischen Webernot gemacht hatte: er lernte mit geringen Leuten verkehren, lernte ihre Gefühls- und Anschauungsweise kennen, und — was das Beste war — er lernte sein deutsches Volk hochachten, indem er erfuhr, wie gutherzig und anhänglich, treu und opferfähig es im Grunde ist. Freilich entging ihm auch die mit solchen Tugenden verbundene Gefahr nicht, daß es leicht zu willenlosen Werkzeugen derjenigen Führer wird, denen es sich einmal vertrauensvoll hingegeben hat. Darum, meint Freytag mit Recht, könne ein solches Vereinsleben nur gedeihen, wo es von gebildeten und wohlgesinnten Männern unablässig behütet und geleitet wird.

Auch dieser Dresdener Handwerkerverein verging und verlief sich, als die leitenden Persönlichkeiten weggezogen waren.

Diese abendliche Vereinsthätigkeit konnte die Kraft eines Mannes nicht ausfüllen, und für das stille Schaffen des Dichters waren Zeit und Stimmung zu unruhig. Freytag stand für den Augenblick sozusagen müßig am Markte. Da lernte er im Frühling 1848 bei einem Besuche in Leipzig einen dreißigjährigen Mann kennen, der ihm als Julian Schmidt vorgestellt wurde: ein längeres Gespräch über politische und litterarische Dinge brachte eine große Übereinstimmung zwischen seinen und dessen Ansichten zu Tage. Die beiden zogen sich gegenseitig an, und es sollte sich daraus in kurzem ein für beide folgereiches Verhältnis entwickeln. Schmidt hatte damals soeben sein erstes gelehrtes Werk: „Geschichte der Romantik im Zeitalter der Reformation und Revolution" geschrieben. Er hatte ferner seit dem Februar 1847, wo König Friedrich Wilhelm IV. den sogenannten vereinigten Landtag einberufen hatte, Schilderungen der dadurch in Preußen hervorgerufenen neuen politischen Bewegung veröffentlicht, die sich durch sachliche Schärfe, warmen Patriotismus und unbestechliches Urteil weit über die gewöhnliche politische Tageslitteratur erhoben. Diese Aufsätze waren in den „Grenzboten" erschienen, und der Redakteur dieser Zeitschrift, ein Deutschösterreicher Namens Kuranda, hatte alsbald die ungewöhnlichen Fähigkeiten des jungen, sonst noch unbekannten Mitarbeiters erkannt und ihn aufgefordert, nach Leipzig zu kommen und ihn bei der Redaktionsarbeit zu unterstützen. Julian Schmidt war diesem Rufe gefolgt, hatte sein Lehramt an der Luisenstädtischen Realschule in Berlin aufgegeben und seine neue Thätigkeit in Leipzig am 1. Mai des Jahres begonnen.

Die noch jetzt wohlangesehenen und durch ihren grasgrünen Umschlag äußerlich leicht kenntlichen „Grenzboten" sind eine Gründung Kurandas, der vor dem Metternichschen System aus seiner Vaterstadt Prag in das Idealland des damaligen Liberalismus, das konstitutionelle Musterkönigreich Belgien, entwichen war. Nach dem Vorbild der französischen „Revuen" rief er in Brüssel eine neue Wochenschrift ins Leben, im Dienste der liberalen Ideen und zugleich mit der Absicht, die geistigen Beziehungen zwischen Belgien und Deutschland zu pflegen und für die vlämischen Bestrebungen in Deutschland Teilnahme zu erwecken. Aus diesem Ursprung erklärt sich der seltsame Titel „Grenzboten", deren erstes Heft am 1. Oktober 1841 ausgegeben wurde.

Kuranda war ein geistreicher, gewandter und eleganter Mann, von dandyhaftem Äußeren und etwas eitel. Er war zugleich ein unruhiger Geist, der es nirgends lange aushielt. Im Interesse seines neuen Unternehmens, bei dem er mit ganzer Seele war, befand er sich beständig auf Reisen und verlegte schon 1842 die Herausgabe seiner Wochenschrift nach Leipzig, dem litterarischen Mittelpunkt Deutschlands, wo sie unter der verhältnismäßig milden sächsischen Censur und in der Nachbarschaft der beiden deutschen Großstaaten die Vermittelung eines lebhafteren geistigen Verkehrs zwischen Deutschland und Österreich übernehmen sollte. Da er selbst zunächst noch in Brüssel seinen Wohnsitz behielt, bestellte er als seinen Vertrauensmann in Leipzig seinen Landsmann Kaufmann, einen böhmischen Juden, der nach dem Urteil aller, die ihn kannten, ein höchst liebenswerter Mensch von stiller, selbstloser Gemütsart und anspruchslosester Bescheidenheit gewesen sein muß, dabei ein unermüdlicher Arbeiter, der mit einem merkwürdig klaren Urteil einen leichten und doch kraftvollen Stil und einen herzgewinnenden, schalkhaften Humor vereinigte. Freytag hat ihm im Jahre 1871 in einem Aufsatz, den man kaum ohne Rührung lesen kann, ein ansprechendes Denkmal gesetzt.

Die unter solcher Doppelleitung im Verlage von Fr. W. Grunow erscheinenden „Grenzboten" eroberten sich bald unter den Leipziger Zeitungen und Zeitschriften durch größere Gesichtspunkte, vornehmere Haltung und höheren Stil eine geachtete Stellung; sie brachten litterarische und politische Artikel, Reiseskizzen u. dgl., wurden aber hauptsächlich das Organ für alle Schmerzen der Deutschösterreicher. Nicht nur junge Dichter, deren damals, wie man sagte, allwöchentlich einer mit einem Bändchen Freiheitslieder in der Tasche über die böhmisch-sächsische Grenze kam, sondern auch mißvergnügte Beamte bis hoch hinauf in die Staats- und Hofkanzleien machten die „Grenzboten" zum Mundstück ihres Ärgers und ihrer Wünsche. So kam hier manches zu Tage, was in Österreich selbst nicht laut werden durfte, und die höheren österreichischen Beamten

hatten selbst ihr Vergnügen daran, wenn einer ihrer Herren
Kollegen in den kleinen grünen Heften gegeißelt oder gekitzelt
wurde. Selbstverständlich wurden diese in dem Metternich'schen
Kaiserstaate sofort verboten, aber ein wohl organisierter Schmuggel
brachte sie in Masse über die Grenze. War ein Ballen mit
verbotenen Schriften von Leipzig abgegangen, so schickten auch
die Wiener Buchhändler einen andern von gleichem Gewicht
und gleicher Signatur, aber mit harmlosen Drucksachen gefüllt,
auf den Bahnhof der Grenzstation, die Zollwächter bekamen
einen etwas wuchtigen Händedruck, und — die Ballen wurden
vertauscht: die Milch der frommen Denkungsart ging nach
Leipzig, das gärende Drachengift nach Wien, um dort an den
unschuldigen Gemütern der wohlbevormundeten kaiserlichen
Unterthanen seine höllische Arbeit zu beginnen. Oder man gab
den Kisten doppelte Böden und verstaute die verbotenen Schriften
zwischen diese, oder man sandte die Bogen ungefalzt und legte
zwischen erlaubte solche, die verboten waren: wer hätte alle
durchblättern mögen? Der Bakschisch blieb natürlich die Haupt=
sache: die Zollbeamten wußten sehr genau, wie's gemacht wurde,
und drückten nur die Augen zu, weil ihnen die Hände gedrückt
wurden. Jedenfalls hatten die „Grenzboten" in diesen ersten
Jahren den Hauptstamm ihrer Abnehmer jenseits der schwarz=
gelben Grenzpfähle.

Im Jahre 1848 kam Kuranda von Brüssel nach Leipzig,
sah aber sehr bald, daß der rechte Boden für ihn vielmehr
Wien sei, und eilte dorthin, um seine journalistische Thätigkeit
fortab ausschließlich seinem nunmehr vom Drucke der scharfen
Censur befreiten Vaterlande zu widmen. Julian Schmidt da
gegen wünschte umgekehrt, die Wochenschrift rein deutschen
Interessen dienstbar zu machen, und brachte nach kurzen Ver=
handlungen einen Vertrag zu stande, wonach der Verleger
Grunow die eine Hälfte, er selbst und sein jüngst gewonnener
Freund Freytag die andere Hälfte des Eigentumsrechts an den
„Grenzboten" erwarben, und die beiden letzteren zugleich die
Schriftleitung übernahmen.

Das war gerade das, was Freytag damals für sich wünschte
und brauchte. Aus dem Dichter wird nun ein Journalist, und
damit begann für ihn eine ganz neue Thätigkeit, die ungleich
aufreibender und schwieriger ist als der Beruf eines Abge=

ordneten und Parlamentariers. Der Parlamentarier kann sich das Leben von Herzen bequem und gemütlich gestalten, und der Durchschnittsabgeordnete pflegt von diesem Vorrecht den ausgiebigsten Gebrauch zu machen: er kann bei den Verhandlungen fehlen, so oft und lange es ihm gefällt, wenn er nur bei den entscheidenden Abstimmungen zugegen ist. Auch in solchen wichtigen Augenblicken kann er sich die Mühe eigenen Nachdenkens ersparen; er macht eben den Hammelsprung nach, wie er ihm von seinen Parteigenossen vorgemacht wird. Wie die Führer seiner Partei gesinnt sind, so denkt er selbstverständlich auch. Arbeit erwächst ihm nur, wenn er etwa in eine Kommission gewählt oder mit einer Berichterstattung betraut wird, aber auch dann braucht er sich immer nur mit der betreffenden Seite des öffentlichen Lebens zu befassen, alles andere geht ihn nichts an. Wenn nun der Staat noch reichlich bemessene Tagegelder zahlt, so läßt sich in der That kaum ein angenehmeres und sorgenfreieres Leben denken als das eines Parlamentariers von untergeordneter Bedeutung.

Ganz anders steht es mit dem Redakteur einer politischen Zeitschrift. Ein solcher muß stets auf dem Posten sein, jede am Horizont des öffentlichen Lebens auftauchende Frage sofort scharf ins Auge fassen, er muß seine Gegner unausgesetzt beobachten und ihre Blößen erspähen, sich selbst dagegen in möglichst guter Deckung zu halten wissen. Er hat nicht lange Zeit zum Überlegen, kann nicht in Fraktionssitzungen feststellen lassen, was er über eine jede Sache denken soll, kann auch nicht immer die Parteistimmung und die Beschlüsse der Parteiführer abwarten. Darum muß sein Wissen tief und vielseitig, sein Urteil stets schlagfertig und von instinktmäßiger Sicherheit sein, und was er denkt, muß er in einfacher, treffender und volkstümlicher Sprache auszudrücken verstehen. Zu diesen bedeutenden Anforderungen kommen noch die mannigfachsten geschäftlichen Schwierigkeiten und Rücksichten, die Stimmungen im Leserkreise, die Wünsche des Verlegers, die Sorge für gute Mitarbeiter, der Zwang, zur bestimmten Stunde eine bestimmte Anzahl Bogen fertig zu machen. Der äußere Erfolg ist im Vergleich zu solchen Nöten oft herzlich gering: trotz aller Mühe und Arbeit gelingt es nicht immer und nicht sofort, dem Unternehmen die nötige Anzahl von Abonnenten zu sichern, und auf Ruhm und Ehre ist erst recht nicht zu rechnen. Der Journalist ist, was schon sein Name besagt, ein Schriftsteller des Tages und für den Tag, seine Arbeit beansprucht nicht, wie das Werk des Dichters, eine längere Dauer, sie fließt mit dem Strome der Ereignisse dahin in das Meer der Vergessenheit, der Leser kennt selbst den Namen des Mannes, dessen Feder ihm seine tägliche geistige Nahrung zuführt, nur in den seltensten Fällen.

Was bewog nun Freytag, eine so mühevolle und scheinbar aussichtslose Bahn einzuschlagen, was bewog ihn, den Lorbeer des Dichters, auf den er mit Sicherheit rechnen durfte, zu vertauschen mit den Dornen, die der Journalist auf seinem Wege findet? Wir können mit Bestimmtheit darauf antworten: die Vaterlandsliebe und der politische Sinn, den er schon von früh an in sich genährt hatte. Er fühlte, daß er seinem Volke auf diesem Wege nützlich sein könne, und er wollte das Pfund, welches ihm geworden, nicht vergraben. Ein seiner Aufgabe gewachsener und gewissenhafter Publizist kann, besonders wenn er jahrelang treu auf seinem Platze ausharrt, allmählich auf die Gebildeten seiner Nation einen großen Einfluß gewinnen, und darauf kommt es für die Bildung der öffentlichen Meinung ausschließlich an: die Masse des Volks ist von der Anschauung der Gebildeten abhängig, und was der bedeutende Tagesschriftsteller in der vornehmen Wochen= oder Monatsschrift mit Kraft und Klarheit entwickelt, das tragen nachher in zerstückter, verwandelter und umschreibender Form die Tagesblätter und blättchen bis in die kleinen Städte und Dörfer hinein.

Als Freytag in die Redaktion der „Grenzboten“ eintrat, war das Geschäft des Journalisten einerseits noch schwieriger, andererseits aber auch einflußreicher als heutzutage. Die Presse war soeben erst von der Fessel der Censur befreit und mußte nun gleichsam erst auf eigenen Füßen stehen lernen. Die ganze Geschäftspraxis und der große, hilfreiche Apparat, den sie sich in fünfzigjähriger riesenhafter Entwicklung geschaffen hat, existierte damals noch nicht. Es gab auch keine festen Gesichtspunkte, die dem Schriftsteller zur unverrückbaren Norm seiner Thätigkeit dienen konnten. Denn — von den Radikalen abgesehen, die eine Republik wollten, in der alle zu befehlen, keiner als höchstens der Präsident und die Minister zu gehorchen

hätten — wußte damals niemand, was eigentlich werden sollte.
Jeder fühlte nur das eine, daß es in der alten Weise nicht fort=
gehen könne, aber kein Fürst, kein Minister und kein Volks=
mann hätte eine klare und runde Antwort auf die Frage geben
können, wie er sich die Zukunft des weiteren und des engeren
Vaterlandes denke, und besonders in der Sache, auf die doch
gerade alles ankam, in welchem Verhältnis nämlich das neu
zu schaffende, einheitliche Deutschland zu den beiden deutschen
Großmächten stehen solle, tappte man gänzlich im Dunkeln.
Erst durch die ein Jahr lang dauernden geistigen Kämpfe im
Frankfurter Parlament ist über die zu erstrebenden Ziele Klar=
heit geschaffen worden, freilich noch längst nicht über die Mittel,
durch welche dieselben erreicht werden könnten. Es herrschte
also ein wirres Durcheinander subjektiver Meinungen, gären=
der, leidenschaftlicher Gedanken, ungeklärter Wünsche und Hoff=
nungen. Und es dauerte lange, bis diese trübe Mischung sich
zu Parteien mit bestimmten Prinzipien und Schlagworten ab=
klärte, bis von der Staatsweisheit der Regierenden selbst klare
Richtlinien der einzuschlagenden Politik gefunden wurden.

Heutzutage weiß jeder politische Schriftsteller, was er über
nahezu jede Frage zu denken hat. In dem Augenblicke, wo er
für eine Partei zu wirken erklärt, ist er gewissermaßen ver=
pflichtet, alle schwebenden Fragen in deren Sinne zu behandeln;
wer sich erlaubt, allzu selbständig zu urteilen, der „fliegt
hinaus". Der Konservative muß zugleich kirchlich-orthodox,
schutzzöllnerisch, für den Militär= und Marineetat, Agrarier und
etwas Antisemit, der freisinnige Volksparteiler muß von alle=
dem das Gegenteil sein. Will man sich ungefähr eine Vor=
stellung machen von dem wogenden und brodelnden Gedanken=
chaos, wie es damals auf allen Gebieten des politischen Lebens
zu finden war, so muß man sich vergegenwärtigen, wie es heut=
zutage auf dem Gebiete der sozialen Frage aussieht. Die Radi=
kalen, das sind die Sozialdemokraten, allein wissen, was sie wollen,
nämlich das absolut Unmögliche, die andern alle, Nationalsoziale,
Christlichsoziale, Sozialkonservative, Mittelstandspartei, Agrarier,
soziale Reformer, und die unendlichen Farbenschattierungen
zwischen und neben ihnen, suchen erst noch nach Zielen und Wegen,
wechseln häufig in ihren Anschauungen, trennen und vereinigen
sich, ballen sich zusammen und fahren auseinander wie die

Sandwogen in der Wüste. So war es damals im öffentlichen
Leben überhaupt. Das war eine große Schwierigkeit für den
politischen Tagesschriftsteller. Was er erstreben sollte, und auf
welche Weise er dafür kämpfen sollte, wie er sein Blatt einrichten
sollte, alles das, was dem heutigen Journalisten die Partei und die
Praxis eines halben Jahrhunderts fix und fertig auf dem
Präsentierteller entgegenbringt, das konnte er um die Mitte
unseres Jahrhunderts nur aus dem eigenen Charakter entnehmen
und aus den Eindrücken, die ihm in seinem Leben geworden waren.
Schwache Geister mußten unter solchen Umständen haltlos ver-
flattern, für starke war es eine vorzügliche Lehrzeit, eine unübertroffene Schule der Selbständigkeit. Gerade aus dem Jahre
1848 sind viele der tüchtigsten Redakteure unserer großen
Zeitungen hervorgegangen.

Welch ganz andern Einfluß konnte ferner der Journalist
damals auf die öffentliche Meinung ausüben als jetzt: heutzutage wird jedem neu auftauchenden publizistischen Unternehmen,
jeder neuen journalistischen Kraft sofort das Parteisignalement auf
die Stirn geklebt, und nur als Glied einer Partei gilt man etwas,
nur auf eine Partei gestützt kann man es zu etwas bringen. Die
Anhänger der andern Richtungen, und die bilden natürlich stets
bei weitem die Mehrheit, lassen sich nur höchst selten durch Artikel
aus gegnerischem Lager beeinflussen. So bleibt die Wirkung
auf die Angehörigen der eigenen Partei beschränkt, und da eine
jede ihre seit lange fest ausgeprägte Meinung über alle großen
Fragen hat, so kann der Journalist wenig mehr als begründen,
vertiefen, leise umwandeln, mäßigen oder anspornen, Ver-
blassendes auffrischen, vor Abwegen warnen u. dgl., von einer
schöpferischen Thätigkeit aus dem Vollen, wie damals, kann
kaum noch die Rede sein.

Am 1. Juli 1848 begannen die Freunde die neue Redaktion.
Schmidt besorgte die deutschen Artikel und die gesamte Litteratur
und Kunst, Freytag die österreichischen und das Theater. Die
„Grenzboten" kamen damit in völlig neue Bahnen. In
Österreich, wo Kuranda seine „Ostdeutsche Post" gründete, verloren sie fast allen Boden und damit den größten Teil ihrer
Abonnenten und konnten in Deutschland nicht leicht Ersatz
dafür gewinnen. Darum ging die Abonnentenzahl auf etwa
800 zurück und stieg auch in fast zwei Jahrzehnten nicht wesent-

lich höher. Es war ein beschränkter, aber ein gewählter, durch
Bildung und Einfluß hervorragender Leserkreis, zu dem sie
sprachen.

Die neue Schriftleitung verfocht die Ansicht, daß es mit
der Revolution nun genug sei, daß auf Grund der durch sie
erlangten Errungenschaften nunmehr eine gesetzmäßige, lang=
same Reformarbeit einzusetzen habe. Die Monarchie muß auf
jeden Fall erhalten bleiben, sonst ist Bürgerkrieg mit schließ=
licher Einmischung des Auslandes unvermeidlich. Deutschland
muß ein einheitlicher Bundesstaat mit kräftiger Centralgewalt
werden, und zwar muß Preußen diese Centralgewalt über
nehmen, Österreich dagegen hat mit seiner ganzen Ländermasse
aus dem neuen Reiche auszuscheiden, es thäte am besten, auch
seine italienischen Provinzen aufzugeben und dafür Bosnien
zu annektieren. Es soll einen parlamentarisch regierten Ein=
heitsstaat bilden, aber seinen einzelnen Völkerschaften eine weit=
gehende Selbstregierung gewähren.

In einem berühmt gewordenen Sendschreiben an den Frei=
herrn von Pillersdorf, österreichischen Minister des Innern,
begründete Freytag diese Ideen vom Ausscheiden Österreichs
und Verlegung seines Schwerpunkts nach Osten in staats=
männischer Weise und mit prophetischem Blick in die Zukunft;
so, wie er es darlegt, ist es in der Hauptsache gekommen. Die
preußische Nationalversammlung in Berlin nimmt er sich vor
in den offenen Briefen „an den Bauer Michael Mroß, er=
wählten Deputierten des Kreises Strehlitz in Schlesien". Er
fingiert in diesem Wasserpolaken, der weder lesen, noch
schreiben, noch deutsch sprechen kann, ein Stück von jenem
Stimmvieh, durch welches schlaue Macher ihre unheilvollen
Anschläge zur Ausführung brachten. Durch einen biedern
Schlag auf die Schulter, ein „hoi" und „hott" läßt er sich bei
Abstimmungen zum Aufstehn bewegen und ahnt gar nicht,
was er dadurch für Beschlüsse zu Wege bringt. Der Berliner
Nationalversammlung wird in diesen beiden Briefen, denen der
volkstümliche Ton übrigens nur wie ein loses Mäntelchen um
gehängt ist, wegen ihrer „Roheit, Spießbürgerlichkeit und Be
schränktheit", des Mangels an „staatsmännischer Weisheit, großem
Blick und logischer Schärfe" ganz energisch der Text gelesen.

Da die Arbeit an den „Grenzboten" von Dresden aus

mancherlei Schwierigkeiten und Unzuträglichkeiten mit sich brachte, so siedelte Freytag im Spätherbst 1848 wieder nach Leipzig über, doch erkrankte er nicht unbedeutend und konnte längere Zeit überhaupt nicht thätig sein, so daß die ganze Last der Redaktion auf den Schultern Julian Schmidts lag. Nach seiner Wiederherstellung überließ er das Gebiet der Litteratur seinem Genossen fast gänzlich und steuerte statt dessen eine Reihe anmutiger, humoristisch gefärbter Aufsätze über Schönheit und Luxus des modernen Lebens bei.

Der Verkehr des Dichters in Leipzig war fast noch ausgedehnter als in Dresden. Alte Anhänger der „Grenzboten" aus Österreich, zahlreiche Flüchtlinge, die sich den Kroaten des Fürsten Windischgrätz entzogen, sprachen vor: auch Friedrich Bodenstedt erschien, vom Kaukasus über Wien zurückkehrend, mit bewundernden Empfehlungen der Wiener Freunde versehen. Er berichtete von den wilden Oktobertagen in der Kaiserstadt und trug die Lieder seines Mirza Schaffy dramatisch vor.

Gehaltvoller und dauernder waren die Beziehungen, die Freytag mit einigen Männern von der Universität knüpfte, ein Verkehr, den er in Dresden nicht hatte genießen können. Die Universität Leipzig vereinigte damals drei der bedeutendsten Philologen unserer Zeit: Moritz Haupt, später in Berlin, Otto Jahn, später in Bonn, und als den bedeutendsten den noch jetzt als Erforscher der römischen Geschichte und Inschriften rastlos thätigen Theodor Mommsen. Alle drei waren Mitglieder des „Deutschen Vereins", der die Durchführung der in Frankfurt vereinbarten deutschen Verfassung, also die Einigung Deutschlands unter preußischer Führung erstrebte. Obwohl sie nun anläßlich des Dresdener Maiaufstandes aus diesem Verein ausgetreten waren, wurden sie doch von der unter Herrn von Beust über Sachsen hereinbrechenden Reaktion vom Amte suspendiert und eine Kriminaluntersuchung über sie verhängt. Zwar wurden sie freigesprochen, aber auf dem Verwaltungswege alle drei ihrer Ämter entsetzt, weil sie laut Dekret vom 22. April 1851 „während der Maitage öffentliches Ärgernis gegeben und ein sehr schlechtes Beispiel für die akademische Jugend aufgestellt hatten". Die Gleichheit der politischen Anschauungen vermittelte die erste Bekanntschaft mit Freytag. Der vertraute Umgang mit diesen Männern brachte ihm den nicht geringen Vorteil, daß er durch sie mit den Fortschritten der Forschung auf dem Gebiete der altklassischen, wie der deutschen Philologie in beständiger Fühlung gehalten wurde. Seine Berufsarbeit ver-

Theodor Mommsen.

hinderte ihn, das Studium der philologischen Wissenschaften fortzusetzen, aber Interesse und Verständnis für dieselben war in ihm keineswegs erloschen. So war er diesen Männern aufrichtig dankbar, daß sie ihm einen Einblick in ihre großartigen neue Bahnen eröffnende Arbeiten gewährten. Haupt nannte er später einmal einen „Kürassier der Wissenschaft" und rechnete es ihm hoch an, daß er „mit einem leichten Schützen so zutraulich Arm in Arm gehe". „Sie sind" — so fährt er fort — „immer einer der wenigen gewesen, um deren Urteil ich mir Sorge machte."

Auch Männer aus praktischen Berufsarten, deren echte Bildung und vielseitige Lebenserfahrungen dem Verkehr einen reichen Inhalt und mannigfache Gesichtspunkte gaben, gehörten zu diesem Freundeskreise. Auch Witz und Scherz fanden hier eine gute Stätte, und die Kunst zu schrauben und sich schrauben zu lassen, wurde mit Meisterschaft geübt. Freytag hätte nicht Redakteur sein müssen, wenn er nicht auch diese freundschaftlichen Beziehungen sofort für sein Blatt verwertet hätte. Er spannte wenigstens die beiden jüngeren Genossen, Jahn und Mommsen, mit denen er mehr auf kameradschaftlichem Fuße stand als mit dem älteren, ernsten und in sich gekehrten Haupt, in seinen Dienst, und sie mußten ihm manchen Prachtartikel liefern.

Auch sonst gelang es ihm, tüchtige Mitarbeiter für die „Grenzboten" zu gewinnen. Er hatte, obwohl Preuße vom Scheitel bis zur Sohle, die Bearbeitung der österreichischen Verhältnisse übernommen und sich so in dieselben hineingearbeitet, daß seine Artikel fast den Eindruck machten, als kämen sie aus der Feder eines geborenen Österreichers, der allerdings zu Preußen neigte und den Ausschluß Österreichs us aDeutschland erstrebte. Immerhin war dieser Zustand nicht der natürliche, und Freytag mußte wünschen, diese Berichte einem wirklichen Österreicher zu übertragen. Otto Jahn vermittelte ihm die Bekanntschaft mit einem solchen, indem er ihn auf Anton Springer hinwies, der damals in Bonn Privatdocent war. Springer war der Sohn eines eifrigen Anhängers der „Grenzboten" in Prag und verband eine außerordentliche Sicherheit und Größe des politischen Urteils mit dem feinsten Schönheits- und Kunstsinn. Er wurde auf den beiden so grundverschiedenen Gebieten der Ästhetik und der Politik ein wichtiger Mitarbeiter der „Grenzboten".

An Arbeit, Verkehr und Freude fehlte es Freytag bei seiner journalistischen Thätigkeit also keineswegs. Ob er freilich damit auf dem Wege war, den ihm Begabung und eigentliche innerste Herzensneigung bestimmten?

Gießlefen.

VII. Siebleben und „Die Journalisten".

Freytag nennt die Politik einmal eine Hexe, die niemanden wieder loslasse, der sich ihr einmal überliefert habe, so daß er für alles Andere verloren sei. Das erfuhr er in den ersten

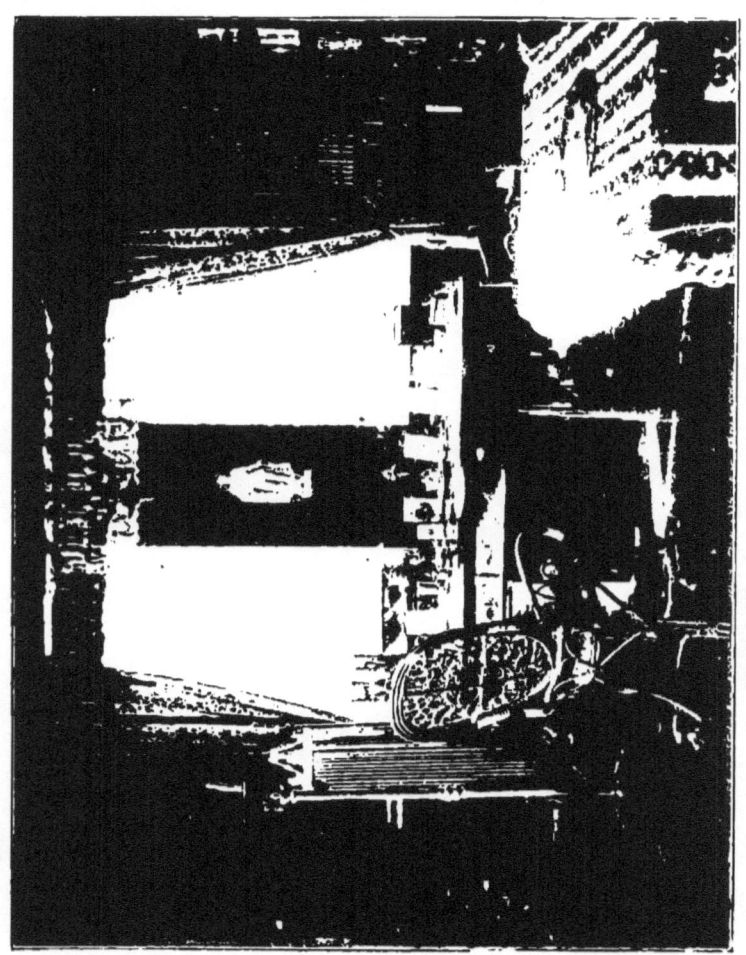

Freytags Arbeitszimmer in Siebleben.

Jahren seiner journalistischen Thätigkeit an sich selbst. Denn allerdings wurde durch dieselbe sein geistiger Horizont erweitert, sein Urteil geschärft, sein Stil zugleich gekräftigt und geschmeidigt, aber zum Politiker von Beruf war er von Natur

nicht geschaffen, zum Tagesschriftsteller war er zu gut, und wenn
seine Artikel auch zum großen Teil glänzend und geistreich ge=
schrieben waren, so waren sie doch nur aus dem Augenblick ge=
boren und für den Augenblick bestimmt. Er erlebte Ähnliches,
wie Goethe in Weimar: die Geschäfte des Tages machten es
ihm unmöglich, die zur Schaffung größerer Werke nötige
Sammlung zu finden. Da er wohl fühlte, daß er eigentlich
für den höheren Beruf eines Dichters geboren sei, da er bereits
das Glück gekostet hatte, eigene Werke mit Erfolg über die
Bretter gehn zu sehen, so empfand er je länger, je mehr einen
gewissen inneren Zwiespalt, und diese Empfindung ließ ihm
wünschenswert erscheinen, sich der Redaktionsgeschäfte wenigstens
zeitweise gänzlich zu entschlagen und sich in die Einsamkeit und
Stille zurückzuziehen.

Dazu kam, daß er sich nach der Krankheit, die er über=
standen, in der Großstadtluft gar nicht recht wieder erholen
konnte. Der Arzt empfahl ihm dringend für den Sommer
Landaufenthalt. Da traf es sich günstig, daß ihm Gelegenheit
wurde, einen seinen Neigungen und Bedürfnissen entsprechen=
den Landsitz käuflich zu erwerben. Im Jahre 1851 kaufte er
auf den Namen seiner Frau Emilie, geborenen Scholz, ge=
schiedenen Gräfin Dyhrn, ein Anwesen in dem durch ihn berühmt
gewordenen Dorfe Siebleben. Man erreicht dieses ansehnliche
und reinliche Pfarrdorf, wenn man vom Ende der Stadt Gotha
der breiten, mit Pappeln bepflanzten Heerstraße nach Erfurt
etwa eine halbe Stunde weit folgt. Die Landschaft ist von
mäßigem Reiz; der langgestreckte Seeberg zur Rechten bildet
die einzige nennenswerte Erhebung in der Gegend. Hinter
der Kirche des Dorfes auf der linken Seite liegt das Haus in
einem großen, mit prächtigen Bäumen und stattlichen Rasen=
flächen geschmückten Garten. Es ist mit Schiefer gedeckt und
etwas altfränkisch; die Räume, die es enthält, sind zahlreich,
aber nicht sehr groß, indessen für einen bescheidenen Haushalt
ausreichend. Es war von dem ehemaligen gothaischen Staats=
minister Freiherrn von Frankenberg gebaut worden, den
Napoleon als den eigentlichen Regenten des Herzogtums ansah
und durch das Scherzwort „Le gouvernement de Siebleben"
gelegentlich als solchen bezeichnete. Zu dessen Zeit hatte das
Haus nicht selten Goethe und Herzog Karl August von Sachsen=

Freytags Haus in Siebleben.

Weimar auf ihrer Fahrt nach Eisenach in seinen Mauern be=
herbergt und war in deren Kreise unter dem Namen „die goldne
Schmiede" wohlbeleumdet gewesen. Es macht einen einfachen,
ländlichen und behaglichen Eindruck. Die vielen kleinen Zimmer,
die es enthält, waren bald bis unters Dach mit Betten bestellt
für liebe Freunde und Gäste. Eine Mansardenstube enthielt
nur Malutensilien: auf einer Staffelei stand das unvollendete
Bild eines polnischen Juden, von seiner Gattin gemalt. Gegen
die Dorfstraße zu, die zugleich den alten Frachtweg nach Erfurt
bildete, ist ein verhältnismäßig nur schmaler, mit kleinen Bäumen
besetzter Raum, zu welchem ehemals eine Glasthür aus dem Hause
führte, die jetzt durch Aufmauerung in ein Fenster verwandelt
ist. Auf der Rückseite zieht sich der Garten ziemlich weit bergan.
Oben ist er von hohen, alten Bäumen bestanden, zwischen denen
sich ein erhöhter Aussichtspunkt befindet, mit Blick auf den
Ort und den Höhenzug des Seebergs. Jetzt ist das Dorf mehr
und mehr Vorort von Gotha geworden; eine Menge Arbeiter=
familien haben sich angesiedelt, so daß es heutzutage wohl kaum
noch einen Dichter zu längerem Aufenthalte reizen würde.

Von nun an verlief das Leben Freytags zwiegeteilt. Den
Winter brachte er in Leipzig zu als Redakteur und Tages=
schriftsteller, den Sommer in Siebleben als Dichter. Hier fand
er zwischen seinen Blumen und Kürbissen, die er mit Vorliebe
zog, und unter dem Gesange der „Lyriker seines Gartens" die
Stimmung und Muße wieder, die zu größeren dichterischen
Produktionen nötig sind. Er konnte für das deutsche Volks=
leben, welches er — und zwar mit Vorliebe das ländliche —
in seinen Werken schildert, keine echtere und unmittelbarere Quelle
für die Gestalten und Örtlichkeiten in seinen historischen Romanen
keine besseren Vorbilder finden, als hier. Allein das Erste,
was er in Siebleben schuf, war kein historischer Roman, sondern
ein Lustspiel aus der Gegenwart.

Es machte sich wie von selbst, daß ihm das Leben, welches
er bisher als Journalist geführt hatte, die Grundlage ab=
gab zu der neuen dramatischen Arbeit. Die Charaktere boten
sich ihm im Kreise seiner Kollegen, seiner Freunde und Gegner
reichlich dar, eine geeignete Handlung war nicht allzuschwer zu
erfinden. In den drei Sommermonaten des Jahres 1852
schrieb er „Die Journalisten" nieder, besorgte den Bühnen=

druck und die Versendung und wohnte einer der ersten Auf=
führungen des Stückes, welche Eduard Devrient am Hoftheater
zu Karlsruhe veranstaltete, persönlich bei, um sich durch eigene
Anschauung über das Gelungene oder Nichtgelungene seines
Werkes klar zu werden. Die Aufführung gelang, und das Stück
trat nun seinen Weg über die deutschen Bühnen an. In
Berlin lehnte es das kgl. Schauspielhaus kurz und bündig ab,
weil die dem Zuschauer sympathische und siegreiche Partei des
Spieles offenbar die liberale ist: später, als es auf dem Friedrich=
Wilhelmstädtischen Theater aufgeführt und vom Kronprinzen
gesehen und bewundert worden war, folgte der Ablehnung
dann ein höfliches Erbitten. Auf den Bühnendruck folgte 1853
die buchhändlerische Ausgabe.

„Die Journalisten“ schildern den Wahlkampf in einer größeren
Provinzialstadt, welche keine bestimmte lokale Färbung hat, und
den Einfluß, den die beiden Zeitungen des Ortes und ihre
Redakteure auf ihn ausüben. Die Wahlen, um die es sich
handelt, sind die indirekten zum preußischen Landtag: die Ur=
wahlen sind vorüber, die Wahlmänner haben noch einen Ab=
geordneten zu wählen; diese Abstimmung bildet den Angelpunkt
des Stückes. Dem heutigen, in politischen Kämpfen ganz anders
geschulten Geschlecht erscheinen die Zustände, wie sie das Stück
vorführt, fast allzu harmlos und gemütlich. Die Wahlmänner
wissen nicht recht, für welche Partei sie stimmen sollen, man
sucht sie durch ein großes Tanzfest auf der einen, durch liebens=
würdige Bonhomie auf der andern Seite zu ködern. Den durch=
gefallenen Kandidaten der Gegenpartei feiert die siegreiche durch
Ständchen, Abordnungen, Leitartikel. Daß ein wissenschaft=
lich bedeutender Professor zugleich Chefredakteur einer größeren
politischen Zeitung ist, kommt jetzt auch nicht mehr vor: sowohl
die Wissenschaft, wie die Redaktion erfordern heutzutage eine
volle Manneskraft. Daß ferner die Redakteure der böswillig ver=
kauften Zeitung ohne weiteres auf den ihnen noch zustehenden
Gehalt verzichten, will uns auch fast zu viel Edelmut bedünken.
Dagegen können wir uns den heimtückischen Ankauf einer ge=
lesenen Zeitung durch die Gegenpartei, die Ränke, welche um
die Person des Obersten spielen, die unwürdige Behandlung
eines Zeilenschreibers durch den hochmögenden Herrn Redakteur
sehr wohl auch in der Gegenwart vorstellen.

Das Lustspiel führt uns, umwogt von den Parteikämpfen, die Geschichte zweier Liebespaare vor Augen. Im Anfang scheint sich das Hauptinteresse auf Oldendorf und Ida zu konzentrieren, bald aber treten Bolz und Adelheid in den Vordergrund. Der eigentliche Held ist Konrad Bolz. Er und der Professor Oldendorf stellen die beiden Seiten dar, welche zusammen den Dichter Freytag ausmachen, wie Faust und Mephistopheles, Tasso und Antonio, die die beiden Seiten Goethes wiederspiegeln. Der Professor ist Freytag als Forscher und Gelehrter, Bolz ist er als der leichtlebige, warmherzige zu jedem Streich aufgelegte Schlesier. Jener ist ein fleißiger und ernster Mann, gediegen, gelehrt und für seine Sache zu jedem Opfer bereit, freilich als Liebhaber etwas steif und vernünftig. Bolz ist dagegen die Frische und Munterkeit selbst: alles geht ihm glatt von der Hand, er ist durch nichts unterzukriegen, die sonderbarsten Situationen beherrscht er mit souveräner Geistesgewandtheit und mit einem wahrhaft göttlichen Humor, der alle Herzen bezwingt. Nur der Geliebten seines Herzens gegenüber ist er reflektierend statt frisch zugreifend, sie ist ihm zu hoch und hehr, das ehemalige Verhältnis liegt zu weit hinter beiden, Zeit und Welt sind dazwischen getreten. Erst als sie ihm deutlich ihre warme Neigung zu verstehen giebt, sinkt er ihr zu Füßen und bittet um ihre Hand, nun wieder ganz in seiner flotten, burschikosen Weise. Wir freuen uns am Schlusse von Herzen des doppelten Glückes dieses vorzüglichen Jungen.

Ihm zur Seite treten die übrigen Journalisten, der lyrisch-schmachtende und dichtende Bellmaus für Theater, Musik und Allerlei, der unangenehme, ränkevolle Blumenberg, der den ihm untergeordneten Stammes- und Glaubensgenossen Schmock mit empörender Verachtung und Rücksichtslosigkeit behandelt. Dieser selbst, Typus des getretenen Pfennigschreibers, kann schreiben rechts und kann schreiben links, je nachdem es gewünscht und — bezahlt wird, eine Überzeugung kennt er nicht als die, daß man nicht lauter Brillantes schreiben kann, die Zeile für fünf Pfennig, daß daher die Journalistik ein schlechtes Geschäft und ein alter Kleiderladen dagegen der Himmel auf Erden ist. Er ist übrigens eine wichtige Person und giebt Adelheid die Mittel an die Hand, den Umschwung in der Ansicht des Obersten und die Aussöhnung mit dem Professor herbeizuführen. Herr von Senden ist der Hammerstein der Freytagschen Zeit, doppelzüngig und intrigant, aber ein geschickter Macher, der die sogenannte „gute Sache" zum Deckmantel eigensüchtiger Bestrebungen miß= braucht, aber nicht über ein hinreichendes Maß von Schlau= heit und Vorsicht gebietet, so daß seine wahren Absichten aus dem Papierkorb an das Tageslicht kommen.

Von den Frauen ist Ida lediglich das liebende und sanft= leidende Mädchen, sie tritt zurück hinter Adelheid von Runeck, welche vielleicht die anziehendste, jedenfalls aber eine der anmutigsten Frauengestalten Freytags ist. Sie hat keine Spur von der alt= germanischen Heroine, wie sonst leicht Freytagsche Frauen, sondern ist durchaus eine moderne Erscheinung, sogar ein klein wenig emancipiert. Als vorzügliche Landwirtin verwaltet sie ihr Gut selbst und zwar musterhaft, in der Stadt entwickelt sie dann mitten unter den persönlichen Leidenschaften und politischen Zerwürfnissen der Männer das feine, graziöse und umsichtige Wesen, das sich die Herzen aller unterwirft, alle Verwirrungen löst und das Ganze schließlich zu gutem Ende führt. Sehr zu statten freilich kommt ihr dabei, daß sie außer ihrer Weltklug= heit auch noch irdische Güter genug besitzt, um den tückischen Streich Sendens durch rechtzeitigen Ankauf der Zeitung parieren zu können. Unübertroffene Meisterin ist sie im scherzenden und schalkhaften Gespräch, womit sie die Seelen ebenso unvermerkt wie unfehlbar nach ihrem Willen zu lenken versteht.

Neben den aristokratischen und journalistischen Kreisen steht das Pfahlbürgertum in vollendetster Ausbildung. Piepenbrink und sein kleinmichelscher Anhang ist so ganz nach dem Leben gezeichnet, daß man unwillkürlich glaubt, ihm schon oft be= gegnet zu sein. Von geistigen oder selbst nur politischen Inter= essen ist hier nichts zu finden, dafür ein um so ausgesprochenerer Sinn für diejenige Art von Gemütlichkeit, die ohne einen guten und möglichst reichlichen Tropfen nicht denkbar ist. Piepenbrink hat sein Weingeschäft durch eigene Kraft in die Höhe gebracht, besitzt infolgedessen und im Bewußtsein der Reinheit und Echt= heit seines Gelbgesiegelten ein Maß von Selbstbewußtsein, wie es sich nur bei beschränktestem Gesichtskreise zu entwickeln ver= mag. Er weiß recht gut, daß er auch für die Herren Politiker eine wichtige Persönlichkeit ist, und ist nicht gesonnen, sich etwa

leichten Kaufes für ihre Zwecke fangen zu laffen oder ohne
weiteres auf den ihm vorgehaltenen Köder anzubeißen. Der
Harmlose ahnt nicht, daß, während er sich in seinem Unab=
hängigkeitsgefühl brüstet, ein junger Politiker hinter der Maske
eines gediegenen Weinkenners und prächtigen Gemütsmenschen
mit unvergleichlicher Virtuosität auf seiner Seele wie auf Tasten
spielt und sie unvermerkt zu allem bringt, wozu er will. Aber
zu scharfer und verletzender Satire läßt Freytag seinen Humor
nicht werden. Piepenbrink ist durchaus nicht lediglich eine lächer=
liche Persönlichkeit; er hat auch vortreffliche Seiten, Herzlichkeit,
Edelmut, Sinn für Freundschaft, ja eine gewisse gutmütige
Fähigkeit, sich rühren zu laffen.

„Die Journalisten" sind nächst Lessings „Minna von Barn=
helm" das beste Luftspiel, welches wir bis jetzt in unserer Litte=
ratur befitzen, sie sind nicht mit Unrecht die jüngere und kleinere
Schwester der Minna genannt worden, wenn Lessings Stück
auch ernster gehalten ist und auf der Grenze zwischen rührendem
Luftspiel und bürgerlichem Schauspiele steht. Beide Stücke sind
Charakterluftspiele, in denen die Intrigue nur eine untergeord=
nete Rolle spielt. In beiden pulsiert das frische Leben der
Gegenwart, beide beschränken sich nicht auf das Privatleben,
sondern haben einen politischen Hintergrund und können daher
gerade nur zu der Zeit und in dem Staate spielen, wo sie
spielen. In beiden erhält auch die Handlung eine entscheidende
Wendung durch das Eingreifen der politischen Mächte, in der
Minna durch die Entscheidung des Königs, in den Journalisten
durch die der Wähler. In beiden stehen sich ferner zwei feind=
liche Gruppen gegenüber, dort die preußische und sächsische, hier
die liberale und konservative, und die liebende Frau findet
den Geliebten im feindlichen Lager. Die sittliche Idee beider
Stücke beruht auf dem Widerstreit zwischen Liebe und Ehre.
Tellheim glaubt es seiner Ehre schuldig zu sein, daß er der Ge=
liebten entsagt, und Oldendorf verzichtet lieber auf Ida, als
daß er durch Zurücktreten von der Kandidatur seiner Ehre etwas
vergäbe; auch Bolz, der übermütige Gesell, wagt es nicht, sich
Adelheid zu nähern, weil seine Ehre ihm verbietet, ihr eine
Lebensstellung zu bieten, die ihrer nicht würdig ist. Den
Männern gegenüber vertreten die Frauen das Recht der Liebe;
Minna wie Adelheid reisen dem stille Geliebten nach und über

winden seine Sprödigkeit und seine Bedenken durch frische That und liebevoll-zärtliche Rede. Endlich steht im Zusammenhang mit dem Hauptliebespaar in beiden Stücken das Geschick eines zweiten Liebespaares.

So verschieden also die Handlung auf den ersten Blick in beiden Lustspielen ist, so stimmt sie doch in den dargelegten Grundzügen überein. Ähnlich steht es mit den Charakteren: bei aller Verschiedenheit lassen sich doch leicht gewisse verwandte Züge zwischen den Personen der Journalisten und der Minna erkennen. Oldendorf hat mit Tellheim das strenge Pflichtgefühl und die etwas steife Ehrenhaftigkeit gemein, Adelheid gleicht der Minna in anmutiger Schalkhaftigkeit, Tiefe der Empfindung und rasch entschlossener Willenskraft; Bolz, der im übrigen in der Minna keinen Verwandten besitzt, hat doch den eben er-wähnten Zug allzu rücksichtsvoller Scheu mit Tellheim gemein. Selbst unter den Nebenpersonen springen einige Ähnlichkeiten in die Augen: Korb ist wie Just der treue Diener, Zeitungs-besitzer Henning und der Wirt sind erfüllt von Selbstsucht und Feigheit, Schmock und Riccaut bilden einen wirksamen Kon-trast zum Haupthelden, mit dem sie zwar den Beruf, aber nicht die vornehme Gesinnung teilen.

All diese Ähnlichkeiten aber sind mehr allgemeiner Natur. Der ganze Aufbau, die Verwicklung, die Zeichnung und Farbe, die Charakteristik der einzelnen Personen, auch die Art des Humors ist andererseits so grundverschieden, daß der Gedanke einer Nachahmung nicht aufkommen kann.

Die Gunst des deutschen Publikums ist den „Journalisten" andauernd treu geblieben, trotzdem jetzt das politische Leben viel mächtiger pulsiert, und die Wahlschlachten einen ganz anderen Charakter tragen. Noch immer geht das Stück unter dem rauschenden Beifall der Zuschauer über die Bühnen. Allein schon Freytag hatte darüber zu klagen, daß die Schauspieler gerade bei diesem Stücke großen Mangel an Pietät gegen den Text zeigen: sie lassen Stellen weg, die ihnen unbequem sind, und — was schlimmer — sie fügen selbständige kleine Mätzchen ein, von denen sie sich einen vorübergehenden Lacherfolg ver sprechen. Er ging deswegen nur höchst selten in das Theater, wenn ein Stück von ihm selbst gegeben wurde. Als er sich 1885 bewegen ließ, die Journalisten in Dresden zu sehen, mußte er Verschiedenes erleben, was ihn mit Recht äußerst verstimmte: Schmock sagte: „ein 25-Thalerschein — ist er auch echt?" Velmauß setzte seinen Cylinder auf die Erde und trat dann in ihn hinein; er konnte das Goldschnittbändchen, welches er Adelheid verehren will, nicht aus der Tasche herausbringen; Piepenbrink machte gegen Ende der Bankettscene Miene, den Rock auszuziehen, als wollte er sich in Hemdsärmeln auf Senden stürzen.

Leider hat sich Freytag nach diesem durchschlagenden Erfolge nie wieder im Lustspiel versucht, obwohl es ihm sehr nahe gelegen hätte, auf der nunmehr zum zweitenmal mit solchem Glück betretenen Bahn weiterzuschreiten. Er selbst erklärt dies damit, daß die großen geschichtlichen Verhältnisse, in denen er sich als Schriftsteller tummelte, die volle und starke Strömung des Lebens, welche ihm später durch die Seele zog, sich nicht in den Rahmen eines Theaterabends und in kurze Scenenwirkungen einpassen lassen wollte. So wandte er sich dem eine breitere Fülle der Ausführung gestattenden Romane zu. Nur ein Theaterstück hat er später noch geschrieben, aber kein Lustspiel.

VIII. Herzog Ernst und der Preßverein.

Die geselligen Verhältnisse in Siebleben gestalteten sich für den nunmehr bereits in weiten Kreisen bekannten Dichter und Schriftsteller sehr angenehm. In dem benachbarten Gotha lebte seit 1858 der bedeutende Politiker und Abgeordnete Karl Mathy, ehemaliger badischer Staatsrat, damals Direktor der gothaischen Bank, der freilich schon nach zwei Jahren nach Leipzig übersiedelte, damit aber für Freytag nur von der Sommerseite des Lebens nach der Winterseite zog: mit ihm wurde Freytag bald eng befreundet und blieb es bis zu dessen Tode. Später bildete sich in Gotha ein Verein von Geburtstagskindern, der im Hause des Herrn von Holtzendorff sein Bundesheiligtum hatte und den Zweck verfolgte, „die Tyrannei des Kalenders zu brechen und die anmutigen Feste der Geburt auf die Zeiten zu verlegen, wo das Schicksal ein fröhliches Zusammensein gestattete". Diesem Verein trat auch als auswärtiges, aber häufig einkehrendes Mitglied Herr von Stosch, der damalige Generalstabschef des vierten Armeekorps, spätere Marineminister bei, mit welchem Freytag auch, wenn er abwesend war, einen regelmäßigen Briefwechsel über litterarische Erscheinungen führte.

Wichtiger als alle diese Beziehungen wurde für Freytag das ungewöhnlich enge, beinahe freundschaftliche Verhältnis, in welches er zu dem regierenden Landesherrn, dem Herzog Ernst II.

Herzog Ernst II. von Sachsen-Koburg Gotha.
Nach einem Holzschnitt a. d. J. 1860.

von Sachsen-Koburg Gotha, trat. Es war natürlich, daß der geistreiche und kunstliebende Fürst den namhaften, ihm jetzt benachbarten Dichter an seinen Hof zog. Freytag hatte, wie

jeder geistig schaffende Mensch, ein tiefes Bedürfnis nach ver-
ständnisvoller Teilnahme, und daß er sie bei einem souveränen
Landesherrn fand, der noch dazu eine über die Grenzen seines
kleinen Staates weit hinaus gehende Wirksamkeit und Bedeutung
besaß, mußte ihn, um mit dem alten Dichter zu reden, „nicht
das geringste Lob" dünken. Daß ein solches Verhältnis zwischen
Fürst und Privatmann, ganz besonders wenn dieser ein
Gelehrter und Schriftsteller von Ruf und männlichem Selbstbewußtsein ist, auf die Dauer nicht leicht Bestand hat, weil es
ihm an der bei Hofe nun einmal unumgänglichen Schmieg-
samkeit und Fügsamkeit fehlt, hat Freytag selbst empfunden
und des öfteren ausgesprochen; er mahnt die Gelehrten und
Künstler wiederholentlich, den Umgang mit den Großen dieser
Erde eher zu meiden als zu suchen. Dennoch wurde gerade
sein Verhältnis zu Herzog Ernst nie getrübt, weil es — wie der
Herzog selbst es ausdrückt — fortdauernd ein rein menschliches
war und blieb. Das war nur dadurch möglich, daß der Herzog
es sorgfältig vermied, mit dieser Freundschaft kleine selbstsüchtige
Nebenabsichten zu verbinden und den Dichter, wie das sonst
wohl vornehme Herren unter verbindlichen Formen und dem
Scheine liebenswürdiger Zugänglichkeit verstehen, für seine
Zwecke zu benutzen. So hat er z. B. Freytags Feder nie für
sich in Anspruch genommen und sich dadurch Ablehnungen von
seiten des Dichters erspart, die notwendig zu einer Erkältung
der gegenseitigen Beziehungen hätten führen müssen. Daher
blieb Freytag dem Herzog gegenüber vollkommen unabhängig
und behielt seine Freiheit auch da, wo die beiden Männer in
Bezug auf Politik, Litteratur oder Kunst so übereinstimmten,
daß er mit dem besten Gewissen von der Welt seine Feder dem
Herzog hätte zur Verfügung stellen können. Freytag vergalt
diese wahrhaft fürstliche Zurückhaltung und Achtung der Persönlichkeit des andern durch offene Ehrlichkeit und feste Treue.

Am Koburger Hofe hatte das Leben einen künstlerisch
genialen Anstrich. Der Herzog liebte es, als volksfreundlicher
Fürst, Komponist und Schriftsteller mit geistreichen Männern
ungezwungen und ohne die trennende Etikette zu verkehren.
Frack und weiße Binde waren verbannt, ein schwarzes Hals-
tuch genügte. Hof und Hofleben haben für jeden, der sie kennen
lernt, anfangs einen großen Reiz, für den Dichter mußte der

Verkehr mit den geistig angeregten und ohne kränkende Herab=
lassung wahrhaft liebenswürdigen Herrschaften auf den wald=
umrauschten Schlössern Thüringens einen noch größeren Reiz
entfalten als für andere. Aus den Aufzeichnungen fremder

Kronprinz Friedrich Wilhelm von Preußen.

Herren, welche den gothaischen Hof besuchten, können wir er=
sehen, wie genau Freytag mit allen Persönlichkeiten und Ver=
hältnissen daselbst vertraut war, und wie er auch gern dazu
bereit war, die fremden Besucher über das aufzuklären, was
ihnen zu wissen frommte. Und welche Reihe von wertvollen
Beziehungen that sich ihm hier auf, welchen Einblick konnte er

hier thun in das Leben und die Denkungsart von Kreisen, die sich dem Blicke der bürgerlichen Menge des Volkes gern verschließen oder wenigstens ihm gegenüber maskieren. Mit den badischen und darmstädtischen Herrschaften wurde er bekannt;

Kronprinzessin Viktoria von Preußen.

dem Kronprinzen, späteren Kaiser Friedrich III., und seiner Gemahlin wurde er durch den alten Baron von Stockmar empfohlen. Dieser, der frühere Bevollmächtigte des Prinzgemahls und der Königin Viktoria, war zwar nirgend in der Geschichte in die vorderste Linie der handelnden Personen ge-

treten, hatte aber durch seinen Rat einen ganz bedeutenden
Einfluß auf die Politik ausgeübt und ließ aus seiner ganz
außergewöhnlichen Kenntnis politischer Persönlichkeiten und
Verhältnisse auch dem weit jüngeren Freytag, der mit seinem
Sohne befreundet war, gelegentlich wertvolle Mitteilungen zu=
kommen. Das junge Glück der kronprinzlichen Ehe durfte
Freytag zuweilen „als ergebener Vertrauter mit seinen Wünschen
begleiten", und die Königin von England samt dem Prinzgemahl
Albert und allerlei anderen hochstehenden Gästen durfte er „in
höflicher Darstellung ihres Wesens" beobachten. Aber die fröh=
lichsten und ungezwungensten Stunden verlebte er mit dem
gothaischen Fürstenpaare allein, und noch in späterer Zeit, als
er längst nicht mehr in Siebleben wohnte, öffneten sich   so
erzählt er —, wenn er von der Terrasse des Kallenberges über
den Gartenschmuck des Herrensitzes weg in die lachende Land=
schaft hinausblickte, die Herzen in altem Vertrauen und in alter
Zuneigung.

Der Herzog dachte zu vornehm und frei, als daß er etwa
die Zeichnung seines fürstlichen Standesgenossen in der „Ver=
lorenen Handschrift" dem Dichter hätte verübeln sollen, ja viel=
leicht fühlte er sich durch diese dunkle Folie in um so helleres
Licht gestellt. Ein stärkeres Band noch als das gemeinsame
Interesse für Litteratur, Kunst und Theater bildete zwischen
beiden Männern die Politik, in der sie sich längst als Gesinnungs=
genossen gefunden hatten. Von Preußen war damals nichts zu
hoffen. Denn seit dem verhängnisvollen Tage von Olmütz, wo
es sich Österreich unterworfen hatte, war es einer trüben Reaktion
verfallen. Gerade die gebildetsten und geistig regsamsten Elemente,
Schriftsteller, Beamte, Teilnehmer der früheren Versammlungen
zu Gotha und Erfurt, in denen die erbkaiserliche Partei des
Frankfurter Parlaments seine Reste zu sammeln und zu organi=
sieren versucht hatte, waren unbegründetem Mißtrauen, scharfer
geheimer Überwachung, ja offenbarer Verfolgung ausgesetzt.
Ein Glück, daß die Regierungen der Kleinstaaten nicht alle die=
selbe Gesinnung zeigten. Ernst II. von Sachsen-Koburg Gotha
gehörte in erster Linie zu denen, welche ihr Land politisch ver=
folgten Litteraten öffneten und der Presse auf ihrem Staats=
gebiete das zur Erfüllung ihres Berufes nötige Maß von Un=
abhängigkeit gewährten. Der Vorteil, den trotz aller schweren

Schäden die staatliche Zersplitterung mit sich bringt, zeigte sich in dieser Zeit in ähnlicher Weise, wie er im Reformationszeit= alter zu Tage getreten war, wo die neue Lehre ihren Schutz gegen die kaiserliche Centralmacht auch lediglich in den kleinen und mittleren Staaten gefunden hatte.

Herzog Ernst ging bald noch weiter. Er faßte den Ent= schluß, „die in ihrer Vereinzelung fast wirkungslosen guten Kräfte zu einer innigeren Verbindung zusammenzufassen und mit ihrer Hilfe dem politischen Geiste eine freiheitlich gemäßigte und praktische Richtung anzuweisen", und zu diesem Zwecke einen politischen Verein zu gründen. Er arbeitete eine Denkschrift über die Organisation eines solchen Vereins aus und berief auf Grund derselben im Mai 1853 einige politisch und publi= zistisch hervorragende Männer zu einer Besprechung auf das Schloß Kallenberg, unter ihnen auch Gustav Freytag. Die An= wesenden wurden in allen wesentlichen Punkten einig und be= gannen alsbald in immer weiteren Kreisen Mitglieder zu werben. Freytag zeigte sich anfangs zurückhaltend und wünschte, daß auch sein fürstlicher Freund sich nicht allzusehr exponiere; er fürchtete für ihn und seine Zukunft Gefahr und warnte ihn brieflich und in persönlichem Gespräch. Dann aber, als diese Bedenken überwunden waren, und er sich einmal zur Teilnahme an dieser Sache entschlossen hatte, gab er sich ihr mit der ihm eigenen Pflichttreue hin und führte die mit einer solchen Thätig= keit unabweislich verbundenen lästigen Geschäfte, als da sind umfassende Schreibereien, Verlagsverhandlungen, Rechnungen und Kassenverwaltung, mit Eifer und Gewissenhaftigkeit. Im August 1853 fand die erste Hauptversammlung des neuen Ver= eins in Reinhardsbrunn statt; es wurden die Satzungen beraten und festgestellt und als eigentliches Aktionsorgan ein Komitee eingesetzt, welches auf die Presse einwirken sollte. Dieses, welchem nunmehr die Hauptaufgabe zufiel, bestand aus Max Duncker und Gustav Freytag. Besonders durch des letzteren Thätigkeit wurde die Wirksamkeit und der Einfluß der neuen Gründung auf die deutsche Presse bald ein sehr bedeutender. Er konnte sich schon nach Verlauf eines Jahres rühmen, daß er mit manchem vom Staate reichlich unterstützten Preß= büreau erfolgreich den heimlichen Krieg aufgenommen habe. Herzog Ernst bekam mit stiller Genugthuung in Wien und

Berlin, in London und Paris allenthalben die Frage zu hören, aus welchen Quellen denn eigentlich die plötzlich so starke nationale Strömung in der deutschen Presse stamme.

Die wichtigste Unternehmung dieses Preßvereins war eine

Max Dunder.

in Leipzig regelmäßig erscheinende lithographierte Korrespondenz, welche die deutschen Zeitungen mit unbeeinflußten, wahrhaften Berichten über die preußischen Landtagsverhandlungen versorgen sollte. Das war deswegen nötig, weil die preußische Regierung damals keine unabhängigen Kammerberichte duldete und alle Berichterstatter, die in den Verdacht kamen, solche zu

aerfassen, unnachsichtig aus Berlin auswies. Jetzt sind derartige Zeitungskorrespondenzen bei allen Parteien etwas ganz
Gewöhnliches. Damals war dieses Mittel, auf die Presse zu
wirken, noch neu. Die Leipziger Korrespondenz erhielt von
Berlin aus durch Freunde der nationalen Sache, insbesondere
durch einen jungen Historiker Namens Neumann, ihre regelmäßigen Berichte; auch versah sie der Herzog, der ja selbst
verständlich vielfach Gelegenheit hatte, hinter die Coulissen zu
blicken, mit Mitteilungen über den wirklichen Gang der politischen Geschäfte. So gelangte diese Korrespondenz bald bei den
Blättern aller Richtungen zu bedeutendem Ansehen und erwies
sich für die liberalen Zeitungen und Ideen als höchst nützlich.

Die Seele dieses Unternehmens war G. Freytag: durch seine
Hand gingen in der Regel die Zusendungen; er schickte sie an
die Redaktion in Leipzig; das Unternehmen war bei der sächsischen Regierung angemeldet, und diese hatte nichts dagegen einzuwenden.

Anders aber dachten darüber die leitenden Kreise in Berlin.
Diesen war die Korrespondenz ein Dorn im Auge, und die
Polizei erhielt den Befehl, sie womöglich unschädlich zu machen.
Diese glaubte, das am besten zu bewerkstelligen, wenn sie den
eigentlichen Leiter, Freytag, dingfest machte; da dieser preußischer
Unterthan war, konnte es ja unmöglich schwer sein, ihn zu
fassen. Ein Anlaß, gegen ihn einzuschreiten, bot sich bald. Die
Korrespondenz brachte eines schönen Tages die kurze Mitteilung,
daß der preußische Mobilisierungsplan an Rußland verraten
sei, und verurteilte diese Schändlichkeit mit einigen scharfen
Worten. Die Thatsache des Verrats ließ sich nicht leugnen,
aber ihre Veröffentlichung erregte den grimmigsten Zorn. Die
ganze Meute der Berliner politischen Polizei, an der Spitze
Herr von Hinckeldey, begab sich nach Leipzig, um nach dem
Urheber der für die preußische Regierung so peinlichen Nachricht zu forschen. Der Redakteur der Korrespondenz nannte
Freytag als den, durch den er sie erhalten habe, und dieser
weigerte sich natürlich, seinen Gewährsmann zu nennen. Da
nun auch die sächsischen Behörden wenig Neigung hatten, der
preußischen Polizei Handlangerdienste zu leisten, so kam über
dem Hin und Her der Verhandlungen das Frühjahr herbei,
und Freytag zog wieder nach Siebleben. Da erließ die Ver-

liner Centralbehörde ein geheimes Rundschreiben an sämtlich
Polizeiverwaltungen Preußens, worin dieselben aufgefordert
wurden, den Dr. Gustav Freytag, der sich dem Vernehmen nach
in Gotha aufhalte, sobald er sich auf preußischem Gebiete betreffen lasse, sofort zu verhaften.

Dieser geheime Verhaftbefehl wurde Freytag von Frankfurt a. Main anonym zugesandt. Er mußte nun preußisches
Gebiet ängstlich meiden, er durfte z. B. auf seinen Reisen von
Gotha nach Leipzig Erfurt nicht berühren; auch blühte ihm
die sichere Aussicht, auf Grund bestehender Auslieferungsver-
träge demnächst als preußischer Staatsbürger eingefordert zu
werden. Auf dem gewöhnlichen Wege aber eine Entlassung
aus dem preußischen Unterthanenverbande zu erreichen, daran
war nicht zu denken. So blieb Freytag nur ein Mittel, sich
in Gotha zu sichern. Er wandte sich am 11. Sept. 1854
brieflich mit der Bitte an Herzog Ernst, „durch huldvolle Erteilung irgend eines kleinen Hofdienstes" ihm das gothaische
Staatsbürgerrecht zu verleihen „und dadurch in hochfürstlicher
Weise einen Konflikt zu lösen, für welchen eine so schnelle und
würdige Beendigung anderweitig nicht zu finden sei." Es
wurde dem Dichter nicht leicht, diese Bitte trotz ihrer absoluten
Geringfügigkeit an seinen fürstlichen Freund zu richten. „Ich
habe die leise Furcht — so schrieb er — daß Sie, mein gnä-
digster Fürst, vielleicht gewähren, was Ihr edler Sinn auch
einem Fremden nie verweigert hat, Rettung aus politischen
Verfolgungen, daß Ihr Gemüt aber doch im Stillen meine Bitte
als eine Zudringlichkeit betrachten wird und als ein stilles Unrecht, das ich begehe; denn wer das Glück gehabt hat, von
seinem Fürsten menschliche Freundschaft zu erhalten,
der soll von ihm nichts anderes erbitten." Er erklärt
sich daher auch bereit, falls der Herzog dazu rate, geradezu nach
Erfurt zu gehen und sich sein Recht dort zu holen; dieser Weg
sei vielleicht der männlichste, aber bei der Geringfügigkeit der
Veranlassung und der Gewissenlosigkeit der preußischen Polizei
erscheine ihm dann doch wieder Vermeidung des angebotenen
Kampfes als das Ratsamste.

Gern ging der Herzog auf des Dichters Wunsch ein. Er
ernannte ihn zu seinem Vorleser mit dem Titel Hofrat. Damit
war Freytag aus einem Preußen zum Gothaer geworden und

für den Sommer sicher. Damit er auch den Winter nach seiner
Gewohnheit ungefährdet in Leipzig zubringen könne, fragte
Herzog Ernst bei dem sächsischen Ministerpräsidenten, Grafen
Beust, an, wie sich die sächsische Regierung einem etwaigen
Auslieferungsverlangen Preußens gegenüber verhalten würde.
Als von diesem beruhigende Versicherungen eintrafen, siedelte
er wie in jedem, so auch in diesem Winter nach Leipzig über.

Der vom Herzog Ernst gegründete Verein setzte die Bestrebungen fort, welche schon 1849 die Reste der erbkaiserlichen
Partei des Frankfurter Parlaments, die sogenannten „Gothaer",
verfolgt hatten, und bildete so das Bindeglied zwischen diesen
und dem 1859 ebenfalls unter dem Schutze des Herzogs Ernst
entstandenen Nationalverein. Seine Wirksamkeit konnte nach
Lage der damaligen Verhältnisse nicht so umfassend und großartig werden, wie der Begründer es wohl anfangs geplant
hatte. In weitere Volkskreise drang der Verein nicht; die Zeit
dazu war, so lange Friedrich Wilhelms IV. reaktionäres Regiment in Preußen den nationalen und freiheitlichen Gedanken
mit Polizeischikanen bekämpfte, noch nicht gekommen.

Was dagegen in weitere, ja in die weitesten Volkskreise
drang, war der Roman, welcher in den ersten Sieblebener Jahren
entstand, eine Erscheinung von solcher Bedeutung für unsere
Litteratur, daß wir derselben eine ausführlichere Betrachtung
widmen müssen.

IX. „Soll und Haben."

Mit dem Gedanken, einen Roman zu schreiben, trug sich
Freytag im Gefühle seines Erzählertalents schon längere Zeit,
und es bedurfte wohl kaum noch der Aufforderung seines
Freundes Moritz Haupt, einen solchen in Angriff zu nehmen,
Er stand in der frischesten Zeit jugendlicher Männlichkeit.
zwischen dem dreißigsten und vierzigsten Jahre. Seine Wander-
jahre hatte er hinter sich und zog nun in seinem ersten Romane
die Summe seines bisherigen Lebens und seiner Erfahrungen.
Zu Ostern 1855 lag das Werk in drei hübschen Bänden fertig
vor ihm. Das erste Exemplar packte er mit Freuden für seine
Mutter ein, empfing jedoch an demselben Tage die Nachricht
von ihrem Tode; sein Bruder hatte ihm ihre letzte Krankheit
verschwiegen, damit er nicht etwa auf der Reise zu ihr verhaftet

würde. So knüpfte sich ein tiefer Schmerz an das hohe Glück der Vollendung dieses Werkes, eines Erstlingswerkes in jeder Beziehung.

Der Roman mit dem kaufmännischen Titel „Soll und Haben" ist von sämtlichen Schriften Freytags wohl die bedeutendste und sicherlich diejenige, welche die größte Wirkung ausgeübt hat und am meisten gelesen worden ist. Schon im Jahre 1887 war er in über 100 000 Exemplaren verbreitet und bietet noch jetzt den alljährlich auf den Markt geworfenen Mode- und Sensationserzeugnissen erfolgreich die Spitze. Er ist ein Volksbuch im edelsten Sinne geworden, welches der anspruchsvolle Litteraturkenner mit dem gleichen Genuß liest wie der schlichte Leser von gesundem Menschenverstand und unverbildetem Gefühl, und — was das Hauptkennzeichen wirklichen Wertes ist — wer es einmal gelesen hat, der kehrt in allen Phasen seines Lebens gern wieder zu dem Buche, wie zu einem alten Freunde, zurück. Die Zahl derer, die es ein halbes dutzendmal gelesen haben, dürfte in deutschen Gauen nicht ganz gering sein. Woher rührt diese in Deutschland nahezu einzig dastehende Wirkung?

Das Buch ist keineswegs reich an aufregenden, nervenerschütternden Ereignissen, es ist nicht einmal das, was der Durchschnittsleser als „spannend" rühmt: kommt doch nur ein Mord und ein Selbstmord darin vor; auch verzichtet der Dichter auf alles, wodurch andere Romanschreiber den Sinnen zu schmeicheln wissen: wir finden keine üppigen Gelage mit glänzenden Toiletten und zweideutiger Konversation, keine berauschenden Liebesscenen in blühenden Gärten oder Boudoirs, kein Verhältnis zu einer verheirateten Frau, nicht einmal eine kleine Ver- oder Entführung: nichts von weiblicher oder männlicher Halbwelt. Die einzige Gestalt des Romanes, die einen Anflug von genialer Liederlichkeit und einen gewissen dämonischen Reiz entfaltet, Herr von Fink, ist im Kern ihres Wesens dennoch durchaus gesund. An seine Extravaganzen müssen wir mehr glauben, als daß wir sie sehen, und wenn er einmal vom rechten Wege ablenkt und gegen junge Damen rücksichtslos wird oder mit einer reiferen, koketten Schönheit anbändelt, so läßt er sich doch bald durch den Einfluß seines jüngeren Freundes in die Schranken der guten Sitte zurückführen, und statt diesen

mit den Mysterien und Orgien der Lebewelt bekannt zu machen,
führt er ihn zum „Lämmerhüpfen" mit höheren abligen Töchtern.
Ja schon, daß er mit diesem uninteressanten jungen Mann,
den er selbst philiströs und spießbürgerlich nennt, ein so warmes
und inniges Freundschaftsbündnis zu schließen im stande ist,
zeigt, wie wenig er den bezaubernd abstoßenden Helden mo-
dernster Romane gleicht. Ferner fehlt dem Romane das arme,
tugendhafte Mädchen, das sich durch alle Anfechtungen der
argen Welt mit Weißnähen und Putzmachen ehrenvoll hindurch
schlägt, es fehlt die von ihrem betrunkenen Manne gemiß
handelte, in stillem Dulden und rastlosem Mühen sich verzeh-
rende Arbeiterfrau, es fehlt das dumpfe Grollen der sozialen
Revolution, die Schilderung von Volksversammlungen, Massen-
ausständen und Arbeiterkrawallen mit „vertierter Soldateska";
es fehlt auch der scheinheilige, salbungstriefende, strammortho-
doxe Pastor, der den Leuten statt des Brotes wahrer Menschen-
liebe seine unverdaulichen dogmatischen Steine bietet. Also
nichts vom fin de siècle! Es ist die Mitte unseres Jahrhunderts
mit ihren bescheideneren und harmloseren Verhältnissen, welche
aus dem Buche zu uns redet, nicht das Ende. Woher also —
fragen wir nochmals — dieser große und dauernde Erfolg des
Buches?

Die Hauptsache in der erzählenden Dichtung ist die Handlung. Sie muß, wie Freytag in seinen Aufsätzen öfter hervorhebt, in der Seele des Dichters eher vorhanden sein als die
Charaktere, welche sich ihr anzupassen haben. Daß ihm auch
in „Soll und Haben" zuerst die Handlung klar geworden ist,
bezeugt er noch überdies ausdrücklich. Sie ist trotz scheinbaren
Reichtums im Grunde sehr einfach.

Anton Wohlfart, ein unbemittelter junger Mensch von
guter Bildung, tritt in ein großes Kaufgeschäft als Lehrling
ein, gewinnt durch seine Zuverlässigkeit, Arbeitstüchtigkeit und
Redlichkeit die Freundschaft seiner Kollegen, das Zutrauen seines
Prinzipals und die Neigung der schönen Schwester desselben.
In den verworrenen Verhältnissen eines polnischen Aufstandes
rettet er auf einer Geschäftsreise dem Prinzipal das Leben
und einen großen Teil seines Vermögens. Er könnte nun auf
sehr einfache Weise sein Glück machen. Er brauchte nur im
Geschäft zu bleiben, um immer höher zu steigen und schließlich

die Hand des reichen und liebenswürdigen Fräuleins und die
Teilhaberschaft an der Firma zu gewinnen. Allein allerhand
phantastische Empfindungen und Träumereien werfen ihn aus
dieser gradlinig-unpoetischen Laufbahn hinaus. Bei seiner
Wanderung in die große Stadt war er in einen herrschaftlichen
Park geraten, er hatte an dessen Ende ein Schloß gesehen und
war von der vermeintlichen Pracht, die er hier erblickte, be-
zaubert worden; außerdem hatte ein schönes Edelfräulein,
welches ihn im Parke ansprach, einen überwältigenden Eindruck
auf ihn gemacht. Ihr Bild haftet fortan in seiner Seele. Die
Bekanntschaft setzt sich durch allerhand Zufälle in der Stadt
fort. Er wird durch seinen Freund Fink in die adligen Kreise
eingeführt, erweist der Königin seiner Phantasie allerhand
Ritterdienste, bis er nach einigen berauschenden Monaten aus
diesem ihm innerlich eigentlich doch fremden Kreise scheiden muß.
Dennoch besteht sein zartes Herzens- und Phantasieverhältnis zu
Lenore von Rothsattel weiter.

Inzwischen gerät deren Vater, der Baron von Rothsattel,
in die Hände von Wucherern und Güterausschlächtern, verliert
sein Vermögen, sein Erbgut und infolge eines noch rechtzeitig
vereitelten Selbstmordversuches das Licht seiner Augen. Da
wendet sich die Familie auf Lenorens Veranlassung an Anton
Wohlfart. Die durch das Leiden erhöhte Anziehungskraft der
jungen Dame, der Zauber, den das vornehme, adlige Wesen auf
den Jüngling ausübt, ist stark genug, ihn seinem Berufe zu ent-
fremden. Er giebt seine gesicherte Stellung auf, wird General-
bevollmächtigter der Rothsattels und übernimmt es, das ver-
fallene polnische Rittergut, welches der Freiherr zur Rettung
seines letzten Kapitals hat erstehen müssen, wieder in die
Höhe zu bringen und die Familie in erträgliche Verhältnisse
zurückzuführen. Ein volles Jahr arbeitet und sorgt er, zuletzt
unter den Gefahren eines polnischen Aufstandes, in aufopferndster
Weise für Leute, die ihm, wie er fühlt, innerlich doch fremd
bleiben und, wenn es ihnen paßt, ihm gegenüber ohne weiteres
die Visierkappe fallen lassen. Er wird indessen in dieser Zeit ein
andrer. Durch das tägliche Zusammenleben erkennt er die
Schwäche, Beschränktheit und geringe Bildung, die sich hinter
dem anspruchsvollen Wesen der adligen Familie verbergen; der
Nimbus, der sie in seinen Augen so lange umstrahlt hatte, ver-

schwindet gründlich und für immer. Er klärt auch sein Gefühl
für Lenore, welches von jeher mehr in der Phantasie als in
der Empfindung gewurzelt hatte, zu einem rein freundschaft=
lichen und fast brüderlichen ab. Nach einem Jahr kehrt er zu
seinem ehemaligen Prinzipal zurück, der ihn anfangs unwirsch
empfängt und in längerem Zusammenleben erst prüft, ob er
„brav geblieben". Er entlarvt alsdann die Schurken, welche den
Baron um das Seinige gebracht hatten, jagt zwei von ihnen
ins Wasser, einen ins Gefängnis, beweist durch seine ganze
anspruchslose Art, daß er noch der Alte geblieben, und empfängt
endlich in dem Augenblicke, wo er das Haus des Kaufmanns
auf immer verlassen will, die Teilhaberschaft am Geschäfte
und die Hand der im stillen stets geliebten Schwester des
Kaufmanns.

Neben Antons Geschichte geht die des Herrn von Fink her,
der anfangs ebenfalls sein Herz verkennt. Er bewirbt sich zu=
erst um Sabine und erst spät wird ihm klar, daß Lenore die
Eine ist, welche er sucht. Und wie die Jünglinge, so schwanken
auch die Mädchen eine Zeit lang. Bei Lenore bleibt es lange
zweifelhaft, welcher Art die Neigung ist, die sie für Anton hegt,
und Sabine hat wegen Finks einen schweren Kampf mit sich
selbst durchzufechten, in welchem ihr allein der ungetrübte In
stinkt ihres lauteren Herzens zum schließlichen Siege verhilft.
Auf dieses Sichabstoßen und Sichfinden der vier jungen Herzen
ist das Interesse des jugendlichen und besonders des weiblichen
Teils der Lesewelt wohl vorwiegend gerichtet, und bei keiner
Leserin wird am Schluß das Gefühl der Befriedigung darüber
fehlen, daß trotz aller Irrungen und Wirrungen sich das
Gleichartige zuletzt gefunden, daß der solide Anton die solide
Sabine, der wilde Fink das wilde Freifräulein bekommen hat.

Was will uns nun der Dichter mit dieser Geschichte sagen?
Er spricht es deutlich aus auf Seite neun des Romans: „Ein
jeder achte wohl darauf, welche Träume er im heimlichen
Winkel seiner Seele hegt; denn wenn sie erst groß gewachsen
sind, werden sie leicht seine Herren, strenge Herren!" Diese
Mahnung ist ohne Zweifel für jeden Menschen äußerst be=
herzigenswert, aber wie wenige werden während des Lesens diesen
Gedanken als die eigentliche Seele des Romans empfinden, wie
wenige fragen überhaupt nach solchen Grundgedanken! Was den

Leser anzieht, ist vor allem die reiche Fülle wahrer Lebens
bilder, die der Roman an seinem geistigen Auge vorüberführt,
und zwar aus Kreisen und Verhältnissen, die jedem leicht ver
ständlich sind, in denen man sich ohne Schwierigkeit wie zu Hause
fühlt. Freytag legte den größten Wert auf Naturwahrheit der dichte=
rischen Schilderungen, und so spüren wir, wohin er uns auch
führt, sei es in das Warenlager des Großkaufmanns oder das
Geschäftslokal des Wucherers oder den Ballsaal der guten Ge=
sellschaft oder in die östliche Kleinstadt oder in das alte Sta=
rostenschloß, überall den erfrischenden Hauch der Wirklichkeit.
Das ist alles erschaut und erlebt und darum von echter, unver=
wischbarer Farbe.

Die Erfahrungen aus der Breslauer Zeit sind es, die der
Roman wiederspiegelt. Freytag hatte dort in dem alten Pa=
trizierhaus der ihm befreundeten Molinari den Geschäftsverkehr
einer großen Handlung und durch einen Prozeß, den er als
Bevollmächtigter eines Verwandten zu führen hatte, die
wucherischen Kniffe und Tücken jüdischer Händler kennen gelernt.
Breslau gab für den Hauptschauplatz des Romans die Lokal
farbe her, für Rosmin und die öde polnische Landschaft fand
der Dichter in seiner Vaterstadt Kreuzburg und deren Umgegend
das Urbild, die Zustände in dem insurgierten Polenlande lernte
er auf einer Reise kennen, die er beim Ausbruch der polnischen
Revolution 1846 in die Nähe von Krakau machte; die brennende
Stadt mit den anarchischen Zuständen ist Krakau selbst. Ähn=
liches wie zu Rosmin hatte sich 1848 thatsächlich zu Strzelno
ereignet.

So wie die Örtlichkeiten und Zustände, so auch die Menschen
und die Charaktere. Nirgends haben wir den Eindruck des
künstlich Gemachten oder des Schemenhaften: die Charaktere
stehen leibhaftig und plastisch vor unseren Augen. Die beiden
Hauptpersonen sind das Freundespaar Anton Wohlfart
und Fritz von Fink. Der erstere, „der gute Junge", ist die
Treue, Ehrenhaftigkeit und Tüchtigkeit in Person, aber er hat
zugleich einen etwas spießbürgerlichen Anstrich: er ist höchst
ehrenwert und rechtschaffen und eine unzerbrechliche Stütze für
jeden, zu dem er in ein gemütliches oder dienstliches Verhältnis
tritt, aber im Umgang doch vielleicht etwas langweilig; der
andere, ein wilder und etwas frevelhafter Geselle, ist in seinen

Reden zwar häufig verletzend, herrisch und etwas frivol, aber
voll frischen Humors, origineller Gedanken und geistreicher
Wendungen; er zeigt sich allen Lebenslagen gewachsen und in
allen Sätteln gerecht; in Gefahren von größter Kaltblütigkeit und
Entschlossenheit, wird er im fernen Westen Amerikas ebenso gut
Herr der Situation wie im östlichen Grenzlande Deutschlands.
Bei allem brüsken Wesen, bei allem Spott über die deutsche
Gemütlichkeit und trotz der Sängerinnen und Tänzerinnen, die
er angeblich ehemals bezahlt hat, ist er unverdorben und auf=
opferungsfähig geblieben; wer ihm zu imponieren weiß, der
vermag auch sein Herz zu gewinnen, und einem solchen gegen=
über erweist er sich als treuanhänglich, warmfühlend und
lenksam. Wie ihm in dem Roman die Herzen der Frauen,
auch das der so himmelweit von ihm verschiedenen Sabine zu
fliegen, so giebt es wohl kaum eine Leserin, die sich nicht als=
bald in diese echt männliche, kraft= und geistvolle Gestalt verliebte.
Fink ist die Weiterbildung und vollkommene Ausgestaltung des
Kunz der Brautfahrt, des Bolz der Journalisten, während Anton
mit Oldendorf auf einer Linie steht. In beiden gegensätzlichen
Richtungen sind — wie wir sahen — zwei verschiedene Seiten
der Persönlichkeit Freytags zu poetischer Verdichtung gelangt,
in Anton der gewissenhafte, nüchterne, sorgfältig arbeitende
Beamtensohn, in Fink der umsichtige, genialisch angehauchte
Weltmann, der gedankenreiche Schriftsteller.

Ebenso wie dieses ergänzen sich auch einige andere Paare
verwandter und doch gegensätzlich gebildeter Charaktere. Zwei
wohlhabende Ehrenmänner stellen sich uns vor in Herrn T. O.
Schröter und dem Freiherrn von Rothsattel; beide geraten
in finanzielle Schwierigkeiten, aber den Kaufmann hebt seine
unzerstörbare Arbeitskraft, sein peinliches Pflichtgefühl darüber
hinweg, während der Baron darin untergeht, weil er an ver=
altenden Vorurteilen hängt und an nicht mehr haltbaren An=
sprüchen festhält.

Der streng gewissenhafte Kaufmann bildet zugleich einen
scharfen Gegensatz zu der unlauteren Geschäftswelt, welche
ihrerseits wieder in allen Schattierungen der Schlauheit, Ge=
wissenlosigkeit und habgierigen Gefühllosigkeit auftritt. Der
Schlimmste aus diesem Kreise, Itzig, steht wiederum zu Anton
in gegensätzlicher Parallele. Beide sind Jugendgenossen, beide

ziehen gleichzeitig in die große Stadt, um als Geschäftsleute ihr Glück zu machen, der eine auf ehrliche, der andere auf unehrliche Weise. Der Unehrliche steigt weit rascher als der Ehrliche, nimmt aber dann ein schreckliches Ende, der Ehrliche gewinnt ein ruhiges, dauerndes Glück.

Von den mehr untergeordneten Personen stellen sich die beiden Husaren nebeneinander, der junge Invalide Karl Sturm und der junge Offizier Eugen von Rothsattel, beide tapfere Soldaten, aber der eine selbstlos und kindlich, anspruchslos und anstellig, „ehrlich und praktisch", während der andre leichtfertig, genußsüchtig und in den Vorurteilen seines Standes befangen, ohne Scheu die Ersparnisse einfacher und gutherziger Leute zur Deckung seiner Spiel= und Vergnügungsschulden in Anspruch nimmt, zu einer nützlichen Thätigkeit aber nicht zu gebrauchen ist. Darum vermag er beim Zusammenbruch seines Elternhauses nichts anderes zu thun, als nur leise vor sich hin zu weinen. Im Geschäft steht der charaktervolle, feste und etwas grobe Pix neben dem aufgeregten, phantastischen und haltlosen Specht, wie neben dem frommen, stillen und ernsten Baumann, der höchstens einmal mit der Tante ein kleines gottseliges Geklätsch anfängt.

Wie die männlichen, so stehn auch die weiblichen Hauptpersonen in scharfem Kontrast. Sabine repräsentiert das gehaltene, strenge, auch etwas gebundene bürgerliche Wesen; das alte Patrizierhaus ist ihre ganze Welt, innerhalb deren sie trotz ihrer Jugend wie eine erfahrene Hausfrau waltet; ihre Gedecke wie das Wohl der ihrer Obhut anvertrauten Menschen trägt sie mit gleichmäßigem Pflichtgefühl auf dem Herzen; unter so vielen verschiedenartigen Herrencharakteren bewegt sie sich mit vollendetem Takt und überschreitet in echtem Zartgefühl nie die Grenzen weiblicher Zurückhaltung. Ihre Bildung ist gediegen, aber es fehlt ihr an natürlicher Munterkeit und Frische; bis gegen das Ende, wo sie des Besitzes des Geliebten sicher wird, behält sie einen sanften und leidsamen Zug. — Lenore dagegen ist erfüllt von frischer, überschäumender Lebenskraft; sie überspringt leicht einmal die Schranken, welche Natur und Standessitte der jungen Dame ziehen, so daß sie dem streng denkenden Anton bisweilen unweiblich vorkommt; ihre Bildung ist nur elementar, sie hat immer einen „harten Kopf" gehabt,

Sprachen und Geographie sind ihr fremde Größen, auch weib=
liche Handarbeit wird ihr schwer, nur zum Zeichnen hat sie
Talent. Zum Ersatz für diese Mängel hat sie die Eigenschaften
der altgermanischen Heldenjungfrau von den Vorfahren geerbt,
sie ist schön, stark und kühn. Wie eine Walküre reitet sie unter
den bewaffneten Männern und scheut sich nicht, gegen die
Feinde ihres Volkes und ihres Freundes das Gewehr abzu=
drücken; wo sie auch auftritt, zeigt sie Entschlossenheit und
Thatkraft, im Ballsaal wie im belagerten Schloß, und auch
Männer fügen sich ihrem Befehle.

Selbstverständlich hat der Dichter für diese Charaktere viel=
fach Gestalten benutzt, die ihm im Leben entgegentraten. Von
seinem Freunde Molinari z. B. sagt er selbst, habe der Kauf=
mann seine stolze Redlichkeit erhalten, verwahrt sich aber da=
gegen, daß man etwa auch andere Züge dieses „steifleinenen
Herren" auf jenen übertragen möchte. Wie es in Freytags
Art überhaupt nicht liegt, die Wirklichkeit sklavisch abzuzeichnen,
so läßt er sich auch bei der Ausgestaltung der Charaktere die
Freiheit des dichterischen Schaffens nicht verkümmern, und
immer haben sich nach seinem Grundsatze die Charaktere der
Handlung, nicht diese jenen unterzuordnen. Die Charaktere
sind unter dem Zwange der Handlung geschaffen und scheinen
eben deswegen hundert Menschen zu gleichen, welche unter
ähnlichen Verhältnissen ähnlich leben und handeln müßten.

Wer vieles bringt, wird vielen etwas bringen. Unter der
reichen Fülle der Lebensbilder und Persönlichkeiten, welche der
Dichter bietet, werden den einen mehr diese, den andern mehr
jene Erscheinungen anziehen, kalt aber und gleichgiltig wird
niemand bleiben. Dazu kommt aber noch ein tiefer liegender
Grund des Gefallens. In Anton muß der junge Deutsche
bürgerlichen Standes ein Stück von sich selbst erkennen. Welchen
guten Jungen aus einfacher Familie hätte nicht irgendwann
einmal „die Sehnsucht nach dem schmuckvollen Leben der Vor=
nehmen" ergriffen, wer hätte nicht den Zauber eines Kreises
empfunden, der ihm „frei, glänzend und schön" erschien, be=
sonders wenn sich diese Eigenschaften in einem stolzen Edel=
fräulein dem Auge sinnlich darstellten! Wer hätte dann nicht
wie ein germanischer Gefolgsmann mit ritterlicher Hingabe
diesem angebeteten Wesen seine Dienste gewidmet! Ferner sind

Zuverlässigkeit und strenge Ehrenhaftigkeit diejenigen Eigenschaften, in denen gerade der gute deutsche Mittelstand die starken
Wurzeln seiner Kraft besitzt. So muß es dem deutschen Gemüte
ganz besonders zusagen, zu sehen, wie ein armer Teufel ohne
glänzende Begabung nur durch die feste Solidität seines Cha-
rakters sich das allgemeine Vertrauen erwirbt und unter selbstloser Arbeit im Dienste anderer sich ein dauerndes Glück
begründet, wie er in strenger Pflichterfüllung phantastische Jugend-
träume überwindet und in inneren Kämpfen und äußeren Gefahren zu einem ganzen Manne erstarkt.

Aber nicht allein in der Person Antons ist der Roman ein
Spiegel des deutschen Volkes. Er sucht es dem ihm vorgesetzten
Motto zufolge überhaupt da, wo es in seiner Tüchtigkeit zu
finden ist, nämlich bei seiner Arbeit. In dem großen Kauf-
mannshause herrscht vom Prinzipal hinab bis zum untersten
Auflader unverbrüchliche Pflichttreue und feste Regel: ein
solider Wohlstand hält das Leben gleich weit entfernt von Ver-
schwendung wie von Knickerei. Trotz der Nüchternheit und
Steifheit, welche der Geist des alten Hauses atmet, besitzen die
Menschen darin im Grunde doch ein weiches und warmes
Gemüt, welches freilich nicht eben häufig zu Tage tritt.

Diese Welt der soliden bürgerlichen Arbeit und Recht-
schaffenheit steht nun im Gegensatze einmal zu der Welt des
hohlen Scheines und zweitens zu der des betrügerischen Gewinnes. Jene wird vertreten durch den Adel, der in dem
Romane eine recht üble Rolle spielt. Anfangs ist alles gut und
schön. Zwar der äußere Glanz des Schlosses und seiner Bewohner ist größer als das wirtschaftliche Fundament, auf dem
er ruht, aber die Einnahmen und Ausgaben halten einander
doch wenigstens das Gleichgewicht. Nun bricht aber die neue
Zeit des Kapitals und der Industrie herein; die Macht des
Geldes wächst in gleichem Maße wie die Verteuerung des
Lebens. Dem ist der Adel nicht gewachsen, weil er an ver-
alteten Ansprüchen festhält, tiefe Bücklinge und unterthänige
Reden verlangt und „Geld bezahlt, damit andere für ihn
denken und arbeiten". Tägliche drückende Sorgen kann der
Freiherr nicht aushalten, weil er von klein auf gewöhnt ist,
wenig Mühe und viel Vergnügen zu haben, und gearbeitet zu
haben vermeint, wenn er zweimal des Tages durch seine

Wirtschaft gelaufen ist, während der Amtmann das Beste thut und oft noch die Dummheiten des Herrn ausbessern muß. Der glänzende Schein, das anmutige, elegante Gesellschaftsleben in ausgewählten Zirkeln ist ihm und seinesgleichen durchaus die Hauptsache, und dem Sohne soll womöglich die unangenehme Aufgabe, sich selbst eine Existenz zu gründen, erspart werden, dadurch, daß das Erbgut in ein Majorat verwandelt wird. Statt eines berechtigten Standesstolzes herrscht bei dem Adel unberechtigter Standeshochmut, ein kaltes Sichabschließen gegen alles, was nicht „von Familie" ist, so daß es dem Bürgerlichen, der mit diesen Leuten verkehrt, oft scheint, als trügen sie plötzlich Helm und Visierkappe. Die Seelen der jungen Edelleute sind ohne jede höhere Idee; das Leben nach Kräften als eleganter Kavalier und schneidiger Offizier zu genießen, ist das einzige Ideal, welches ihnen vorschwebt. So bricht denn das Verderben unausweichlich herein. Der geschickten Verführung vermag der Adel nicht zu widerstehen: um rasch und mühelos Geld zu gewinnen, läßt er sich zu geschäftlichen Manipulationen verlocken, die ihn dem Abgrund zuführen, und dann halten auch seine anscheinend so strengen und subtilen Ehrbegriffe nicht stand: der Freiherr sowohl wie sein Sohn begehen Handlungen, die jeder rechtlich Denkende verwerfen muß.

Freytag entwickelt also in dichterischer Darstellung den Gedanken, daß der deutsche Adel nicht die sittliche Kraft, die Arbeitstüchtigkeit und Arbeitswilligkeit besitze, um in dem neuen Zeitalter der Intelligenz und Arbeit die ererbte und beanspruchte Stellung zu behaupten. Dagegen weist er ihm die Kolonisation des Ostens als seine Aufgabe zu, eine Aufgabe, welche bereits vor Jahrhunderten von seinen Vorfahren im deutschen Ritterorden in Angriff genommen worden ist. Der Freiherr vermag allerdings selbst nichts mehr zu thun, aber er und seine Familie bilden doch den Mittelpunkt der neuen deutschen Ansiedelung im Polenlande, um den sich die Gutsleute und Bauern scharen. Der Adel soll also wiederum, wie in alter Zeit, die Vorkämpferschaft des Deutschtums gegen die Slawen übernehmen. So stirbt denn auch der verschwenderische und genußsüchtige Eugen von Rothsattel wenigstens den Heldentod im Kampfe für sein Volk und seinen Staat gegen den östlichen Erbfeind.

Es ist ein recht düsteres Bild, welches der Dichter vom

deutschen Adel entworfen hat, eine dunkle Folie, von der sich
das bürgerliche Wesen um so heller abhebt. Aber ruhig können
wir unsern Blick darauf verweilen lassen. Allerdings sind hoch=
mütiges Herabsehen auf Leute ohne Namen und Wappen, über=
triebene Ansprüche an das Leben und die Menschen, Leicht=
fertigkeit und Genußsucht noch keineswegs ganz ausgerottet in
unserm Adel, und wem diese Eigenschaften entgegentreten, der
mag wohl an die Familie Rothsattel denken, auch giebt es heut=
zutage echte Geld- und Geschäftsmenschen, Gründer und Gründer=
genossen in ihm. Im großen und ganzen indessen ist unser
Adel unleugbar ein anderer geworden. Freytag schildert den
der vierziger und fünfziger Jahre; die großen Zeiten, welche
die Nation seitdem durchlebt hat, und welche der Adel in erster
Linie mit hat heraufführen helfen, haben diesen selbst erzogen.
Er ist sich mehr und mehr bewußt geworden, daß er, was er
von seinen Vätern ererbt hat, erst erwerben muß, um es zu
besitzen, daß er seine Stellung nur dann behaupten kann, wenn
er dem Volke vorangeht im Ringen um die hohen Ziele, die der
Nation durch ihr Schicksal gebieterisch gesteckt sind.

Den anderen Gegensatz zu dem gesunden Bürgertum bildet
die Welt der zweifelhaften oder geradezu betrügerischen Ge=
schäftsmacherei, welche der Dichter, den Verhältnissen des Ostens
entsprechend, aus jüdischen Händlern bestehen läßt. Wir finden
bei diesen Gesellen, deren charakteristischer Vertreter Veitel Itzig
ist, eine für den Kampf ums Dasein scheinbar nicht zu über=
treffende Ausrüstung: Bedürfnislosigkeit, Sparsamkeit, Energie,
Zähigkeit, Gewandtheit, Geschäftssinn und Gesetzeskunde, auch
fehlt es ihnen nicht gänzlich an menschlich ansprechenden Charakter=
zügen; Teufel zu schildern, wäre psychologisch unwahr und un=
poetisch gewesen; selbst der zum Dieb und Mörder werdende
Veitel Itzig weint Thränen, als er durch den Eigennutz seines
Lehrers in der Schurkerei um das bißchen warme Gefühl ge=
bracht wird, das er für ihn gehegt hatte, er denkt an seine alte
Mutter, die ihn mahnte, ehrlich zu bleiben, er empfindet nach
dem Morde Gewissensbisse, die sich zu Visionen steigern. Auch
Ehrenthal ist nicht ohne gute Eigenschaften, er besitzt viel Fa=
miliensinn, eine fast abgöttische Liebe zu seinem Sohne und eine
gewisse natürliche Freundlichkeit, er meint es selbst mit seinem
Opfer noch gut. Aber das sind nur vereinzelte helle Schattie=

rungen auf einem tief dunkeln Gemälde. Der eigentliche Kern aller dieser Geschäftsleute ist rücksichtslose Habgier, Geriebenheit und eine Gewissenlosigkeit, die eigentlich vor nichts zurückschreckt. Das leitende Geschäftsprinzip ist nicht langsame Arbeit, sondern rascher Gewinn durch Spekulation. Nach außen bilden diese Menschen einen Ring, sind sie als eine Bande organisiert, die ihre Opfer aufjagt, umstellt und sich gegenseitig ins Garn treibt; der eine spielt dabei den Macher, der andere den Treiber, der dritte den Scheucher u. s. w. Unter ihnen selbst aber herrscht trotz dieser edlen Gemeinschaft der grimmigste Geschäftsneid und der unbarmherzigste Konkurrenzkampf. Der Angestellte sieht in dem Prinzipal seinen natürlichen Gegner: er steigt, indem er ihn unter die Füße tritt, während in dem soliden bürgerlichen Kaufhaus zwischen Herrn und Diener das altgermanische Verhältnis unverbrüchlicher Treue und Hingabe besteht: will doch Herr Pix, als er sich selbständig macht, mit seinem ehemaligen Prinzipal bloß in Pferdehaaren konkurrieren, um ihn nicht in wichtigen Artikeln durch die in seinem Geschäft erworbene Kenntnis zu schädigen. Den angefaulten und innerlich ausgehöhlten Adel überwuchern die Ehrenthale, Pinkus, Itzige wie Schlingpflanzen einen morschen Baum, aber ihr Ziel erreichen sie trotzdem nicht. Das ehrenhafte und sittlich gesunde Bürgertum tritt ihnen entgegen und entreißt ihnen die schon umklammerte Beute. In Anton und Itzig treten zuletzt die Vertreter dieser beiden sittlichen und geschäftlichen Gegensätze in einer höchst bezeichnenden Kampfesscene Auge in Auge einander gegenüber.

Nur ein jüdischer Mann hält sich fern von aller Unehrenhaftigkeit, ja von dem Geschäftsleben überhaupt. Bernhard Ehrenthal vertritt diejenigen unter seinen Stammesgenossen, welche voll lebendiger Liebe zur Wissenschaft und in uneigennützigem Streben nach Erkenntnis sich mit Widerwillen von allem unlauteren Treiben, selbst wenn es ihnen in der eigenen Familie entgegenträte, abwenden, das Böse, soweit es in ihrer Macht steht, wieder gut zu machen und „ihre Herzen und Geister völlig in unser Volkstum einzuschließen" streben: diese sind es, welche Freytag in einem Aufsatze in den Grenzboten von 1869 als „werte Bundesgenossen nach guten Zielen" in Politik, Gesellschaft, Wissenschaft und Kunst bezeichnet. Bernhards zartempfindende, ausschließlich im Reiche des Schönen lebende Seele ist an einen schwächlichen Körper gefesselt. Der gewaltigen Leidenschaft, die bei dem Begegnis mit Lenore über ihn kommt, und den furchtbaren Entdeckungen, die er über das heimliche Treiben um ihn her auf dem Krankenbette macht, ist seine Seele nicht gewachsen: sie fährt aus der dunkeln, trüben und unlauteren Atmosphäre, die sie hienieden umgab, hinauf „zur Sonne", ein Tod, der uns mit tiefem Mitleid erfüllt und doch andrerseits wie eine Erlösung von hoffnungsloser Zwiespältigkeit und unheilbarem inneren Wehe erscheint.

Zwei Feinde also sind es, welche der Roman dem deutschen Volke in kräftigen, lebenswahren Bildern vorführt: ein äußerer, die Slawen, welche das deutsche Wesen am liebsten mit Sensen und Flinten ausrotten möchten, und ein innerer, der Geist rücksichtsloser Gewinnsucht und gewissenloser Geschäftsschlauheit, der die produktiven Stände um das Ihrige zu bringen sucht. Eine nachdrückliche Mahnung ist es, die der Dichter an uns ergehen läßt, gegen beide Mächte auf der Wacht zu bleiben. Wir fühlen alle, daß trotz Ansiedlungs- und Wuchergesetz diese beiden Kämpfe noch lange nicht ausgefochten, diese beiden Gefahren noch lange nicht überwunden sind. Es will uns vielmehr bedünken, als seien sie in den letzten Jahrzehnten eher gewachsen als vermindert. Darum hat „Soll und Haben", obwohl vor fünfundvierzig Jahren geschrieben, noch heute für jeden nachdenklichen Leser ein tiefgehendes Gegenwarts- und Wirklichkeitsinteresse.

Eine andere Gefahr, welche aus einer tief in unserem Volksgeiste wurzelnden Untugend fließt, die Gefahr, uns selbst in anderen Nationen zu verlieren und unser bestes Teil vor fremdem Wesen über Gebühr gering zu schätzen, stellt uns Herr von Fink vor Augen. Dieser fühlt sich in Amerika mehr in seinem Element als in Deutschland und ist geneigt, das rücksichtslos-energische, verstandeskühle Yankeetum, welches als gültigen Maßstab für den Wert der Dinge allein den Dollar anerkennt, höher zu schätzen als die vermeintliche deutsche Gefühls- und Gemütssimpelei, die sich an verrotteten Plunder hängt und „ihre ganze Umgebung mit Gemütlichkeit überspinnt wie mit Spinnweben". Seinen Mangel an Heimatgefühl sucht er auch Anton einzuimpfen und ihn hinüberzuziehen über das

Meer, dahin, wo das große, mächtige Leben pulsiert. Es ist das deutsche Weltbürgertum, die Neigung zur Fremde, die Über=schätzung alles Ausländischen, die hier verkörpert uns entgegen=tritt. Aber Fink bleibt nicht bei dieser Gesinnung. „In dem Gewühl da drüben habe ich erst recht deutlich empfunden, daß ihr auch hier etwas wert seid," sagt er nach seiner Rückkehr zu dem Freunde. Welcher Fortschritt gegen „die Valentine"! Saal=feld ist „drüben" zum Amerikaner geworden und thut sich etwas darauf zu gute, es zu sein; Amerika ist und bleibt „das Land seiner Wahl". Fink erkennt in der Fremde, wie tüchtig und liebenswert das deutsche Wesen ist: aus dem heimatlosen Kosmopoliten wird durch den Freund und die Geliebte ein ganzer deutscher Mann, dessen stahlharte Willenskraft und un=vergleichliche Geistesklarheit dem Vaterlande zu gute kommt. Aus seinem Hause wird hervorgehen „ein neues deutsches Ge=schlecht, dauerhaft an Leib und Seele, ein Geschlecht von Kolo=nisten und Eroberern". Diese innere Wandlung Finks ist zu einer Weissagung geworden. Denn das deutsche Volk hat im letzten Menschenalter dieselbe Wandlung durchgemacht. Aus der Weltbürgerei heraus sind wir immer mehr zu einer kräftigen nationalen Gesinnung emporgewachsen; wir haben den Glauben an deutsche Art und deutsches Wesen wiedererlangt und den festen Willen gewonnen, unserer Sprache und unserer Natio=nalität unter den Völkern der Erde Raum zur Entfaltung zu schaffen, damit sie nicht verkümmern unter den andern.

Da der Roman vor nahezu einem halben Jahrhundert ge=schrieben worden ist, so muten uns die geschilderten Zustände bei der Schnelllebigkeit unserer Zeit natürlich hier und da schon etwas veraltet an. Hand= und Spanndienste der Bauern giebt es nicht mehr. In den Engrosgeschäften werden die Waren heutzutage wohl nur zum kleinsten Teil vorrätig gehalten: aus den Warenlagern sind Speditionsgeschäfte geworden, wogegen die Versandgeschäfte und die großen, für den Kleinverkehr be=stimmten Bazars zu Warenhäusern geworden sind. Die An=gestellten großer Firmen wohnen und speisen nicht mehr im Hause und am Tische des Prinzipals: ein derartig patriarchalisches Zu=sammenleben wäre heutzutage beiden Teilen unbequem. Vor allem aber ist der Arbeiterstand in unserer Zeit ein gänzlich anderer geworden, als ihn Freytag schildert. Bei ihm existiert

8*

das, was wir die soziale Frage nennen, noch nicht von fern,
das Verhältnis des Arbeitnehmers zum Arbeitgeber ist vielmehr
so ideal wie nur möglich. Die Arbeiter des Geschäfts, vertreten
durch das Korps der Auflader, sind ohne jedes Klassenbewußtsein,
daher altmodisch treu und anhänglich und nicht sowohl auf den
eigenen Verdienst als auf das Gedeihen der Firma bedacht, daneben von einer Gutmütigkeit und Vertrauensseligkeit gegenüber den höheren Ständen, welche unter Umständen gemiß-
braucht wird. Allerdings schildert Freytag auch nur ein gut
bezahltes Elitekorps der Arbeiterschaft, gleichsam eine aristokratische Kaste, welche etwas auf sich hält, ihre Ersparnisse in
riesigen eisernen Truhen sammelt — Sparkassen giebt es auch
noch nicht — und dem Bürgerstande sehr nahe steht. „Soll und
Haben" war für seine Zeit der soziale Roman an sich, für
unsere Zeit muß ein solcher erst noch geschrieben werden. Das
thut indessen der Teilnahme des Lesers sicher nur in Ausnahme-
fällen Abbruch; hört man doch von der „sozialen Frage" im
heutigen Sinne schon im Leben und in den Zeitungen über-
genug. Der Roman kann weder, noch braucht er ein Bild des
gesamten Kulturlebens der Gegenwart zu entrollen.

Ein fernerer — und nicht der geringste — Grund, warum
der Roman so gefällt, ist sicher der, daß seinen Personen sich
Leben und Schicksal nach dem Maße ihrer Gesinnung und ihres
Handelns gestalten. Heil und Unheil wird nicht nach blindem
Ungefähr Guten und Bösen wahllos zu teil, sondern ein jeder
erntet, wie er gesäet hat. Die Sünde wird durch die Sünde ge-
straft, und auch der Gute muß für die Irrtümer büßen, in die
er verfällt. Es gilt heutzutage in der Ästhetik als aufgeklärt
und modern, über diese sogenannte „poetische Gerechtigkeit" zu
spotten als über einen altfränkischen Hausrat aus der poetischen Rumpelkammer einer vergangenen Zeit. Man citiert das
Schillersche Wort von der Tugend, die sich zu Tisch setzt, wenn
sich das Laster erbricht: man weist darauf hin, daß es ja häufig
im Leben ganz anders komme, und daß das Dichtwerk doch ein
Abbild des Lebens sein solle.

Aber die ästhetische Kritik mag reden, was sie will, es bleibt
ein unausrottbares Bedürfnis des menschlichen Herzens, in der
Dichtung wenigstens „einen Schattenriß von dem großen Ganzen
des ewigen Schöpfers" zu bewundern und zu lieben, hier

wenigstens die Weisheit und Gerechtigkeit zu finden, welche die Geschichte und das Leben, scheinbar wenigstens, so oft vermissen lassen. Unser Gemüt und unser sittliches Gefühl verlangen ge= bieterisch, daß dem Guten Segen und Heil, dem Bösen Ver= derben und Unheil zu teil werde. „Irrational erscheint das Leben, die Kunst soll keine Brüche geben." Der Dichter, welcher in mißverstandenem Streben nach Realistik oder Naturalistik diesem unzerstörbaren Bedürfnis des menschlichen Herzens ins Gesicht schlägt, der wird zwar durch glänzende Begabung einen augenblicklichen Erfolg erlangen können, aber nie eine bleibende Befriedigung, eine dauernde gemütliche Hingabe des Lesers er= reichen: denn in der innersten Herzensgrube würde sich trotz aller kühlen Erwägungen etwas gegen solche Zumutungen empören. Man setze nur den Fall, daß Itzig am Schlusse triumphierte, daß Anton und Fink samt den Rothsattels zu Grunde gingen, daß Lenore und Sabine sich in einsamem Herz= weh verzehrten! Wer möchte an solcher Geschichte auf die Dauer Gefallen finden? So aber legen wir das Buch mit dem dankbaren Gefühl, daß es noch eine sittliche Weltordnung giebt, und daß „dem Thäter das Leid gebührt", aus der Hand.

Außer diesem strengen Ernst des sittlichen Gesetzes verklärt endlich ein wahrhaft herzerquickender Humor die Erzählung. Heitere und launige Scenen wechseln nach Shakspearischer Art mit ernsten, ja düsteren, und die durch diese stark erregte und gespannte Seele wird durch jene in wohlthuender Weise beruhigt und entlastet. Als Vorbild mögen dem Dichter in dieser, wie vielleicht in anderen Beziehungen die Romane des Engländers Dickens gedient haben, von denen David Copperfield kurz vor der Abfassung von „Soll und Haben" herausgekommen war. Wie hoch Freytag diesen Schriftsteller schätzte, beweist der „Dank für Charles Dickens", den er 1870 kurz vor Ausbruch des Krieges in den Grenzboten veröffentlichte. Er rühmt darin „die fröh= liche Auffassung des Lebens, das unendliche Behagen, den wackeren Sinn, welcher hinter der drolligen Art hervorleuchtet", er rühmt bezeichnenderweise die „gewaltigen Schilderungen von Schuld und Strafe, von menschlichen Thorheiten und Lastern, von dem innern Verderb, den diese in den Seelen hervor= bringen, und von der gerechten Vergeltung, welche durch die Missethat selbst in die Verbrecher geführt wird."

Wie bei Dickens, so erscheint auch bei Freytag der Humor
in allen Graden von leiser Schalkhaftigkeit bis zu derber Komik;
er tritt zu Tage sowohl in den Reden einzelner Personen, z. B.
des geistreichen Fink, als auch in der Darstellung ihres ganzen
Gehabens und Gebarens. Man denke an Schmeie Tinkeles
mit den Locken, Pix mit dem Pinsel, Specht mit dem Kürbis,
an die jungen Mädchen in der Tanzstunde, an Ehrenthal als
Mann der guten Gesellschaft, an die jüdische Hochzeitsgesell=
schaft u. s. w. Kaum je wird dieser Humor gesucht oder auf=
dringlich, nur die kolossale Riesenhaftigkeit und Gutmütigkeit
der Auflader, der ewig wiederkehrende Goliat und Zwerg, das
Verschlafen des kritischen Tages hat vielleicht etwas Gesuchtes
und Übertriebenes. Diese humoristische Ader steht im engsten
Zusammenhang mit der Meisterschaft Freytags in der Klein=
malerei und einer gewissen Neigung zu poetischer Beseelung von
Tieren und Gegenständen; die Sperlinge auf den alten Weiden,
der Hase und die Krähe bei der Schlittenfahrt, die gelbe Katze
auf dem Tische greifen jedes in seiner Weise teilnehmend oder
leise warnend in die Handlung ein, und ein alter Volksglaube
wird verwertet, um allerhand Haus= und Wichtelgeister des
Nachts ihren gemütvollen Spuk treiben zu lassen.

Auch abgesehen von dem ersten Kapitel, welches die Vor=
geschichte erzählt, umfaßt der Roman einen Zeitraum von vielen
Jahren. Der Held wird vor unsern Augen aus einem kaum
dem Knabenalter entwachsenen Jüngling zum fertigen Manne.
Dennoch ist die Darstellung durchaus stätig und verläuft ohne
eigentlichen Sprung, d. h. der Leser braucht nie — wie bei
vielen Schriftstellern und noch mehr Schriftstellerinnen beliebte
Mode ist — plötzlich eine Anzahl Jahre zu überspringen.
Freytag unterläßt es nie, die Perioden, über die er schneller
hinwegeilt, in allgemeinen Zügen zu charakterisieren, so daß der
Faden nie abreißt. Dagegen wechselt er nicht selten innerhalb
desselben Kapitels den Schauplatz und die Personen. Ein solches
Kapitel zerfällt dann in kürzere, durch Striche getrennte Ab=
schnitte. Es läßt sich nicht leugnen, daß diese Zerstückelung, auch
wenn dem Kapitel eine gewisse innere Einheit nicht fehlt, dennoch
leicht etwas Störendes hat. Daher hat — um dies hier gleich
vorwegzunehmen — Freytag in dem späteren Romane nach
strafferer Zusammenfassung der einzelnen Kapitel gestrebt. Es

fehlt auch in der „Verlorenen Handschrift" nicht an Schauplatz-
und Personenwechsel innerhalb desselben Kapitels, aber trennende
Striche finden sich nur noch ausnahmsweise (II, 8), und — was
die Hauptsache ist — jedes Kapitel ist durch eine kurze Über-
schrift charakterisiert und schon dadurch zu einem einheitlichen
Ganzen zusammengefaßt.

Allgemeine Betrachtungen und Gespräche über allgemeine
Verhältnisse kommen in „Soll und Haben" noch fast gar nicht
vor: nur die lange Ansprache an den verständigen und an den
unverständigen Landwirt im vierten Kapitel des dritten Buches
und das Gespräch zwischen Anton und Fink über das Wesen
des preußischen Staates und die Wirksamkeit der Hohenzollern —
noch dazu in der Stunde des ersten Wiedersehens nach mehr-
jähriger Trennung — wären hier zu nennen. Die Abwesenheit solcher Einschiebsel gereicht dem Roman ebenfalls zum
Vorteil, weil sie trotz der schönen Gedanken und geistreichen
Wendungen, die sie enthalten, den Fortgang der Erzählung
hemmen und deshalb den Leser langweilen. Später ist Freytag
in dieser Beziehung weniger enthaltsam gewesen.

Der Gang der Handlung ist überall sorgfältig motiviert
und kunstvoll verflochten, auf Kommendes wird gern durch
kleine Züge vorher hingedeutet, auf Geschehenes zurückgewiesen:
erst bei wiederholtem Lesen bemerkt man, wie fein das ganze
Werk ciseliert und ineinandergefügt ist.

Die Darstellung ist bei aller Fülle doch von jeder unnötigen
Breite weit entfernt. Bei den geschäftlichen Vorfällen hätte
sie, da die Leser solcher Dinge doch zumeist wenig kundig sind,
vielleicht etwas ausführlicher sein können. Der Diebstahl der
Hypothek in Ehrenthals Hause ist der erste der in späteren
Werken häufiger werdenden Fälle, wo Freytag eine wichtige
Begebenheit hinter die Coulissen verlegt und nur aus einzelnen
Andeutungen ihren Verlauf und ihre Bedeutung erraten läßt:
deshalb bleibt dabei vielleicht manchem Leser manches dunkel.
Der Stil ist im einzelnen musterhaft und auch im allgemeinen
noch frei von gewissen Lieblingsausdrücken der späteren Zeit,
wie „mißfarbig", „fahren" auch vom Bach, vom Wind und von
ähnlichen Dingen, „mir ist lieb", „ist's ihnen recht", „sich behaupten", „mahnen", „nicht loben".

„Soll und Haben" ist nicht nur ein Unterhaltungsbuch von

edelster Art und eine Dichtung von bleibendem Werte, sondern
für die Jahre seiner Entstehung war die Abfassung des Romans
geradezu einer nationalen That gleich zu achten. An einem
schönen Maiabend des Jahres 1853 — so berichtet der Dichter
in der Widmung an Herzog Ernst — stand er eines Abends
neben dem herzoglichen Paare oben auf dem Kallenberg. Er
trug sich schon innerlich mit dem Plane des Buches. Da fing
der Herzog an zu sprechen von der Mutlosigkeit und müden
Abspannung der Nation und von dem Berufe der Dichter,
gerade in solcher Zeit dem Volke einen Spiegel seiner Tüchtigkeit zur Freude und Erhebung vorzuhalten. Das waren
goldene Worte, und sie fielen auf einen fruchtbaren Boden. Freytag
wollte ein Werk schaffen, zwar nicht ohne praktische, nationale
Tendenz, aber so, daß die dichterische Idee und die freie
Laune von jener nicht überwuchert würde, ein Werk ferner voll
innerer Wahrheit, aber ohne sklavische Nachahmung der Wirklichkeit. Beides ist ihm vollkommen gelungen. Die zu Grunde
liegende Tendenz drängt sich nicht in unkünstlerischer Weise in
den Vordergrund, die Charaktere haben etwas Typisches, sind
aber nicht zu Typen erstarrt, sondern zu vollen Menschen aus-
gestaltet, die Begebenheiten und Schilderungen spiegeln das
Leben, wie es ist, wieder und geben doch nicht den rohen,
sondern den idealisierten, d. h. den künstlerisch zubereiteten Stoff,
die Handlung selbst hat nichts Phantastisches oder nur Außer-
gewöhnliches, sie ist alltäglich und doch durch die Persönlichkeit des Dichters und den Geist, den er ihr einzuhauchen ge-
wußt hat, geadelt. Tausende von Deutschen haben sich in trüber
Zeit an dem Dichtwerke gekräftigt und aufgerichtet, aber auch
in den hellen Zeiten, die auf jene dunkeln Jahre folgten, ist
es ein Lieblingsbuch der Deutschen geblieben bis auf den
heutigen Tag, weil es ein Spiegel ist der Tüchtigkeit des
deutschen Volkes, der Tüchtigkeit, durch die wir schließlich das
geworden sind, was der Dichter mit allen Fasern seiner Seele
ersehnte.

X. Die Fabier und Theoretisches zum Drama.

So überraschend und unberechenbar wie Freytag ist in
unserer Litteratur kaum ein anderer Schriftsteller gewesen.
Eben hatte er mit den „Journalisten" den schönsten Bühnen-

erfolg errungen, da wendet er sich der erzählenden Gattung
der Poesie zu, um auch in dieser sofort das höchste Ziel zu erreichen. Man hätte nun meinen sollen, daß er bei dem Romane,
für den er soeben eine so glänzende Begabung gezeigt hatte,
verbliebe, jedoch in jähem Wechsel sprang er zum Drama zurück,
aber nicht zu dem Drama der Gegenwart, welches er seit der
„Valentine" angebaut hatte, auch nicht zum Lustspiel, sondern
zu einem Stücke aus grauer Vergangenheit und zu einem
Trauerspiele von schwerstem Kaliber. Er schrieb im Sommer
1858 seine „Fabier". Wie ist er darauf gekommen?

Wie aus Aufsätzen hervorgeht, die er in diesen Jahren geschrieben hat, beschäftigte ihn unausgesetzt die Theorie der
dramatischen und der schauspielerischen Kunst. Dabei konnte
er die Tragödie nicht zur Seite liegen lassen und beurteilte
z. B. im Jahre 1855 eingehend Halms „Fechter von Ravenna"
und den tragischen Virtuosen Bogumil Dawison. Da lag es
ihm denn nahe, sich selbst einmal an dieser höchsten Aufgabe
des dramatischen Dichters und des Dichters überhaupt zu ver-
suchen. Nun waren ihm aber durch den Verkehr mit seinem
Freund Mommsen und durch dessen rasch aufeinanderfolgende
Schriften die Zustände und Menschen des alten Rom nahe gebracht worden, und seine Phantasie formte alsbald aus den
ihm gewordenen historischen Erkenntnissen lebendige Bilder von
Menschen und Verhältnissen. So entwickelte sich in seinem
Geiste das altrömische Trauerspiel.

Nicht etwa, daß er es — wie man wohl gemeint hat —
nur als akademisches Musterstück gedacht und gedichtet hätte;
er war vielmehr mit solcher Begeisterung dabei, daß sich ihm
beim Erfinden und Schaffen förmlich das Haar auf dem Haupte
sträubte. Zugleich verfolgte er mit dem neuen Werke eine Art
von erziehlichem Zweck für die Schauspieler. Diesen wollte er
das Höchste zumuten, und zwar in einer so schmucklosen Vers-
sprache, daß sie mit bloßem schwungvollem Vortrage, wie er
bei den Schillerschen Stücken allenfalls genügte, nichts erreichen
könnten; sie sollten gezwungen werden, in jedem Augenblicke selbst
zu erfinden, um den Anforderungen des Dichters gerecht zu
werden. Auch eine scenische Neuerung wollte er einführen, nämlich
einen großen Treppenbau im Hintergrunde der Bühne, auf

dem sich größere Menschenmassen so verteilen ließen, daß sie sich nicht deckten.

„Die Fabier" wurden im Frühjahr 1859 gedruckt und erschienen, abweichend von den früheren Stücken, auch gleich im Buchhandel. Das Trauerspiel erhielt zwar den Schillerpreis, aber nicht die Ehre der Höchstschätzung; deshalb lehnte der Dichter mit Recht auch das Geld ab. Es wurde verschiedene Male an einigen Bühnen aufgeführt, erlangte aber nirgends mehr als einen Achtungserfolg und ist seitdem, wie der Verfasser selbst voraussah, Buchdrama geblieben. An hinreißenden Schönheiten, an packenden Scenen, an tragischer Wucht fehlt es ihm keineswegs, namentlich der dritte und vierte Akt sind wohlgelungen. Aber einerseits ziehen antike Stoffe heutzutage überhaupt nicht mehr. Das Publikum will etwas Modernes oder wenigstens etwas aus der deutschen Geschichte. Was ist ihm das alte Rom und der Streit zwischen Patriziern und Plebejern? Eine unangenehme Erinnerung aus der Schulzeit, weiter nichts. In der That ist die Welt, in welche uns „Die Fabier" führen, eine unserm innersten Wesen fremde, harte und rauhe, in die wir uns nur schwer hineinversetzen können; der Kampf zwischen Vater und Sohn ist für unser Empfinden gräßlich. Man hat das Stück unserm Gesichtskreis dadurch näher zu bringen gesucht, daß man es für eine Art Allegorie erklärte, mittelst welcher der Dichter habe zeigen wollen, wohin die prinzipielle Trennung der Stände führe. Schwerlich hat der Verfasser diese Idee auch nur als Neben absicht gehabt. Die Verhältnisse sind von den modernen zu himmelweit verschieden.

Auf einige andere Punkte, welche der Wirkung dieses Trauerspiels erheblich Eintrag thaten, hat der Dichter selbst später aufmerksam gemacht. Die Anforderungen, welche seine Aufführung an die Schauspieler stellte, hätten nur bei einer ganz außergewöhnlichen Begabung erfüllt werden können. Ferner erfährt der Zuschauer erst spät, wer eigentlich der Held ist, und kann sich überhaupt für keine der Hauptpersonen recht von Herzen erwärmen. Endlich ringen nicht zwei, sondern drei Parteien miteinander, wodurch die Verknotung der Handlung etwas künstlich und das Interesse der Zuschauer zersplittert wird. Der Dichter erkannte, daß diese Schwäche des Baues

von seiner jahrelangen Entfernung vom Theater herrühre, daß
er mehr wie ein Geschichtschreiber als wie ein Dichter ver-
fahren sei, indem er ein ganzes Geschlecht als den tragischen Helden setzte, was im Drama nie durchführbar ist: denn
hier gestaltet sich jeder Kampf zwischen Völkern, Ständen
oder Prinzipien sofort zu einem Kampfe zwischen einzelnen
Personen.

So führte die Praxis den Dichter durch solche Erwägungen
zur Theorie zurück. Was er früher in den „Grenzboten" über
den Aufbau und die Lebensbedingungen des ernsten Dramas
geschrieben hatte, das arbeitete er jetzt nochmals durch, erweiterte es wesentlich und schuf so im Winter 1863 seine
„Technik des Dramas", eine Art dramaturgisches Handbuch,
welches, ohne große, neue Gesichtspunkte aufzustellen, höchst
praktisch und brauchbar alles zusammenstellt, was der Dichter
bei seiner Arbeit im Auge behalten muß, wenn er ein wirksames
Drama schaffen will. Das Buch hatte zugleich für seinen Verfasser einen praktischen Zweck. Es sollte ihm die Masse der
jungen, Rat und Urteil suchenden Dichter vom Halse schaffen.
Seit der Veröffentlichung des „Grafen Waldemar" wurde er
nämlich mit dramatischen Werken jüngerer Kollegen, die von
ihm anerkannt oder belehrt zu werden wünschten, wahrhaft
überschwemmt. Er war nun zwar von Natur sehr geneigt,
wirkliche Talente zu fördern, und mancher junge Dichter verdankte seinem Rate oder seiner Empfehlung viel, aber dieser
Überfülle von Zusendungen, von denen die meisten noch dazu
wertlos waren, wäre niemand gewachsen gewesen. Er hatte
es sich nun sehr schön ausgedacht, in der Folgezeit einfach auf
seine „Technik" verweisen zu können und damit die Bittenden
los zu werden. Allein es kam natürlicherweise gerade umgekehrt. Denn er wurde nun gleichsam als eine Art Gesetzgeber
und Richter angesehen, und die Zusendungen vermehrten sich
gegen früher statt abzunehmen, und zwar pflegten die jungen
Dramatiker jetzt im Begleitschreiben zu versichern, daß sie die
„Technik" gründlich studiert und ihre Weisungen sorgfältig
beobachtet hätten. Leider vermochte Freytag nur selten das zuzugeben.

Vielleicht mehr noch als auf dem Gebiete der dramatischen
Poesie hat „die Technik des Dramas" auf einem andern Gebiete

Einfluß gewonnen, für welches sie ursprünglich durchaus nicht bestimmt war, auf dem des Unterrichts. Sie ist das Grundbuch geworden, aus welchem alle die unendlichen Zergliederungen, Dispositionen, ja selbst graphische Darstellungen klassischer Dramen für höhere Lehranstalten hervorgegangen sind. Sie hat in dieser Hinsicht sicher viel Gutes gewirkt, aber auch bisweilen auf einen Abweg geführt. Sie lenkte nämlich vielfach von dem eigentlich Wesentlichen, d. i. der Betrachtung des inneren Gehaltes, der Charaktere und der aus ihnen fließenden Handlungen, auf das rein Technische ab, als sollte die Schule ihre Zöglinge zur Ausübung der dramatischen Dichtkunst anleiten, sie zu zukünftigen Tragikern heranbilden, und nicht vielmehr allein freudigen Genuß anregen und teilnahmevolles Verständnis erwecken für die in den Dichterwerken dargestellten Menschenschicksale.

Auch später noch bethätigte Freytag sein warmes Interesse für das deutsche Drama und die deutsche Schauspielkunst durch mehrere kurze, aber höchst wertvolle Aufsätze. Mit ernsten Worten warnte er besonders vor der Erbauung großer, prachtvoller Theater, welche zunächst die Kunst des Schauspielers, im weiteren Verlaufe dann die des Dichters verdürben. In den gewaltigen Räumen der modernen Schauspielpaläste, welche für die Aufnahme möglichst großer Zuschauermassen bestimmt sind, entgehen dem Ohre die feinen, charakteristischen Accente des gesprochenen Wortes, dem Auge die unbedeutenden, aber um so bedeutsameren Bewegungen der Gesichtsmuskeln und Hände. Die unablässige Anstrengung der Stimme macht eine lebendige Modulation der Rede unmöglich, die Größe des Bühnenraums und die Entfernung vom Publikum zwingt den Darsteller zu allerhand Gewaltmitteln und vergröbernden Karikierungen, um nur die Augen der Leute auf sich zu ziehen. So verfällt rasch das sorgfältig ausgebildete, lebenswahre Spiel, wie es auf den früheren kleinen Bühnen großgezogen worden war, und nur die Mittelbühnen, welche Deutschland noch hat, z. B. in den thüringischen Residenzstädten, bewahren unsere Schauspielkunst von völliger Verwilderung und Untergehen in leidiger Manieriertheit.

Der gebildetere, anspruchsvollere Teil der Zuschauer zieht sich seitdem mehr und mehr vom Theaterbesuch zurück. An seine

Stelle tritt eine schaulustige Menge, welche wenig von der Kunst des Darstellers verlangt, um so mehr aber von der des Dekorateurs, Theaterschneiders und Maschinisten. Daher denn auch das jede wahre Kunst erstickende Überwuchern sogenannter reicher Ausstattungen, phantastischer Beleuchtungseffekte und glänzender Kostümkünsteleien. Und der Dichter? Er fühlt sich nicht mehr verstanden, die feinen Wirkungen, die er beabsichtigt, kommen nicht zur Geltung, er muß den Schauspielern in dem Suchen nach Effekten und der Vergröberung der Wirkungsmittel folgen.

Zurück also zu der kleinen Schaubühne der älteren Zeit; keine „riesenhaften, dramatischen Prachtkästen" mehr, sondern bescheidene Häuser, die nicht mehr als tausend Personen fassen und einen mäßigen Bühnenraum mit einfachen scenischen Vorrichtungen haben. Die Schauspieler würden sich in diesen zwar anfangs beengt und unheimisch vorkommen, bald aber alle Kraft daran setzen, um den nahen Zuschauern zu gefallen, und daher an Stelle unwahrer Angewöhnungen ernste Arbeit und selbständiges Schaffen setzen. Natürlich müßten solche Bühnen aristokratische Anstalten sein und ein erhöhtes Eintrittsgeld fordern. Mögen reiche Gemeinwesen daneben für Oper und Ballett noch glänzende Prunkhäuser errichten.

Leider ist dieser Warnungsruf der erfahrenen Altmeisters bisher ungehört geblieben; die Scheidung zwischen Opern- und Schauspielhäusern ist nicht beliebt worden, die Theater werden immer massiger und „großartiger", und in Anstalten wie dem „Olympiariesentheater" zu Berlin ist bereits die Folge eingetreten, welche Freytag voraussagte: das Schauspiel ist, wie in der römischen Kaiserzeit, zur Pantomime geworden, das Theater nähert sich immer mehr dem Cirkus.

XI. Leipzig und die Bilder aus der deutschen Vergangenheit.

Während Freytag seine Sommer in freischaffender Muße auf dem idyllischen Landhause zu Siebleben zubrachte, lebte er im Winter als Litterat und Tagesschriftsteller „im Schatten der Bücherschränke" zu Leipzig. Er hatte eine ziemlich anspruchslose Wohnung im zweiten Stock eines Hauses der Königsstraße

inne. Dicht dabei lagen einerseits die Geschäftsräume der
Grunow'schen Buchhandlung, wo die „Grenzboten" erschienen,
und andererseits das Haus seines Freundes und Verlegers
Salomon Hirzel. Seit den „Journalisten" stand Freytag
mit ihm in geschäftlicher Verbindung, und aus der Geschäfts=
freundschaft war bald eine echte menschliche Freundschaft ge=
worden. Salomon Hirzel stammte aus demselben alten Züricher
Patriziergeschlecht, dem auch der Arzt Hirzel angehörte,
welcher einst die von Klopstock in der berühmten Ode be=
sungene Fahrt auf dem Züricher See veranstaltet hatte. Er
war ein kluger vornehmer Geschäftsmann von reicher Bildung,
überlegenem Urteil und sarkastischer Laune. Was ihn mit
Freytag vereinigte, waren die gemeinsamen litterarischen Inter=
essen. Er war ein gründlicher Kenner der deutschen Litteratur
seit dem Reformationszeitalter, ganz besonders ein enthusiasti=
scher Verehrer Goethes. Was auf diesen Bezug hatte, sammelte
er alles mit einem wahren Bienenfleiße und nicht geringen
Kosten. So brachte er aus Ausgaben, Drucken, Handschriften,
Briefen, Bildern und Zeichnungen die bei weitem vollständigste
Goethebibliothek zusammen, welche existiert, einen kostbaren
Schatz, den er bei seinem Hinscheiden im Jahre 1877 der
Universitätsbibliothek zu Leipzig hinterlassen hat. Aber auch
seltene Drucke aus dem 16. und 17. Jahrhundert waren in seiner
Bibliothek in Menge vorhanden, und diese kamen Freytag für
seine Studien über Leben, Sitten und Anschauungen ver=
gangener Zeiten wohl zu statten.

Überhaupt sammelte damals in Leipzig der ganze Kreis
von Männern, in welchem Freytag verkehrte. Das mußte
auch ihn anregen, die schon in Breslau begonnene Sammel=
thätigkeit jetzt am Mittelpunkte des antiquarischen Bücher=
vertriebes wieder aufzunehmen. Er warf sich auf das fünf=
zehnte und die folgenden Jahrhunderte bis zum Beginn
der klassischen Litteratur und trug eine Menge fliegender
Blätter und kleiner Büchlein aus jener Zeit zusammen, welche
einst dem Volke das gewesen waren, was ihm jetzt die Zeitungen
sind: Mittel der Belehrung, Unterhaltung und Erheiterung.
Das Leben des eigentlichen Volkes, d. h. des kleinen Mannes,
wie es unter der politischen Geschichte schwer erkennbar und
dunkel dahinflutet, hatte für Freytag stets einen außerordent=

lichen Reiz besessen. Die Romantik, besonders aber die aus
ihrem Schoße hervorgegangene Germanistik, war den bereits
von Herder und dem jungen Goethe gegebenen Anregungen
weiter gefolgt. Es waren Volkslieder, Volksmärchen, Volks=
sagen und =Sitten gesammelt und wissenschaftlich beleuchtet
worden. Freytag war von dieser Strömung mächtig ergriffen
worden und hatte — wie wir gesehen haben — schon in Breslau
allerhand Züge zur Geschichte des Volksgeistes aus den
Chronisten des Mittelalters zu sammeln begonnen. In die=
selbe Richtung trieb ihn seine politisch=liberale Gesinnung und
die Wertschätzung der bürgerlichen Stände: das Volk war ihm
wichtiger als die Fürsten und ihre Kabinette. Endlich hatte er
eine gewisse gemütliche Anteilnahme an dem Thun und Leiden
der Menschen schon aus dem Vaterhause mit in die Welt ge=
nommen. Das waren die Elemente, welche seiner Geschichts=
forschung von vornherein die Richtung auf das Kulturhistorische,
Volkstümliche gaben. Die Wandlungen des Volksgeistes inter=
essierten ihn mehr als die der hohen Politik, und die Bahnen,
die er einschlug, waren somit das gerade Gegenteil von der
Geschichtsschreibung Rankes, welche ihn — wie er sich aus=
drückte — erkältete.

Aus seiner eigenen und seiner Freunde Sammlung gewann
Freytag bald eine Fülle von Einblicken in das Volksleben der
Vergangenheit und eine Masse Kenntnisse über Zustände und
Sitten der Vorfahren, die sich aus größeren Werken nicht ge=
winnen ließen. Die erste Verwertung fanden diese Studien in
den „Grenzboten", dann verwertete er zu gelegener Zeit die
dort veröffentlichten Artikel und stellte sie in historischer Folge
zusammen. So entstanden 1859 die Salomon Hirzel gewidmeten
„Bilder aus der deutschen Vergangenheit", welche das
Zeitalter der Reformation und des dreißigjährigen Krieges zum
Gegenstand und die Person des großen Reformators zum
Mittelpunkt hatten. Da das Buch offenbar einem Bedürfnis
entgegenkam, so schrieb der Verfasser in den nächsten Jahren
„Neue Bilder aus der deutschen Vergangenheit", die 1862
herauskamen und sich um Friedrich den Großen und seinen
Staat gruppierten. Als dann der Verleger neue Auflagen
wünschte, wurden beide Bücher unter einem Titel zusammen=
gefaßt und der noch fehlende Anfang vorgeschoben, so daß nun

die gesamte deutsche Vergangenheit von der Römerzeit bis zum
Jahre 1848 in Bildern vorlag.

Kulturgeschichtliche Werke, welche Zustände, Sitten und
Gewohnheiten systematisch und bis ins einzelne hinein darstellen, werden über der ungeheuren Fülle des Stoffes leicht
langweilig. Freytag vergleicht sie mit Trödelläden voller alter
Kleider, denen die Menschen fehlen. Darum schaffte er die
Menschen herbei, indem er sie wo möglich selbst sprechen ließ,
d. h. er gab Aufzeichnungen, die aus der Vergangenheit auf
uns gekommen sind, einfach wieder. Um diesen Kern gruppierte
er dann seine Ausführungen und Hinweise und verstand es
vorzüglich, aus den Schicksalen der einzelnen das für ihre Zeit
Gemeingültige, Typische, das, was in ihnen das eigentlich Charakte-
ristische ist, herauszuheben. Auf diese Weise erfüllte er die toten
kulturgeschichtlichen Stoffmassen mit dem warmen Hauche des
Lebens. Durch diese ausgiebige Benutzung alter Hauschroniken,
Reisetagebücher, Briefe und Selbstbiographieen namentlich des
16. und 17. Jahrhunderts hat er bahnbrechend gewirkt. Denn
er bewies dadurch zuerst, welche Schätze kulturgeschichtlichen
Stoffes in diesen oft unscheinbaren Aufzeichnungen aus alter
Zeit enthalten sind, und die Forschung hat seitdem auf derartige Berichte und Hinterlassenschaften ein schärferes Auge
gehabt als früher und immer mehr dergleichen aus dem Staube
der Archive ans Tageslicht gezogen.

Freytag wollte kein gelehrtes Werk schaffen, das überließ
er „den Kürassieren der Wissenschaft"; sein vierbändiges Buch
sollte nur ein „bequemer Hausfreund" für gebildete Familien
werden. Daher fehlt der ganze gelehrte Apparat der Quellen-
angaben und Anmerkungen, der sonst derartige Werke für den
gebildeten Laien so ungenießbar macht. Dadurch setzte sich
Freytag zugleich in bewußten Gegensatz gegen die damalige
Fachgelehrsamkeit, welche grundsätzlich nur für gelehrte Fach-
genossen arbeitete und in steifer, unnahbarer Vornehmheit jede
sogenannte „Popularisierung der Wissenschaft" hochmütig ablehnte — übrigens eine spezifische Untugend deutscher Gelehrter,
ein Zopf, der jetzt glücklich abgeschnitten sein dürfte. Freytag
hat in seinen „Bildern" zu dieser hochnötigen Operation einen
der ersten Schnitte gethan.

Welche Fülle von Gelehrsamkeit aber trotz des leichten

und gemeinverständlichen Stils, trotz der deutschen Lettern, trotz der Abwesenheit des üblichen gelehrten Ballastes in dem Buche steckt, das ahnt der harmlose Leser gar nicht. Freytag selbst giebt nur beiläufig an, daß er für das Werk einige tausend kleiner Flugschriften durchgesehen habe. Welch ungeheure Arbeit in dem Buche niedergelegt ist, das bemerkt mit steigendem Staunen erst der Fachmann, der auf dem gleichen Gebiete thätig ist; denn der allein kann erkennen, welche Summe von Quellenforschungen oft in einem kurzen Satze, in einer hingeworfenen Bemerkung enthalten ist.

Freytag ist nicht von der Volkswirtschaft oder der National-ökonomie aus — diese Wissenschaft war zu seiner Zeit noch nicht so bedeutsam und vielbegehrt wie heutzutage —, sondern von der Litteraturgeschichte auf die Kulturgeschichte gekommen. Darum liegen ihm die geistigen und sittlichen Zustände der Vergangenheit weit mehr am Herzen als die materiellen und wirtschaftlichen. Zwar hat er diese überall besprochen, aber nicht in den Vordergrund geschoben. Er ist frei von der materialistischen Geschichtsauffassung, daß der Mensch sei, was er esse; sein leitender Gesichtspunkt ist vielmehr der, daß der Mensch das Erbe seiner Vorfahren im guten und schlimmen Sinne mit sich herumtrage, daß in ihm seine Ahnen nachleben und nachwirken. Die fernste Vergangenheit steht ihm zu der Gegenwart in weit engerer Beziehung, als der moderne Mensch gewöhnlich anzunehmen geneigt ist. „Zweitausend Jahre — sagt er — haben in Tugenden und Schwächen, in Anlage und Charakter der Deutschen weit weniger geändert, als man wohl meint; es rührt und stimmt heiter, wenn wir in der Urzeit noch genau denselben Herzschlag erkennen, der noch uns die wechselnden Gedanken der Stunde regelt."

Die Aufgabe, die sich Freytag gestellt hat, ist also haupt-sächlich die, das Gemütsleben der Vorfahren zu schildern. Die „Bilder aus der deutschen Vergangenheit" sind in erster Linie eine Geschichte der deutschen Volksseele oder — wie man es ausgedrückt hat — der deutschen Lebensideale. Mehr z. B., als was der Krieger für Waffen und Geräte trug, interessiert ihn, was für Gefühle er im Feldlager und im Gefechte hatte, welche Gedanken er sich über seinen Kriegsherrn, seinen Beruf und seine Ehre machte. Selbstverständlich sind die äußeren Zustände nicht zu kurz gekommen; geben sie doch den geistigen und gemütlichen Dingen Farbe und Leben. Wir erfahren, wie es auf der altgermanischen Dorfflur, auf der Ritterburg, auf dem Marktplatz einer Stadt beim Beginn unseres Jahrhunderts ausgesehen hat, aber alle Schilderungen sind gleichsam durchgeistigt von der beständigen Beziehung auf die Seelenzustände der Menschen.

Wenn wir modernen Leser also auch vielleicht im Hinblick auf die uns peinigenden Fragen eine stärkere Hervorkehrung der wirtschaftlichen Entwicklung und der sozialen Verhältnisse wünschen möchten, so werden trotzdem auch wir die „Bilder aus der deutschen Vergangenheit" als die beste Kulturgeschichte, die wir bis jetzt noch haben, anerkennen.

Durch dieses Werk hat Freytag für alle Zeit eine hohe Stelle auch in der deutschen Wissenschaft errungen; der Kulturhistoriker in ihm steht dem Dichter kaum nach. Leider hat er auf dem von ihm eröffneten Wege zur Zeit noch nicht so zahlreiche Nachfolge gefunden, wie man wünschen möchte. „Auf diesem Gebiete sind noch viele Eroberungen zu machen," schrieb er noch sechs Monate vor seinem Tode an einen Freund — freilich gehört ein Eroberer von Freytags Schlag dazu, sie zu machen.

Freytags Arbeitszimmer in Leipzig, aus welchem dem Besucher in der Regel ein schier undurchdringlicher Cigarrenqualm entgegenschlug, war kein stilvoll ausgestattetes, von raffinierten Bequemlichkeiten strotzendes modernes Dichterzimmer, sondern ein kleines, schlicht eingerichtetes, bequemes Gelaß, in welchem nicht einmal die Bibliothek des Dichters vollständig Platz hatte; das Mobiliar war altmodisch einfach, aber bequem und anheimelnd: ein Sofa, ein Tisch mit Büchern, einige Polsterstühle, ein Pult, über welchem Bilder seines Freundes Karl Mathy und der französischen Schriftstellerin George Sand, deren Romanen er viel zu danken hatte, hingen: außerdem ein kleiner Schreibtisch am Fenster, an welchem sein Sekretär zu sitzen pflegte, der „alte Drechsler", ein hagerer, weißköpfiger Greis mit klugem, aber mürrisch dreinschauendem Gesichte, den Freytag mit rücksichtsvoller Freundlichkeit behandelte; ihm pflegte er seine Arbeiten in die Feder zu diktieren. Bis gegen zwölf Uhr pflegte er zu arbeiten und zu diktieren, dann nahm er kurze Besuche an und ging „nach alter deutscher Sitte" schon um halb eins zum Mittagessen. Eine längere Sprech= und Plauderstunde hielt er nachmittags in der Dämmerung zwischen fünf und sieben ab. Bei einer Cigarre

Karl Friedr. Wilh. Ludwig.

besprach er hier mit den vertrauteren Freunden, welche Zutritt zu seinem Hause hatten, die politischen, litterarischen und künstlerischen Tagesneuigkeiten. Da verkehrten außer Hirzel und den drei befreundeten Universitätsprofessoren der berühmte Physiologe Professor Ludwig, Karl Mathy, der Direktor der allgemeinen Kreditanstalt, Wachsmuth, der zweite

9*

Bürgermeister von Leipzig, Stephani, ferner Redakteure der „Grenzboten", wie sie nebeneinander wirkten oder aufeinanderfolgten, Max Jordan, Moritz Busch, Julius von Eckardt, Alfred Dove, und manches anregende und weitere Frucht bringende Wort ist in diesem engeren Kreise gesprochen. Auch die häusliche Geselligkeit seines Verkehrskreises rühmt Freytag als einfach und ehrbar. Bei den gegenseitigen Einladungen gab es einen, höchstens zwei Gänge und keinen teuern Wein. Er beklagt, daß das gesellige Leben in Deutschland jetzt so viel üppiger, kostspieliger und anspruchsvoller geworden sei, selbst in Kreisen, welche vielmehr zur Pflege des Geistes berufen seien, z. B. bei den Gelehrten und Professoren, die durch das üppige Gesellschaftsleben und die opulenten Soupers sogar in ihrer Arbeit vielfach gehemmt würden.

Zweimal wöchentlich, am Dienstag und Freitag, ging er dann um sieben Uhr in die Kitzinggesellschaft, so genannt von dem bekannten großen Bierlokale in Leipzig, wo sich dieser weitere Kreis seit den fünfziger Jahren um ihn zu scharen pflegte. Später, in den sechziger Jahren, fanden diese Zusammenkünfte in dem engen und unbequemen Hinterzimmer eines Bierhauses der Wintergartenstraße statt, die Gesellschaft behielt indessen ihren alten Namen bei. Freytag bezeichnet es einmal als einen üblen Brauch, wenn der Mann den Abend im Klub oder in der Restauration verlebt. Demgemäß trennte man sich schon um acht Uhr wieder, um zum Abendessen zu gehn. Die Personen, welche an der Tafelrunde teilnahmen, wechselten natürlich, die Tafelrunde selbst blieb. Außer den näheren Freunden Freytags, die wir schon kennen, verkehrten hier noch andere Männer der Wissenschaft und des praktischen Lebens, Buchhändler, Kaufleute, wohlhabende Bürger der Pleißestadt, auch jüngere Gelehrte und Juristen, denen ihre Zugehörigkeit zum „Kitzing" von den damals noch partikularistisch und preußenfeindlich gesinnten Staatsbehörden vielfach verübelt wurde. Diese jüngeren Männer blieben auch wohl noch nach acht Uhr eine Weile zusammen, um die empfangenen Eindrücke zu besprechen.

Der beherrschende Mittelpunkt des Kreises war Freytag, nicht als ob er diese Herrschaft erstrebt hätte, aber es machte sich von selbst, daß er in der Hauptsache das Wort führte und die andern ihm, als dem überlegenen Geiste, zuhörten. Daß in dem wundervollen Jahrzehnt, in welchem der schwächliche Staatenbund sich zum starken deutschen Bundesstaat entwickelte, welches an plötzlichen Wendungen, gefährlichen Krisen, äußeren

Gustav Freytag.
Nach einem Holzschnitt der Illustrierten Zeitung i. J. 1856.

und inneren Kämpfen so reich war, die Politik den Haupt-gegenstand der Unterhaltung bildete, wird keinen Wunder nehmen. Aber niemand von den um Freytag Versammelten betrieb die Politik als Geschäft, niemand war mit seinen persön-lichen Interessen am Gange der großen Politik beteiligt, niemand war auf irgend eine Doktrin eingeschworen, sondern ein jeder schöpfte aus seiner eigenen Lebenserfahrung sein Urteil über die politischen Dinge; das hielt die oft sehr lebhaften Debatten dieses Kreises fern von verbissener Zänkerei und leidenschaftlicher Rechthaberei; das Politisieren konnte bei Männern dieses Schlages, bei einem Mittelpunkt, wie Freytag war, nicht zu öder Kannegießerei ausarten.

Eine vortreffliche Charakteristik des Geistes und des Tones der in stetem Fluß befindlichen und doch stets dieselbe bleibenden Tafelrunde gab Freytag selbst in den Abschiedsworten, welche er am 11. August 1863 dem neunundzwanzigjährigen Heinrich von Treitschke, den er wegen seines kräftigen, ritterlichen Wesens und seiner tapferen preußischen Gesinnung liebgewonnen hatte, bei seinem Scheiden aus dem Kreise mit auf den Weg gab. Er rühmte darin die „milde Wärme", die „einfache, unbefangene Art des Tisches", welche derselbe nicht zum kleinen Teil der Atmosphäre der wackern Stadt Leipzig verdanke, und die jedem Teilnehmer in traulicher Erinnerung bleibe. Doch seien — so führte er weiter aus — die Mitglieder der Tafelrunde nicht bloß durch den Zauber guter Kameradschaft verbunden, sondern durch das Zusammenklingen der Überzeugungen. es sei eine politische Freundschaft, welche die einzelnen verbinde, und das politische Glaubensbekenntnis sei es, welches ein jeder für den besten Inhalt seines Lebens halte, und welches die Einzelnen nicht nur in dem Kreise der Freunde, sondern, wenn es darauf ankäme, vor dem ganzen Deutschland als ehrliche und treue Gesellen vertreten würden.

Doch bevor die politischen Verhältnisse die Gelegenheit boten, das Wort wahr zu machen, hatte der Dichter seinen zweiten großen Roman vollendet, in welchem die Leipziger Gelehrten und geselligen Verhältnisse ihren poetischen Niederschlag fanden.

XII. Die verlorene Handschrift.

Moritz Haupt hatte einst im vertrauten Gespräch mit Freytag den Plan ausgesponnen, die Reste einer Klosterbibliothek, welche in einer kleinen westfälischen Stadt auf dem Boden eines alten Hauses liegen sollten, zu durchforschen, weil darunter leicht eine verlorene Handschrift des Livius stecken

könne. Der Besitzer sollte ein knurriger, ganz unzugänglicher
Mann sein. Die Freunde wollten den alten Herren rühren,
verführen, nötigenfalls unter den Tisch trinken und kosteten
das Vergnügen, den schon so dicken Livius noch dicker zu
machen, recht gewissenhaft zum voraus durch. Aus der Ent-
deckungsreise wurde nichts, aber der Gedanke bildete den Frucht-
knoten, aus dem der Roman „Die verlorene Handschrift"
sich entwickelte, welcher im Herbst 1864 erschien. Er beginnt
mit einem Gespräch, ähnlich dem wirklich gehaltenen.

Der Professor der klassischen Philologie, Felix Werner,
hat eine alte Notiz gefunden, daß der letzte Mönch des Klosters
Rossau eine Handschrift des Tacitus in dem seinem Kloster
benachbarten Hause Bielstein zur Schwedenzeit samt anderem
Klostergut „deponiert" habe. Er bespricht den Wert dieser Nach-
richt eingehend mit seinem Freunde, dem Privatgelehrten und
Dr. phil. Fritz Hahn. Beide machen sich zur Entdeckung und
Hebung des Schatzes auf den Weg. Sie langen im Hause
Bielstein an, werden von dem Gutsherrn Bauer anfangs un-
freundlich empfangen, gewinnen aber bald durch ihr festes und
ehrliches Auftreten sein Vertrauen. Die Handschrift zwar findet
sich nicht; dafür heiratet aber der Professor die Tochter „vom
Stein", die schöne Ilse, wie weiland Saul, der auszog, seines
Vaters Eselinnen zu suchen, und dabei ein Königreich fand.
Die junge Frau wird nun in die große Stadt verpflanzt und
gerät in dem neuen, ihr gänzlich fremden Leben in innere
Kämpfe und Zwiespalt mit sich selbst, aus dem sie sich, von
der Hand ihres Gatten geleitet, allmählich herauszuarbeiten
im Begriff ist.

Da erscheint der Erbprinz ihres Heimatlandes samt seinem
kammerherrlichen Mentor, um sich auf Befehl seines Vaters in
der Universitätsstadt eine Art höherer Bildung anzueignen.
Ilse tritt ihrem Landsmann, dem zukünftigen Landesherrn ihres
Vaters, dessen trübseliges, gebundenes Wesen ihr nach kurzer
Zeit Mitleid einzuflößen beginnt, menschlich näher und wird ihm
eine treue und teilnehmende Beraterin. Bei einem unangenehmen Ehrenhandel, in welchen der Prinz zufällig geraten
ist, kräftigt sie den ihm innewohnenden gesunden Kern so, daß
er mit männlichem Entschluß den angebotenen Stellvertreter
verwirft und das Duell heimlich selbst abmacht. Von nun an

hängt er an ihr mit dem schwärmerischen Enthusiasmus einer unverdorbenen, zartfühlenden Jugend.

Indessen tritt hinter dem Prinzen bald dessen Vater, der regierende Fürst, hervor. Dieser war schon früher, gerade als der Professor zum erstenmal auf dem Bielstein weilte, gelegentlich einer Jagdpartie dort eingekehrt. Er hatte mit dem Professor das übliche, fürstlich-anständige Gespräch angeknüpft und an dem geschlossenen und klugen Auftreten des Gelehrten ein gewisses Wohlgefallen gefunden. Noch mehr freilich an der hohen Gestalt und dem blonden Haar der schönen Ilse. Jetzt läßt er mit einem Male an den Professor die Aufforderung ergehen, sein nicht unbedeutendes Antikenkabinett zu ordnen, und verspricht ihm zugleich allen möglichen Vorschub, wenn er etwa in seinem Lande auf die verlorene Handschrift fahnden wolle.

Diese Aussicht bewegt den Professor, dem fürstlichen Rufe zu folgen. Seine Frau begleitet ihn in die Residenz, und das Ehepaar wird in einem Pavillon des Parkes einlogiert, in welchem schon früher „fürstliche Amoretten" gewohnt haben. Während der Professor sucht und forscht, seine Seele immer ausschließlicher auf die alte Handschrift richtet und dabei die Neigung der Prinzessin, der verwitweten Tochter des Fürsten, gewinnt, zieht der Fürst mit sicherer und erfahrener Hand das Netz über dem Haupt der schönen Ilse zusammen. Diese ahnt das drohende Verderben und beschwört ihren Gatten, der in einem Lustschlosse der Prinzessin mit dieser gemeinsam nach der Handschrift suchen will, sie „nur diesen einen Tag nicht zu verlassen". Er thut es dennoch, von dem gaukelnden Phantom bethört, das ihm den Sinn berückt. An diesem Tage hat sich „zufällig" das dienende Mädchen von Ilse beurlauben lassen, und der Fürst wagt nun den Panthersprung gegen das Reh. Er erscheint, um zu hören, „wie sie die Einsamkeit erträgt" und erklärt ihr im Laufe des Gesprächs unverblümt seine Liebe. Sie weist ihn entrüstet ab, muß jedoch gleich nach seinem Weggange merken, daß sie von Aufpassern umgeben ist. Ihr Versuch, durch ihren Diener einen Wagen in der Stadt zu erhalten, scheitert. Die Flucht gelingt nur mit Hilfe ihres Leipziger Hauswirtes, des Herrn Hummel, der gerade zur guten Stunde erscheint, sie mit List herausschafft und selbst an ihrer Stelle zurückbleibt; sie flieht zu ihrem Vater. In der Nacht dringt

dann der Fürst durch einen verborgenen Gang und eine heimliche Spiegelthür in ihr Gemach, trifft aber statt ihrer nur den
wackeren Hutfabrikanten.

Der Professor glaubt inzwischen im Schlosse der Prinzessin
Bruchstücke der gesuchten Handschrift gefunden zu haben. Die
von ihm entdeckten Pergamentblätter sind indessen nur eine
Fälschung seines Hilfsarbeiters, des Magisters Knips, veran-
laßt von dem Fürsten selbst, der durch diesen plumpen Köder
den Gelehrten und durch ihn wieder sein Weib bei sich festhalten
wollte. Am andern Tage fährt der Fürst, durch seine unbe-
friedigte Leidenschaft fast zur Raserei gebracht, in das Lustschloß
hinüber und wagt hier einen heimtückischen Mordversuch gegen
den Gelehrten, der nun schleunigst in die Residenz zurückeilt,
dort die Flucht seiner Gattin erfährt und ihr alsbald nachreist.

Auf dem Bielstein strömen dann zum Schluß alle Personen
des Romanes zusammen. Der Fürst, der, von blinder Leidenschaft bethört, ebenfalls dorthin fährt, stürzt beim Passieren der
zum Bielstein führenden Brücke in den hochangeschwollenen
Bach, wird von dem Landwirt gerettet und ins Haus gebracht,
ist aber unheilbarer Krankheit verfallen. Der Erbprinz, der
„um die Landwirtschaft zu lernen" schon längere Zeit in der
Nähe weilt und eben von Ilse Abschied genommen hat, ist
seinem Vater nachgesprungen und von Herrn Hummel heraus-
gezogen worden. Ilse flüchtet selbst vor dem nunmehr unge-
fährlichen Feinde in die Grotte, wo ihr ihr Mann zuerst näher
getreten war. Dieser sucht und findet sie dort wieder. Die
Neuvereinigten müssen, durch das Wasser von dem Gute abgeschnitten, die Nacht in der Höhle zubringen. Am Morgen
wühlt hinter ihnen der Hund des Herrn Hummel zwar nicht
die Handschrift selbst, aber ihren elfenbeinernen Deckel auf.

Auch Hummels Tochter Laura findet sich mit ihrem geliebten Fritz Hahn auf dem Bielstein ein, und der Roman
dieses Paares, der die Haupterzählung als heiteres Gegenbild
begleitet hatte, findet hier ebenfalls seinen befriedigenden Abschluß. Ein Jahr später findet eine fröhliche Doppeltaufe statt.

Auch dieser Roman wurzelt durchaus in Selbsterlebtem.
Die Universitätsprofessoren und das akademische Leben und
Treiben hatte Freytag gründlich in Breslau und Leipzig kennen
gelernt. In der entschiedenen, unnachsichtlichen Strenge Pro-

feffor Werners erkannte sich Moritz Haupt zum guten Teile selbst wieder. Das Leben auf großen Gutshöfen war dem Dichter während seiner Ferienreisen von Berlin aus bekannt geworden; der feste und sichere, zum Herrschen und Schaffen geborene Landwirt Bauer ist der Amtsrat Koppe in Wollup (vgl. S. 37). Die „Thalstraße" ist die Rosenthalgasse in Leipzig. Freytag hatte dort kurze Zeit bei einem Strohhutfabrikanten gewohnt, neben dessen Hause sich ein Filzhutgeschäft befand. Sein Hauswirt war groß darin, seinen Garten durch immer neue Erfindungen auszuschmücken: daher die weiße Muse, die Hängelampen, das chinesische Sommerhaus. Auch die beiden Hunde, Breihahn und Speihahn, haben thatsächlich in diesem Hause gelebt und gekläfft; sie sind auch beide von böswilligen Nachbaren vergiftet worden. Breihahn starb, Speihahn blieb am Leben, wurde aber so struppig und menschenfeindlich, daß ihn sein Besitzer wieder aufs Land geben mußte.

Die Fälschungsgeschichte hatte sich im Jahre 1856 ebenfalls zu Leipzig abgespielt. Ein Grieche, Simonides, hatte 72 Palimpfestblätter einer Handschrift des Alexandriners Uranios, ägyptische Königsgeschichte enthaltend, in Leipzig dem Professor Dindorf verkauft, wie Magister Knips sein gefälschtes Tacitusblatt dem Professor Struvelius. Dindorf bot die Handschrift weiter der Berliner Akademie der Wissenschaften an, und die großen Gelehrten dieser Körperschaft ließen sich wirklich täuschen. Lepsius streckte der Akademie zum Zwecke des Ankaufs sogar die Summe von 2500 Thalern aus eigenen Mitteln vor. Unterdessen hatte in Leipzig Professor Tischendorf in kollegial-freundschaftlichem Eifer die Fälschung erkannt und sie seinem Kollegen Dindorf dargelegt. Der aber hatte nichts davon hören wollen und sich Tischendorf gegenüber so wie Struvelius Werner gegenüber benommen. Schließlich erschien Lepsius mit dem preußischen Polizeipräsidenten Stieber in Leipzig, bei Simonides wurde Haussuchung gehalten und eine Menge chemische Tinten und andere Fälschungsmittel gefunden. Simonides suchte sich herauszulügen und blieb in der That unbestraft: denn in Preußen hatte er kein Verbrechen begangen, und in Sachsen war kein Kläger wider ihn aufgestanden. Er kam daher wie Knips mit Landesverweisung und mit dem erhebenden Gefühl, die größten Gelehrten getäuscht zu haben, davon. Freytag hatte über diesen

Fall, der damals riefigen Staub aufwirbelte, einen eigenen Artikel in den Grenzboten geschrieben.

Die Charaktere find wie in „Soll und Haben" typisch, ohne doch lediglich Typen zu fein. Der in allen wissenschaft= lichen Dingen so scharffinnige und gelehrte, in der Welt aber so zerstreute, hilflose und unerfahrene Professor Raschke, die gelehrte Frau Flaminia Struvelius, der reiche und elegante Mediziner find Gestalten, wie man sie an jeder deutschen Hoch= schule finden konnte, zum Teil noch heute finden kann, obwohl die Raschke mittlerweile so ziemlich ausgestorben sein dürften. Der Fürst zeigt die Verderbnis des älteren Geschlechtes, welches in der napoleonischen Zeit heraufgekommen ist, der Erbprinz die Wirkung der kleinstaatlichen Enge und des fürstlichen Absolutismus jener Zeit, die Prinzessin ist die mit allen Fasern ihrer Seele nach Verkehr mit bedeutenden Männern strebende geistreiche Frau, Herr Hummel der Vertreter des ehrenfesten, selbstbewußten, durch eigene Kraft emporgekommenen Bürgertums; er hat eine gewisse Verwandtschaft mit Piepenbrink, überragt ihn jedoch bei weitem; seine Tochter Laura hat in glücklicher Mischung vom rauhen Vater Willenskraft und Energie, von der zarten Mutter poetische und phantastische Neigungen geerbt. Ihr Geliebter, Fritz Hahn, anfangs ein etwas verweichlichtes Muttersöhnchen, entwickelt im Kampfe mit dem rücksichtslosen und groben Hummel sein Selbstbewußtsein und seinen Stolz, durch die Liebe zu Laura wird er der Welt der bloßen Büchergelehr= samkeit entrückt und für eine praktische und wahrhaft nützliche Thätigkeit gewonnen.

Ilse, die eigentliche Heldin des Romans, ist im Kreise ihrer Geschwister ein wenig Lotte, hat aber nach des Doktors Äußerung auch ein gutes Stück von einer Thusnelda. Sie ist das zu dem Gatten liebend und glaubend aufschauende Weib, dann aber wieder die altsächsische Heldenjungfrau, welche mit funkelnden Augen dem Feind ihres Stammes Flüche ins Ge= sicht schleudert. In der Charakteristik, die der Dichter selbst von ihr giebt, hört man den Verfasser der „Bilder aus der deutschen Vergangenheit" sprechen: „Von all den blondhaarigen Ilsen, welche seit zwei Jahrtausenden auf dem Stein gehaust hatten, war etwas an ihr hängen geblieben, ein Stück Alraune, Meth= spenderin, Reiterstochter, Pietistin." Sie ist ein wahres,

geradsinniges, klares Gemüt, aber hinter ruhiger Milde birgt sich
starke Leidenschaft. Ihr Gatte, der Professor, ist ein hoch=
sinniger, gedankenvoller, sittlich sehr feinfühliger Gelehrter, den
indessen das Bewußtsein seiner eigenen unbestechlichen Lauterkeit
leicht zu übergroßer Strenge und Schärfe gegen andre verleitet;
etwas Erwärmendes hat er mit seiner stets gleichgemessenen
Ernsthaftigkeit, seinem völligen Mangel an Humor nicht.

Die Idee des Romans drückt Freytag selbst mit folgenden
Worten aus: „In die untadelige Seele eines deutschen Ge=
lehrten werden durch den Wunsch, Wertvolles für die Wissen=
schaft zu entdecken, gaukelnde Schatten geworfen, welche ihm
die Ordnung seines Lebens stören, zuletzt durch schmerzliche
Erfahrungen überwunden werden." Des Professors Unrecht
beginnt da, wo er in der Residenz anfängt, die Fühlung mit
dem innern Leben seiner Gattin zu verlieren, und vollendet
sich damit, daß er ihre flehentliche Bitte: „Bleibe bei mir, mein
Felix!" kühl abschlägt, sie in ihrer fürchterlichen Unsicherheit
und Angst allein in ihrem vergoldeten Käfig zurückläßt und
sein unschuldiges Vögelchen den Klauen des fürstlichen Geiers
preisgiebt, um mit der schönen, geistreichen Prinzessin auf einem
alten Schlosse Handschriften zu suchen. „Jeder hüte sich," sagt
der Dichter, „daß ihm seine Träume nicht die Herrenrechte des
Geistes verringern;" „auch gute Träume können abwenden von
dem geraden Wege der nächsten Pflicht." Das geschieht hier
dem Professor.

Als nachher die Hüllen, mit denen er Ohr und Auge gegen
die ihn umwandelnden Gestalten abgeschlossen hatte, von seinem
Haupte gerissen werden, da muß er erleben, was dem Manne
die schwerste Demütigung ist. „Ich habe nicht verstanden, sie
zu schützen, bei Fremden hat sie Trost gefunden, den ihr der
eigene Mann weigerte; ich bin zu einem schwachen Träumer
geworden, unwert der Hingabe dieses reinen Lebens." Diese
Demütigung läutert und kräftigt ihn. Entschlossen und tapfer
versucht er zuerst, mit dem Fürsten abzurechnen und ihn für
die Zukunft unschädlich zu machen, dann kehrt er zu Ilse zurück,
„als ein müder, irrender Mann, der das Herz und die Ver=
gebung seines Weibes sucht".

Aber auch in einer anderen Beziehung wird er gedemütigt
und geläutert — und das ist eine Nebenidee des Romans.

Gegen seinen Kollegen Struvelius, der sich durch die Fälschung des Magisters hat täuschen lassen, ist er über Gebühr hart und unversöhnlich gewesen, ja selbst von einer gewissen pharisäischen Überhebung nicht frei geblieben. Er hat ihm „Unehrlichkeit der Empfindung“, unmännliche Furcht vor einer Niederlage, mangelnden Wahrheitssinn vorgeworfen und erklärt, daß er für solche Schwächen keine Vergebung kenne, daß er bei Beurteilung des sittlichen Verhaltens seiner Bekannten es grundsätzlich verschmähe, ein bescheidenes Maß anzulegen. Und dann muß er erleben, daß er durch denselben Betrüger genau ebenso und zwar gerade da getäuscht wird, wo sich sein Selbstgefühl am kräftigsten erhob. Seinem Freunde Raschke gegenüber muß er nun dieselbe Rolle spielen wie Struvelius vor ihm, die des durch einen Wahn verblendeten und wider Willen überführten Leichtgläubigen.

Doch neben dem Professor steht als gleichbedeutend Ilse. Ihre Entwicklung zum Weibe ist die zweite oder, wenn man will, dritte Grundidee des Romans. Sie hatte ihre Mädchenzeit zwischen Herden und Garben in höchst einförmigem Verkehr, in einem festumgrenzten Kreise von Pflichten und in strengem Glauben an Autoritäten, geistige und weltliche, zugebracht. Ihr Gemüt war „wie im Halbschlaf“ geblieben. Mit dem Eintreten des Professors in ihren Gesichtskreis erwacht sie zum Bewußtsein; als seine Gattin gerät sie dann in den Strom der Welt, der Einblick in ihr bis dahin fremde Gebiete des Wissens und Lebens erweckt in ihrer Seele Unsicherheit und Zweifel, neue Gedanken arbeiten in ihr heftig gegen alte Vorstellungen; sie muß mit Schmerzen wahrnehmen, daß ihr Gatte anders denkt als sie, daß der einzelne Mensch und sein Leiden ihm wenig gilt gegen die großen Gedanken, die in ihm wohnen, daß er in einer klaren aber kalten Luft lebt, in der sie friert. All die Zweifel und Kämpfe, welche die neue geistige Atmosphäre in ihr wachruft, vermochte der Dichter nicht aufzuzählen; er erklärt das mit dem Zwange, den „die leichtgebaute Erzählung“ ihm auflege; einige Gespräche mit ihrem Gatten über den Zweck des Lebens, über Glauben und Wissen, über Werden und Vergehen hat er gleichsam als Probe gegeben.

Als treue Gattin und liebendes Weib bemüht sie sich redlich, in die Gedankenwelt ihres Mannes einzudringen, aber sie ist

lange Zeit unglücklicher, als der Gatte ahnt. Als dann der
Prinz wegen des drohenden Zweikampfes ihren Rat erbittet,
gerät sie in einen schweren Gewissenskampf, von welchem sie
dem Gatten kein Wort sagen darf. Auch die Autorität, der sie
bis dahin folgte, die Lehre der Kirche, versagt sich ihr hier.
So muß sie aus ihrem eigenen Busen die schwere Entscheidung
holen, bei der es sich um Leben und Tod eines Fürstensohnes
handelt. Auf diese Weise lernt sie zuerst, daß es neben dem
äußeren Sittengesetz ein höheres inneres giebt. Diese Erkenntnis
hat sie bald darauf zu bewähren. Das Schwerste, was es für
eine Frau giebt, tritt an sie heran: sie wird irre an der Liebe
ihres Gatten: der giftige Hauch der Unreinheit berührt sie, und
nicht ganz ohne ihre Schuld, wie sie wohl fühlt: sie ist zu herzlich gewesen gegen Fremde und hat ihnen dadurch ein Recht auf
sich gegeben. In der Stunde der tödlichen Gefahr vermag sie
indessen, durch die früheren Erlebnisse gestählt, aus der Tiefe
ihres eigenen Lebens entscheidendes Urteil und rettenden Entschluß zu schöpfen. So ist aus einem in engem Kreise gebun-
denen, sich selbst und die Welt nicht verstehenden Mädchen durch
Zweifel und Kampf hindurch ein geistig und sittlich durchge-
bildetes und in Prüfungen bewährtes Weib geworden.

Es ist von Freytag selbst ausgesprochen, daß die Hauptidee
der „Verlorenen Handschrift" ungefähr dieselbe ist wie die von
„Soll und Haben". Auch die Handlung beider Romane gleicht
sich: denn in beiden laufen die Geschicke zweier Paare nebeneinander her, von denen das eine auseinander kommt, sich aber
wieder zusammen findet. Der Professor entspricht als Träger
der Idee Anton Wohlfart: auch haben beide bei aller Verschiedenheit der Lebensstellung und Lebensführung die strenge
Gewissenhaftigkeit und den herben sittlichen Stolz, der von
Kompromissen mit dem Halben und Unwahren nichts weiß,
miteinander gemein. Auch andere Personen beider Romane
tragen unzweifelhaft verwandte Züge. Fritz von Fink erkennen
wir in der freilich nur eine unbedeutende Nebenrolle spielenden
Gestalt Viktors, der sich „das traurige Geschäft, Prinz zu sein",
durch dumme Streiche erträglich zu machen sucht, der Erbprinz
teilt mit Bernhard Ehrenthal die edle Gesinnung, die jugendliche
Schwärmerei für ein überlegenes Weib und das gedrückte und
eingeengte Wesen. Der Magister Knips endlich ist mit seinem

Bestreben, sich aus ärmlichen Verhältnissen nötigenfalls auf krummen Wegen herauszuhelfen, mit seiner bedeutenden Intelligenz und Geschicklichkeit, die ihn auf verderbliche Pfade fortreißt, mit seinem Bewußtsein, denen, die sich über ihn dünken, überlegen zu sein, mit seiner Gleichgültigkeit gegen das Wohl und Wehe anderer, die er äußerlich und innerlich schädigt, ein andrer Veitel Itzig. Auch der Ausgang beider ist ähnlich, und wie Itzig, so steht Knips in einem wohlthuenden Verhältnis der Pietät zu seiner alten Mutter und einem gewissen Verhältnis der Dankbarkeit zum Haupthelden: Veitel will Anton das Rittergut kaufen, weil er die Bocher in der Stadt für ihn ausgehauen hat, und Knips vermacht scheidend dem Professor seinen größten Schatz, den Homer von 1488.

Trotz aller dieser Ähnlichkeiten wird kein Leser die Empfindung haben, daß der Dichter sich wiederholt habe. Das macht die Verschiedenheit der Anlage und der Behandlung. Die „Verlorene Handschrift" spielt in höheren Schichten der Gesellschaft als „Soll und Haben", in denen nicht materielle, sondern geistige Interessen die Handlungen der auftretenden Personen bestimmen und ihren Gesichtskreis beherrschen. Freilich steht die „Verlorene Handschrift" gerade deshalb der großen Masse des Lesepublikums weniger nahe. Nicht jedem wird es leicht, die antiquarischen, philologischen und historischen Verhältnisse zu verstehen, welche die Handlung bestimmen. Das erste Kapitel z. B., in welchem der Dichter dem Leser, wie er selbst sagt, „etwas zumutet", hat sicher schon manchen und besonders manche zurückgeschreckt.

Überhaupt sind im Gegensatz zu „Soll und Haben" (S. 119) eine große Menge von Unterredungen und Betrachtungen über allgemeine Gegenstände in die Erzählung eingeschoben. Abgesehen von den Gesprächen über Tacitus und seine Geschichtsschreibung, die sich öfter wiederholen, lesen wir Auseinandersetzungen über Bildung und Unbildung, Wissenschaft und Volk, Zusammenhang des Menschen mit der Natur, Stellung des einzelnen zur Gesamtheit, des Forschens zum Glauben, des Fürstentums zur Nation, der Hofetikette zur Menschenwürde. Dann kommen wieder Erörterungen über den Cäsarenwahnsinn in Altertum und Gegenwart und über andere an sich sehr interessante und wichtige Gegenstände, die aber doch den Fortschritt der Hand-

lung oft störend unterbrechen und vielen Lesern nicht eben
kurzweilig erscheinen werden. Auch kommt es vor, daß die
Entschlüsse der handelnden Personen durch solche langwierigen
Erörterungen entscheidend beeinflußt werden, z. B. am Ende
des vierten Buches, wo die Prinzessin durch die feinen und
tiefen, aber etwas langen und schwierigen Darlegungen des
Oberſthofmeiſters dazu bestimmt wird, den intimen geistigen
Verkehr mit dem Professor aufzugeben. Wenn dann gleich
darauf die lange Unterredung desselben Mannes mit dem
Professor folgt, in welcher die alte absterbende und die neue
aufstrebende Zeit gegeneinander in die Schranken treten, so
können wir uns nicht verhehlen, daß hiermit für den Geschmack
der meisten Leser des Guten etwas zu viel gethan sein dürfte.

Aus allen diesen Gründen dürfen wir uns nicht wundern,
daß der Leserkreis der „Verlorenen Handschrift“ nur etwa halb
so groß ist als der von „Soll und Haben“, obwohl gewisse
Seiten des Romans dem Geschmacke eines großen Teiles des
modernen Publikums entgegen zu kommen scheinen. So vor
allem, daß der Roman keine Liebes-, sondern eine Ehe-, ja fast
eine Ehebruchsgeschichte ist, daß das Leben am Hofe mit seiner
parfümierten Verderbnis und seiner trostlosen Öde lebenswahr
geschildert, daß endlich auch die Geistlichkeit satirisch durchgezogen
wird, nicht in dem einfachen, liebenswerten Dorfpfarrer, wohl
aber in dem salbungsvollen Hofprediger und in dem Konsistorial=
rat mit dem faunischen Gesicht und dem Fuchsschwanz hinterm
Frack und in dessen überfreundlicher Gattin.

Die Zustände, welche der Roman darstellt, scheinen den
heutigen näher zu stehen als in „Soll und Haben“. Das liegt
aber nur daran, daß die akademischen, die wissenschaftlichen und
landwirtschaftlichen Verhältnisse, auch die der kleineren Höfe,
längst nicht eine so große Umwandlung im letzten Menschen=
alter erfahren haben wie die Welt des Handels und Verkehrs
und die soziale Schichtung der Gesellschaft. In Wahrheit spielt
die „Verlorene Handschrift“ ein oder zwei Jahrzehnte vor „Soll
und Haben“. Der Fürst ist in napoleonischer Zeit jung ge=
wesen, im Roman aber etwa 50 Jahre alt. Das führt auf
1830 bis spätestens 1840; daher giebt es in der „Verlorenen
Handschrift“ auch noch keine Eisenbahnen, und von Rübenbau
und Fabrikanlagen weiß die Landwirtschaft noch nichts, wie

auch die städtische Industrie durchaus noch als Manufaktur-
arbeit erscheint. Die klassische Philologie steht noch auf dem
Gipfel ihres Ansehens; neben ihr beginnt die Germanistik und
Orientalistik sich erst ihren Platz zu erkämpfen; das Altertum
und seine geistigen Schätze sind noch unangetastete Autorität.

Die Komposition beruht wie die von „Soll und Haben" auf
dem Gesetze der Abwechslung und des Gegensatzes. Die Erzählung springt von der dunkleren, zuletzt sogar düsteren Geschichte des Professorenehepaares immer wieder zu Laura und
Fritz über und zu den Stürmen im Glase Wasser, welche die
Rosenthalgasse aufregen. Ein hart an die Tragödie streifendes,
ernstes Schauspiel und ein anmutiges Lustspiel, dessen Konflikt
man von vornherein nicht allzu ernstlich zu nehmen geneigt ist,
sind ineinander gearbeitet und durchdringen sich gegenseitig.

Aber auch abgesehen von Herrn Hummel und seinen Hunden
hat der Dichter hinreichend für humoristische Scenen zum Aus-
ruhen und Aufatmen gesorgt. Die Frau Oberamtmann Rollmaus mit ihrer Bildungsbeflissenheit, ihren verballhornten
Fremdwörtern (nach Shakespeares Holzapfel und Schlehwein)
und ihren nachschleppenden Relativsätzen dient diesem Zwecke,
desgleichen anfangs der Magister Knips mit seiner altfränkischen Höflichkeit und seiner unbegrenzten Ehrfurcht vor allen
gesellschaftlich über ihm stehenden Personen. Bisweilen streift der
Humor etwas über die Grenzen des Wahrscheinlichen hinaus,
wie bei Vater Sturm; so, wenn Frau Rollmaus sich wundert,
daß sie bei Hofe keinen Hof sieht, wenn der Magister durch den
ganzen Schloßpark ehrfurchtsvoll mit dem Hut in der Hand
geht und im Schlosse bei seiner Arbeit den Frack trägt, oder
wenn Ilse als junge Professorenfrau die Studenten wie gefähr-
liche Wilde fürchtet. Nirgends aber sind die humoristischen
Scenen der Handlung wie Arabesken aufgesetzt und einfach von
ihr abtrennbar. Die Rollmaus, Knips, Lieutenant Baumläufer,
ja selbst Hund Speihahn sind zu wichtigen Eingriffen in die
Handlung berufen und für den Fortgang der Ereignisse unent-
behrlich.

Überhaupt ist der ganze Verlauf der Geschehnisse wieder so
fein ineinander gearbeitet, jede Einzelheit so wohl begründet und
vorbereitet, wie wir dies von einem so sorgfältigen Arbeiter,
wie Freytag ist, erwarten dürfen. Es ist wahrhaft genußreich

bei wiederholter Lektüre zu sehen, wie der Dichter durch kleine, beim ersten Lesen oft kaum beachtete Züge im voraus wichtige Umstände oder Wendungen zu motivieren versteht. Das Einzige, dessen Zweck auf den ersten Blick nicht recht verständlich wird, ist Ilses schwere Erkrankung im vorletzten Kapitel des ersten Bandes; dadurch soll nämlich Ilses längere Kinderlosigkeit er= klärt werden, welche der Dichter für den weiteren Verlauf seiner Geschichte bedurfte.

Die Gliederung des Romans ist sehr durchsichtig und regel= mäßig. Wie ein Drama zerfällt er in fünf große Akte oder Bücher. Das erste Buch, die Exposition, giebt die Vorgeschichte bis zu Ilses Verheiratung und legt die Verhältnisse klar, aus denen die Handlung entspringt; daher schon hier die erste Be= gegnung Ilses mit dem Fürsten. Im zweiten Buch haben wir die steigende Handlung, Ilses innere Kämpfe in dem neuen Lebenskreise bis zu ihrer Erkrankung und die erste Einmischung des Hofes in ihr Leben. Das dritte Buch, die Höhe, zeigt Ilse auf der Höhe des Glücks in ihrem Eheleben, in der Ge= sellschaft und im Verkehr mit dem Erbprinzen. Das vierte, die Umkehr, führt uns in die Residenz und den Pavillon. Die Atmosphäre wird immer schwüler, die Lage der jungen Frau immer gefährlicher. Die Flucht rettet sie und führt zum fünften Buche, der Katastrophe, hinüber, in welcher die Entscheidung allerdings etwas kurz und gewaltsam herbeigeführt wird.

Nach der Abreise des Fürsten zum Bielstein erwartet man, daß dieser der beleidigten Frau und ihrem Vater auf deren Grund und Boden gegenüber trete, und daß so in einem ge= waltigen Ringen der letzte Kampf zwischen Recht und Macht, Sittlichkeit und Leidenschaft ausgefochten werde. Statt dessen stürzt der Fürst ins Wasser und büßt Gesundheit und Kraft für immer ein: von einem Kampfe mit ihm kann nicht mehr die Rede sein. Ist das nicht ein unkünstlerischer, willkürlicher Zu= fallsausgang? Keineswegs. Denn nicht der Zufall wirft den Fürsten in den angeschwollenen Bach, sondern seine eigene, schuldvolle Vergangenheit, die ihm in der Gestalt der Zigeunerin wie ein Gespenst entgegentritt. Ferner langt er als ein geistig und körperlich bereits schwer erkrankter Mann an, so daß der Ausgang des Kampfes keinen Augenblick zweifelhaft sein könnte. Die Art, wie Ilse den kaum Geretteten von der Schwelle des

Vaterhauses weist und selbst das Dach mit ihm zu teilen ver=
weigert, erhebt es über jeden Zweifel, daß ihre Entschlossenheit
und sittliche Empörung über jede noch so große Macht und List
gesiegt haben würde, hier auf dem heimischen Boden und in der
schützenden Obhut ihres Vaters. Der Fürst würde hier nur
noch eine klägliche Rolle gespielt haben; deshalb ließ ihn der
Dichter lieber in einer äußerst wirksamen Schlußscene vom Schau=
platz verschwinden.

Wie er, so wird auch der andere Unhold, der Magister
Knips, beseitigt; den übrigen kehrt Friede und Glück wieder,
und die Handschriftenfrage wird mit einer überraschenden Wen=
dung gelöst. So wird auch in diesem Roman dem natürlichen
Bedürfnis des Lesers entsprechend poetische Gerechtigkeit geübt;
denn daß der Professor für die Pflichtversäumnis gegen seine
Gattin zu leicht bestraft werde, wie man behauptet hat, ist
durchaus nicht richtig. Der stolze Mann leidet für eine ver=
hältnismäßig nur sehr geringe und noch dazu durch wissen=
schaftlichen Feuereifer herbeigeführte Schuld wahrlich schwer
genug. Nur an einer untergeordneten Gestalt nähert sich der
Dichter dem heutigen Pessimismus, der in einseitiger Abschilde=
rung der Wirklichkeit mit Vorliebe gute Menschen in Unglück
und Verderben stürzt: Gabriel, der Treueste der Treuen, muß
an seinem geliebten Mädchen die schwerste Untreue erleben.
Doch läßt sein Edelmut gegen die Gefallene und seine stille
Wehmut uns erkennen, daß er nicht den Glauben an die
Menschheit verloren hat; er wird sich wieder aufraffen und
schließlich mit einer andern glücklich werden. Auch die Prin=
zessin tröstet sich wegen der plötzlichen Abreise ihres Professors
und übernimmt eine andere, ihr natürlichere Lebensaufgabe,
den Prinzen Viktor als seine Gemahlin zu Vernunft und guter
Sitte zu führen.

Was nun zum Schluß noch die politisch=soziale Ten=
denz der „Verlorenen Handschrift" betrifft, so ist sie im Wesen
die gleiche wie in „Soll und Haben", aber etwas anders ge=
wandt; auch tritt sie über den ethischen Gedankengängen und
Ideen nicht so in den Vordergrund wie dort. „Soll und Haben"
hatte das Bürgertum ausschließlich im Kaufmannsstande ge=
schildert, die „Verlorene Handschrift" ergänzt diese Schilderung
und fügt Bilder aus dem Leben der regierenden Kreise hinzu.

10*

Das Bürgertum führt uns der Roman in dreifacher Gestalt vor
Augen: die Welt der Wissenschaft und der Universität; die des
städtischen Gewerbfleißes und die der ländlichen Gutswirtschaft.
In allen drei Ständen herrscht bei einzelnen Schwächen und
Schrullen Gediegenheit und Tüchtigkeit, Fleiß und Arbeit, Sitte
und Zucht und ein ehrliches, mannhaftes Wesen. Jeder weiß,
was er will, und jeder thut, was er soll. Der Professor, der
Landwirt, der Hutfabrikant, jeder ist in seiner Art ein ganzer
Mann. Hummel hat trotz seiner rauhen, fast barocken Außen-
seite im Grunde ein edles, warmes Gemüt; er ist ein knorriger
und kantiger Geselle, aber ein wackerer Mann, dem der Dichter
gewissermaßen die Rolle des rettenden Engels zuerteilt hat. Er
bewahrt den feindlichen Konkurrenten, den vielgeschmähten
„Strohmann" vor dem Bankrott, holt die Gattin seines Mieters
mit Geschicklichkeit und List aus ihrem goldenen Käfig heraus
und zieht zuletzt noch den Erbprinzen aus dem Wasser, ebenso
wie der Landwirt den Fürsten, was mit Deutung der Allegorie
besagt: das Bürgertum rettet das Fürstentum vor dem Ver-
sinken. Die Ehren, die der Hof zu vergeben hat, sind dem
seines Wertes bewußten Bürger ärmlich und eitel: der Landwirt lehnt, wie Freytag selbst, stolz den Adelstitel ab, und Heinrich Hummel erklärt den Hofhutmachertitel für Schwindel, ja,
ein Mitglied des Fürstenstandes selbst, die Prinzessin, ironisiert
in geistvoller Weise das Flittergold, womit der Hof zu lohnen
pflegt.

Den Gegensatz zum Bürgertum bildet in der „Verlorenen
Handschrift" nicht der Adel, sondern das Fürstentum und der
Hof. Der Dichter hat die innere Fäulnis der regierenden Kreise
der vormärzlichen, noch im napoleonischen Geiste wurzelnden
Zeit mit unerbittlichem Griffel gezeichnet. Da ist alles Schein-
wesen und Heuchelei. Hinter glatten äußeren Formen, ver-
bindlichem Lächeln und huldreichen Worten bergen sich eigen-
nützige Zwecke, oft kalte Abneigung, ja bittere Feindschaft. Der
Vater haßt seine Tochter und läßt sie durch Spione belauern,
benimmt sich aber in der Öffentlichkeit gegen sie ganz als gütiger
Vater und ritterlicher Kavalier, seinen Sohn verachtet und
fürchtet er, das Wohl seines Landes ist ihm Nebensache, um
seine eigene Person dreht sich sein Denken und Sein, und wenn
er etwas Nützliches ausführen läßt (z. B. Chausseebauten,

Antikenkabinett), so ist ihm die Sache selbst nicht der eigentliche Zweck, sondern egoistische, unreine Absichten bestimmen ihn. Großartig ist die Parallele, welche der Dichter zieht zwischen dem gewaltigen, welterschütternden Cäsarenwahnsinn der römischen Imperatoren, wie ihn Tacitus zeichnet, und der im Wesen ganz gleichen, nur durch die engen Schranken des kleinen Staates gehemmten seelischen Krankheit des Fürsten, welche diesen bis zur Fälschung, Verführung, ja bis zum Mordversuch und zuletzt bis zu zweck- und ziellosem, völlig wahnsinnigem Spielen mit dem eigenen Leben führt.

In der That ein dunkles Gemälde! Schwül und dumpfig wie Moderluft weht uns aus Freytags Erzählung die Hofluft an. Der „neuen Zeit" steht der Fürst und seine Kamarilla rat- und thatlos gegenüber, gleich unfähig, sich ihr aufrichtig hinzugeben und ihr Herannahen aufzuhalten. Doch läßt der Dichter auch hier dem Schatten die lichten Stellen nicht fehlen. Die Prinzessin trachtet mit dem ganzen Feuer eines klaren und hochstrebenden Geistes danach, das Große und Gute, welches die neue Zeit bietet, von dem sie aber durch die Schranken ihres Standes abgesperrt ist, auch sich zu erschließen. Der Erbprinz ist eine reine, edle Seele; durch die Dumpfheit der höfischen Atmosphäre, durch das beständige Geleitet- und Gegängeltwerden, durch die Kälte und Rücksichtslosigkeit seines egoistischen Vaters wird ihm sein Leben verdorben und das bißchen Jugendpoesie, was ihm blüht, vergiftet. Aber er wird durch die Kämpfe und Schmerzen, die er durchzumachen hat, innerlich gestählt, und wir fühlen, daß mit seinem Regierungsantritt eine bessere Zeit für sein Land anbrechen wird, eine Zeit, die beeinflußt ist durch die Ideen von Ehre, Männlichkeit und Menschlichkeit, die er in den bürgerlichen Kreisen der Professoren- und Studentenwelt in sich aufgenommen hat.

Auch unter den älteren Hofleuten befindet sich eine in jeder Beziehung achtungswerte Persönlichkeit, der Obersthofmeister, gleichsam das Gewissen des Hofes, der die Prinzessin von dem gefährlichen Spiel, das sie mit dem Professor zu treiben begonnen, in feiner und doch wuchtiger Redeführung abmahnt und auch dem Fürsten in aller Form, aber furchtlos und frei das Bitterste sagt, was einem Herrscher gesagt werden kann, daß er zum Regieren nicht mehr fähig sei. Ja, der Fürst selbst

erweckt trotz dem mit Furcht gemischten Abscheu, den dieser ge-
fährliche Despot uns einflößt, stellenweise unser Mitleid, besonders wenn er in Selbstgesprächen seine Qualen, Leidenschaften
und Wünsche, seine entsetzliche innere Veröbung offenbart, so
daß wir Zeugen werden, wie ein hochbegabter Geist voll grübeln-
den Scharfsinns und ungewöhnlicher Welt- und Menschenkenntnis durch die unheilbare Krankheit der Throne unrettbar
zerfressen und zerstört wird.

Die „Verlorene Handschrift" zeigt also, wie das die beste
geistige und sittliche Kraft der Nation in sich schließende Bürgertum sich aus der gefährlichen Berührung mit dem Fürstentum
losringt, und wie sein Geist veredelnd und kräftigend auf dieses
einwirkt. Auch dem Bürgertum selbst weißsagt der Dichter eine
neue, größere Zeit. Indem sich in den Hauptpersonen des
Romans Gelehrsamkeit und Geistesbildung mit den erwerbenden
Ständen verbinden, entsteht das Geschlecht der Zukunft, „welches
stärker die Flügel regen und höhere Forderungen stellen wird".
So ist die Grundstimmung des Romans trotz all der dunkeln
Bilder, die er namentlich in der zweiten Hälfte bietet, ebenso
wie die von „Soll und Haben" eine freudige, hoffnungsreiche.
Ein verheißender Ausblick in die Zukunft der Nation bildet
seinen Schluß.

XIII. Politik und Leben bis zum großen Kriege. „Karl Mathy."

Mit dem hoffnungsvollen Blick in die Zukunft am Schlusse
der „Verlorenen Handschrift" stand die Gegenwart nicht im
Einklang. Seit 1862 tobte in Preußen der Kampf um die Heeresreorganisation und der daraus hervorgegangene Verfassungs-
konflikt. Freytag war mit Freuden in den 1859 gegründeten
Nationalverein eingetreten, der unter Rudolf von Ben-
nigsens einsichtsvoller und staatsmännischer Leitung die Einigung und freiheitliche Entwicklung des Vaterlandes erstrebte.
In seiner Blütezeit zählte der Verein 30 000 bis 40 000 Mitglieder
und trug wesentlich dazu bei, die Deutschen für die große Wendung ihres Geschickes vom Jahre 1866 an fähig und vorbereitet
zu machen. Auf seine Mitglieder übte er eine mäßigende und
erziehende Wirkung aus. Freytag verglich ihn scherzend mit

einer „Bewahranstalt, in welcher eigenwillige und schreiluftige
Kinder zu politischer Tugend und Weisheit herangezogen
wurden". Aus seinem Schoße hat sich die nationalliberale
Partei herausgebildet, welche dem großen Staatsmann, der bald
die Geschicke Deutschlands in die Hand nahm, eine vorzügliche
Helferin bei der Begründung des neuen deutschen Staates
werden sollte. So weit waren die Dinge aber noch nicht ge=
diehen. Die Lage erschien seit der Berufung des Ministeriums
Bismarck (September 1862) verfahrener als je.

Freytag stand durchaus auf der Seite des fortgeschrittenen
Liberalismus. In den Aufsätzen aus jener Zeit verteidigt er
durchaus den Standpunkt der Opposition. „Es darf in Preußen
keine Regierung, welche in Feindschaft mit der großen Mehrheit
des Volkes und seiner Vertreter dahinlebt, im Amte bleiben,
ohne den Staat in die größten Gefahren zu setzen, es darf
fortan auch keine neue Regierung gebildet werden, welcher nicht
dies Vertrauen zur Stütze wird." Sein überlegener Scharfblick
zeigt sich aber auch in dieser Hinsicht. Er weist einerseits mit
Sorge auf die zuchtlosen radikalen Elemente hin, welche im
Volke selbst ihr Haupt erheben, und spricht andererseits es ge=
radezu aus, daß die Militärfrage keineswegs die beste Kampf=
stätte war, um die Frage zur Entscheidung zu bringen, „ob das
erlauchte Haus der Hohenzollern mit dem Volk oder ohne Volk
regieren kann". Zu einer Zeit, wo kein Mensch an den Ernst
der mit der Heeresreorganisation verbundenen politischen Absicht
glaubte, sondern jeder nur an eine Paradearmee, wo das „So
schnell schießen die Preußen nicht" sprichwörtlich wurde, mahnte
er die Oppositionsmänner in dieser „schwierigen Frage" ent=
schieden zur Mäßigung. Die Grundlagen der preußischen Heeres=
verfassung seien vortrefflich, und die Opposition werde, wenn
sie ans Ruder käme, weit mehr als die von der Regierung ge=
forderten 41 Millionen für das Heer beanspruchen müssen, sie
werde statt 63000 Mann jährlich etwa 80000 Mann einstellen
müssen und dabei auch die Dienstzeit, im Interesse der Waffen=
tüchtigkeit und Disziplin, keineswegs allzusehr verkürzen dürfen.
„Der Übelstand der neuen Heeresorganisation ist nicht der, daß
sie zu viel, sondern daß sie zu wenig gefordert hat, daß sie noch
nicht genug leistet, um den Preußen die volle Waffentüchtigkeit
zu geben, und daß den maßgebenden Gesichtspunkten die Größe

gefehlt hat, welche Wärme und Sympathieen des Volkes auf-
zuregen vermag."

Was die Reorganifation des Heeres betraf, so war er also
an sich dazu geneigt, die Regierungsforderungen zu gewähren,
ja noch darüber hinauszugehen. Den Kampf um die „Reorganisation des Staates" dagegen, d. h. um die Verwandlung
Preußens in einen Verfassungsstaat, wollte er rücksichtslos durch-
gefochten wissen, er „füllte ihm Herz und Gedanken", war ihm
„Freude und Sorge und das große Interesse unserer Tage".
Die schwierigste Gewissensfrage eines handelnden Politikers sei
nun die, wie weit er in der Unterstützung einer bekämpften und
feindseligen Regierung gehen dürfe und müsse, da, wo es sich
um ein offenbares und zweifelloses Landesinteresse handele.
Vor der Hand sei zwischen Reaktion und Opposition in Preußen
noch kein Ausgleich möglich, und in einer einzelnen Frage, er-
schiene sie auch als noch so wichtig, dürfe sich keiner von seiner
Partei lösen; ein liberaler Mann müsse vor allem fest zu seiner
Partei stehen.

Gegen Ende 1863 wurde durch den Tod des Königs
Friedrichs VII. von Dänemark die schleswig-holsteinische Frage
brennend. Freytag war mit dem gesamten deutschen Liberalismus anfangs für die Kandidatur des Herzogs von Augusten-
burg, weil er in ihr das einzige Mittel zu sehen glaubte,
Schleswig für Deutschland zu erhalten. Bald aber erkannte er,
daß dessen Politik mit den Gesichtspunkten eines Preußen nicht
übereinstimme. Nach der preußisch-österreichischen Eroberung
der Elbherzogtümer war er mit einem großen Teile seiner Parteigenossen im Herzen für Annexion dieser Landschaften durch
Preußen, aber noch beherrschte ihn die liberale Doktrin, die seit
1871 kein ernsthafter Politiker mehr verficht, daß der Bevölkerung des Landes selbst die Entscheidung über ihr Schicksal zustehe.
Auch bei der lockendsten Versuchung, meinte er, dürfe von diesem
„Fundamentalsatz der liberalen Politik" nicht abgegangen werden. „In dem Respekt vor dem Volkswillen liegt das letzte
Geheimnis unserer Stärke." Aber auch gegen diesen Fundamentalsatz erhebt bereits der gesunde Realpolitiker in ihm mit
Hinweis auf die unberechtigte Tagesstimmung der Bevölkerung,
welche über den Kirchturm der Heimat noch nicht hinausreiche,

einen nur zu wohlbegründeten Widerspruch), den der liberale
Theoretiker fast gewaltsam zum Schweigen bringen muß.

In demselben 1865 geschriebenen Aufsatze spricht er eine
Prophezeiung aus, deren baldige Erfüllung er selbst nicht ahnen
konnte. Wenn die preußische Regierung, sagt er, Mut und
Kraft hätte, große Eroberungspolitik in Deutschland zu be=
treiben — die Verhältnisse dafür lägen nicht ungünstig, und ein
Erfolg erscheine wohl möglich —, so würde durch die Ergebnisse
des Kampfes nicht nur das herrschende System in Preußen sich
ändern, sondern auch sehr viele der Unzufriedensten in wenig
Jahren völlig bekehrt sein.

Schon das nächste Jahr war es, welches den hier von dem
einsichtigen und weitblickenden Politiker vorausgesagten Um=
schwung brachte. Durch Nord= und Mitteldeutschland bis zum
Main ging seit dem Sommer 1866 ein frischer, lebendiger Odem,
der veraltete Prinzipien und wurmstichige Theorieen wegfegte
und den Leuten neuen Mut und neue Freudigkeit in die Herzen
blies. Das unmöglich Geglaubte, es war plötzlich Ereignis ge=
worden, Preußen stand, geführt von dem gewaltigen Staats=
manne der That, an der Spitze der nationalen und liberalen
Bestrebungen und hatte sogar sein gutes Schwert mit entschei=
dender Wirkung für sie in die Wagschale geworfen oder, wie
Freytag es ausdrückte, das preußische Volk gab für die von der
preußischen Regierung vorgeschlagene einheitliche und freiheit=
liche Umformung Deutschlands seine Stimme ab durch seine jungen
Wahlmänner, die mit ihren Stimmkugeln im Felde standen.
Noch war alles im Werden, aber es sah ganz so aus, als
sollten diesmal alle Blütenträume der Patrioten reifen, wie es
denn auch geschah. So hatten alle diejenigen, die die Sache
des deutschen Vaterlandes gegen Engherzigkeit und Willkür ver=
fochten und die erfolglosen Anläufe und Niederlagen der letzten
Jahrzehnte in tiefem Schmerz durchlebt hatten, das Gefühl,
plötzlich statt gegen einen mächtigen Strom ringen zu müssen,
gleichsam von einer schwellenden Kraft getragen zu werden.

Selbstverständlich war Freytag einer der Ersten, der die
große Wandlung mitmachte. „Wir werden andere durch diese
Zeit," schrieb er schon beim Beginn des Krieges in den „Grenz=
boten". Sein „altes Preußen" hatte ihn vor einem Decennium
erst ausgestoßen und mit Verhaftung bedroht, er war aber trotz

der neuen gothaischen Staatsangehörigkeit dennoch Preuße mit
Leib und Seele geblieben, weil er deutsch gesinnt war vom
Scheitel bis zur Sohle. Er freute sich der preußischen Noten,
welche „die diplomatische Grandezza des Ausdrucks" so gründlich aufgaben, und „der feurigen Natur des leitenden Staats-
manns, welche sich in ungeduldigen, zornigen Worten Luft
machte"; er freute sich, daß seine Prophezeiung, der Krieg müsse
auch die innern Zustände Preußens umgestalten, und nach
solchem Gewitter könne unmöglich in der alten Weise weiter-
regiert werden, jetzt in Erfüllung ging, und er erklärte es daher
für eine unabweisbare Pflicht der liberalen Partei, mit der Regierung einen aufrichtigen Waffenstillstand zu schließen. Das, was
Bismarck später öfter betont hat, sprach Freytag schon im Frühjahr 1866 aus, daß die Grundlage jeder segensreichen politischen
Thätigkeit der Kompromiß sei, und die starke Heerespräsenz
suchte er den Parteigenossen und Freunden in Schrift und Wort
durch den später so oft wiederholten Vergleich annehmbar zu
machen, daß die Heeresmacht eine „Versicherung" sei für den
Bestand des rings von überlegenen Militärmächten umgebenen
Vaterlandes; die Prämie dafür sei allerdings bedauerlich hoch,
aber die Erfahrung habe bewiesen, daß mit einer wohlfeileren
Versicherung eben nicht auszukommen sei; die Pflicht der Selbst-
erhaltung fordere von Preußen solche Opfer. Außerdem hob er
nachdrücklich hervor, daß das preußische Kriegsheer eine höchst
demokratische und volkstümliche Bildung sei. „In der Schenke
eines oberschlesischen Dorfes, wo die Mannschaft einer Kom-
pagnie oder Batterie um die Holztische gedrängt sitzt, essen vielleicht alle Stände und Berufsklassen aus derselben Schüssel.
Der Gefreite ist ein großer Kaufmann, der Unteroffizier sein
Markthelfer, der adelige Gutsherr Gemeiner, sein Wirtschafts-
beamter der Lieutenant, der Gerichtsrat und ein unsteter Gentle-
man, welcher im Frieden Vorliebe für aufgesprungene Rock-
nähte hat, sind Nebenmänner in demselben Gliede; vor einigen
Wochen hat der eine den andern in einem Protokoll bearbeitet,
in einigen Wochen trägt der andere den einen mitleidig vor die
Füße des Feldarztes." Ja, Freytag erkannte, daß er bei den
kriegerischen Zeiten für einen Journalisten viel zu wenig von
militärischen Dingen verstehe; er schaffte sich daher, unterstützt
durch Herrn von Stosch's kundigen Beirat, eine kleine Biblio-

thek von Militärlitteratur an und vertiefte sich eifrig in das
Studium derselben, wobei ihm die Erinnerung an seine kurze
Dienstzeit einigermaßen zu statten kam.

Daß die Mainlinie noch die Geister schied, machte ihm wenig
Sorge. Denn er hegte die Überzeugung, daß die Deutschen der
verschiedenen Landschaften, wie der verschiedenen Gesellschafts-
schichten sich nur kennen zu lernen brauchen, um sich verstehen
und lieben zu lernen. In den Dienst dieses Sichverstehenlernens
stellte er ja auch seine schriftstellerische Thätigkeit; die Romane,
die Bilder aus der deutschen Vergangenheit, die politischen
Artikel, sie sollen Bürger und Edelmann, Nord- und Mittel-
deutsche, Regierende und Regierte und die Vorfahren den Zeitgenossen näher bringen, den einen das Seelenleben der andern
erschließen und so das Band brüderlicher Gesinnung zwischen
allen Angehörigen der Nation befestigen helfen.

Die gewaltige Kluft zwischen den Besitzenden und Besitz-
losen hatte sich damals noch nicht aufgethan; sie trat erst nach
1871 zu Tage. Die in der Zeit nach dem großen Kriege je
länger, je mehr in den Vordergrund tretenden sozialen Fragen
hat er nicht zum Gegenstande seiner politischen Schriftstellerei
gemacht. Er unterschätzte die materiellen Dinge und, was mit
ihnen zusammenhängt, keineswegs, aber den Beruf, diese neuen,
so ungemein verwickelten und schwierigen Probleme nicht nur
denkend zu durchdringen sondern auch schriftstellerisch zu behandeln, fühlte er nicht mehr. Das durfte er füglich einer
jüngeren Generation, die in ihnen groß geworden war, über-
lassen. Auch mochte er sich nicht die Freude an dem endlich
Errungenen, zu dem auch er sein redlich Teil beigetragen hatte,
durch das sich erhebende laute Gezänk mit seinen neuen Partei-
schlagworten wieder verderben lassen. Seine volkswirtschaft-
lichen Studien reichten nicht aus, ihm auf diesem Gebiete das
Rüstzeug zu geben, ohne welches ein gewissenhafter und ge-
wichtiger Mann nicht in eine solche Arena steigt. Seine Stärke
lag in der Behandlung der eigentlich politischen, besonders der
innerpolitischen Fragen, die er stets von der sittlichen Seite auf-
faßte und in einer auf das Gemüt des Lesers wirkenden Weise
zu behandeln wußte.

Besondere Kabinettstücke unter seinen politischen Aufsätzen
sind die Charakteristiken. Der dem Dichter angeborene Sinn

für das eigentliche Wesen der Menschen und Dinge, seine Fähigkeit, es nicht nur durch unmittelbare Intuition zu erkennen,
sondern auch mit treffenden Worten darzustellen, vereinigt sich
hier mit dem Scharfblick des geschulten Politikers und der um-
fassenden Kenntniß des Historikers, so daß dem Leser zu Mute
ist, als schaue er durch Freytags Worte in den Kern der geschilderten Persönlichkeiten. Wie vortrefflich ist z. B. das, was
er über den Kaiser Napoleon sagt! Er schreibt ihm außer
egoistischem Wollen und schwärmerischem Fatalismus „das lebhafte Bedürfnis gemütlicher Stimmungen und eines persönlichen
Verhältnisses zu seinen Verbündeten" zu. „So auffallend der
Ausdruck deutschen Ohren klingen mag, die Politik Napoleons III.
ist vorzugsweise gemütlich. Allerdings ist diese Gemütlichkeit
nicht gerade die eines deutschen Hausbesitzers, aber sie ist ihr so
ähnlich, als bei dem Herrn des 2. Dezembers nur möglich ist."
Das ist ganz das, was Bismarck später kurz und schlagend in
die Worte zusammenfaßte: „sentimental und dumm".

Wenn man ferner bedenkt, wie unbekannt, ja verkannt am
Ende der fünfziger Jahre der damalige Prinzregent, spätere
Kaiser Wilhelm, noch war, so muß man sich wundern über
die treffende und gerechte Würdigung, welche ihm Freytag schon
im Jahre 1859 zu teil werden ließ. Er ist nicht nur redlich,
gewissenhaft, pflichtgetreu. Er ist — was mehr sagen will —
„im reiferen Mannesalter, wo sonst der Horizont des Mannes
sich begrenzt, das Neue leicht unhold erscheint, fortdauernd
sicherer, innerlich freier, im besten Sinne des Worts liberaler
geworden. Es muß edler Wein sein, der sich so vergeistigt.
Alle großen Erfahrungen seiner politischen Laufbahn kamen
ihm erst in einer Lebenszeit, wo sie eher beschränken als erheben. Ihm aber ist die Kraft und der Wille gewachsen mit der
Schwere der Aufgaben. Selbst der würde irren, welcher meint,
seine Natur sei mehr empfänglich und anerkennend als pro-
duktiv. Er gilt vielmehr bei denen, welche ihn näher kennen,
für einen Fürsten, der nicht nur gut zu hören weiß, sondern
auch zu wollen und zu befehlen versteht, und für einen Politiker, der auch deshalb innerlich fester ist als die meisten seiner
Umgebung, weil er in Kopf und Herz sichere Begrenzung findet
bei großen Entschlüssen. Daß er als Regent in den Fragen,
welche ihm vertraut sind, selbständige schöpferische Kraft besitzt,

wird er seinen Preußen wie seinen Gegnern noch beweisen. Er gilt nur da für redefertig und wortreich, wo ihm von Herzen wohl ist. Dann aber dringt, so hören wir, seine einfache, klare Rede, die männliche Haltung, die große Wahrhaftigkeit und Innigkeit seines Ausdrucks mächtig zum Herzen. Und solche milde Humanität ist wohl der Kern seines Wesens". Er nennt ihn weiter eine innerliche Natur mit dem sichern Takt, den nur ein reines und wohlwollendes Gemüt verleiht, dabei jedoch von einer stillen, aber dauerhaften Willenskraft und stark zu rücksichtslosem Entschluß; „ein solcher Fürst scheint uns doch keine ganz gewöhnliche Erscheinung auf einem Königsthron zu sein." — Im Jahre 1879 konnte jeder Schriftsteller so oder ähnlich über Kaiser Wilhelm schreiben, im Jahre 1859 gehörte ungewöhnliche Menschenkenntnis und ein durchdringender zugleich und liebevoller Blick dazu, den als „Kartätschenprinzen" Verschrieenen so zu würdigen, wie es in diesen herrlichen Worten geschieht.

Leider hat Freytag nirgends eine zusammenfassende Charakteristik Bismarcks gegeben. Es scheint, als habe die Persönlichkeit dieses Gewaltigen bei aller Schätzung seiner großartigen Eigenschaften, seiner außergewöhnlichen Begabung und seines feurigen Naturells von den Zeiten des Verfassungskampfes her für Freytag etwas Fremdes, Unheimliches behalten. Der Dichter war eben eine durchaus „anders geformte Menschennatur" als jener. Dazu kam seine eingewurzelte Abneigung gegen das Junkertum und die Einwirkungen gewisser gothaischer und kronprinzlicher Kreise, namentlich Stockmars, der ein entschiedener Gegner Bismarcks war und blieb. Daher behielt Freytag trotz der Umwandlung, welche das Jahr 1866 in ihm bewirkt hatte, gegen die innere Politik des großen Reichskanzlers eine gewisse mißtrauische Abneigung. In einem Briefe vom September 1885 äußert er sich dagegen über dessen äußere Politik anläßlich der Karolinenfrage sehr anerkennend und sehr treffend: „Der Kanzler erweist seine höchste Staatskunst dann, wenn er durch Zufälle oder eigenen Irrtum in schwierige Lage versetzt ist. Auch hier ist mir sehr interessant und zwingt zur Bewunderung, wie er die verrückten Spaniols zu behandeln weiß. Von seiner Heftigkeit und Reizbarkeit ist in solchen Fällen nichts zu merken. Aber es wird ihnen nichts

geschenkt. Und er mag in der Stille nur bedauern, daß sie
durch ihre politische Kläglichkeit bis zu einem gewissen Grade
geschützt sind, und daß er sie schonen muß, auch während er
ihnen Ohrfeigen zumißt."

Doch zurück zum Jahre 1866! Die Kriegswochen selbst
verbrachte Freytag nicht in dem stillen, abgelegenen Siebleben,
sondern in Leipzig. Kurz vor dem Ausbruch des Krieges
war er nach Siebleben gegangen, dort sein Haus für
den Krieg zu bestellen. Noch vor dem Gefecht bei Langensalza
reiste er zurück und beschrieb in einem reizenden Artikel
Zustände und Stimmungen der friedlich gesinnten Grenzstadt
in den schwülen Tagen vor dem Ausbruch des Sturmes,
einem Artikel, der in die Mahnung an den deutschen
Bürger auslief, dafür zu sorgen, daß in Zukunft nicht bloß
das zufällige Urteil weniger über die höchsten Interessen der
Nation zu entscheiden habe, sondern daß die Nation selbst durch
ihre Vertreter an der Wahrung dieser Interessen Anteil erhalte.
Dann sah er freudigen und vertrauenden Herzens die ersten
preußischen Husaren, den Karabiner in der Faust, in die „feindliche" Stadt einreiten, bei deren Bevölkerung von feindseliger
Gesinnung allerdings nichts zu spüren war. Daß Preußen
siegen würde, war ihm nicht zweifelhaft: überrascht wurde er
nur durch die Schnelle und Größe des Erfolges.

Nach dem Kriege sollte er dann auch — das erste und einzige Mal — thätigen Anteil nehmen an der Politik. Als die
Wahlen zum ersten Reichstag des Norddeutschen Bundes aus-
geschrieben wurden, stellte man ihn im Wahlkreis Erfurt als
Kandidat der nationalliberalen Partei auf. Er hatte schwere
Bedenken gegen die Annahme dieser Kandidatur, weil er wohl
fühlte, daß er zum Abgeordneten wie überhaupt zum aktiven
Politiker nicht geschaffen sei: allein die Erwägung, daß es für
das Gelingen des Verfassungswerks zuletzt auf jede Stimme
ankommen könne, bewog ihn, dem Drängen seiner politischen
Freunde nachzugeben. Er hielt seine Wahlreden und ging als
Abgeordneter des konstituierenden Reichstags nach Berlin.
Er machte hier interessante Studien über politische Rechthaberei
und parlamentarische Eitelkeit, die er von allen irdischen Eitel-
keiten für die häßlichste und schädlichste erklärt, und lernte natürlich viele hervorragende Persönlichkeiten und das ganze Getriebe

der großen und kleinen Politik aus eigener Anschauung kennen. Sein Platznachbar war der Frankfurter Abgeordnete Karl von Rothschild, und es amüsierte ihn, daß der „Kladderadatsch" dieses Paar mit der Unterschrift „Soll und Haben" abbildete. Sein eigenes Auftreten auf der Rednerbühne mißglückte. Er war zu befangen, als Schriftsteller auch zu sehr an langsames und ruhiges Ausspinnen der Gedanken gewöhnt, als daß er das Schifflein seiner Rede mit sicherer Schlagfertigkeit durch die Stürme der parlamentarischen Debatte hätte hindurchsteuern können. Es war am 21. März 1867, als der Vizepräsident von Bennigsen dem Abgeordneten Dr. Freytag das Wort erteilte. Es handelte sich um Militär- und Marinewesen des Norddeutschen Bundes. Freytag kam sofort auf eine Petition Leipziger Bürger zu sprechen, des Inhalts, daß sächsische Einjährig-Freiwillige das Recht erhalten sollten, auch in preußischen Truppenkörpern zu dienen. Fortwährende Rufe „zur Sache" unterbrachen ihn, der Vizepräsident suchte ihn zu schützen mit der Bemerkung, daß der Redner aus dieser Petition unzweifelhaft allgemeinere Folgerungen ziehen wolle. Da Freytag das indessen verneinte, mußte ihn Bennigsen darauf aufmerksam machen, daß diese Petition nicht auf der Tagesordnung stehe, und der Redner verzichtete infolgedessen aufs Wort. Da er, während er sprach, ängstlich in der Tasche zu suchen schien, so verbreitete sich alsbald im Saale das Scherzwort, er suche nach der „Verlorenen Handschrift".

Freytag that dieser Mißerfolg natürlich wehe, aber er verstand seinen Kummer weltmännisch zu verbergen und büßte auch keineswegs deswegen an Achtung bei seinen Parteigenossen ein, die ihn vielmehr seitdem mit besonderer Herzlichkeit behandelten. Ein Mandat nahm er aber in richtiger Erkenntnis seiner Begabung nicht wieder an. Man hatte ihn so oft „zur Sache" gerufen, daß er fortab bei seiner Sache, der Schriftstellerei und Journalistik, verblieb. Im übrigen war ihm der Aufenthalt in Berlin, der Verkehr mit so vielen bedeutenden Menschen, welche -- wie er zu sagen pflegte -- „die großen Geschäfte trieben," von hohem Wert: auch am kronprinzlichen Hof verkehrte er viel und frischte manche alte Bekanntschaft von neuem auf, z. B. mit Herrn von Normann, dem Leiter des kronprinzlichen Kabinetts.

* * *

Leider wurden die anregenden und großen Eindrücke, welche ihm die Hauptstadt bot, getrübt durch schweres häusliches Leid. Bei seiner Gattin entwickelte sich in immer bedrohlicherem Maße ein schweres Gehirnleiden. Den Besuchern des Hauses war die Frau Hofrätin, geschiedene Gräfin Thyrn, schon in den letzten Jahren alt, kränklich und verfallen erschienen; ihr vernachlässigtes Äußere und ihre unsichere Haltung bildete zu dem jugendlich kräftigen Wesen des Gemahls einen auffallenden Gegensatz. Jetzt stellte sich heraus, daß es ein unheilbares Leiden war, welches an ihr zehrte. Dem Gatten blieb nichts übrig, als der Unglücklichen die letzten schweren Jahre mit Geduld und Freundlichkeit tragen zu helfen. Aus diesen trüben häuslichen Verhältnissen ging die strenge Zurückhaltung hervor, die der Dichter andern gegenüber in allem, was seine Familienangelegenheiten betraf, beobachtete. Sein häusliches Leben durfte im Gespräche mit ihm nicht erwähnt werden: nur drei oder vier ganz intimen Freunden, Hirzel, Mathy, Wachsmuth, gelang es, die Schranke zu durchbrechen und einen Einblick in diese, sowie in die nach dem Tode seiner ersten Gattin sich entwickelnden Verhältnisse zu gewinnen.

So wurde der Dichter gerade in dem, wo sich der Mensch am liebsten und freisten giebt, zur Abgeschlossenheit gezwungen und sein angeborener Hang zum Fürsich- und Alleinleben verstärkt. Er war und blieb stets ein opferwilliger Freund, aber er gab lieber, als daß er nahm. Über seine späteren Lebensjahre ist daher nicht viel mehr bekannt geworden, als was er selbst in den „Erinnerungen" von sich erzählt hat: hat ihn doch auch von den Freunden seines Jugend- und Mannesalters keiner überlebt, der jetzt nachträglich noch Auskunft geben könnte. Auch eine Nichte, die älteste Tochter seines Bruders, ein blühendes Mädchen, die er wie sein eigenes Kind liebte, wurde ihm in dieser Zeit, 1867, durch den Tod entrissen. Sie hatte sich bei einer Krankenpflege den Keim der Schwindsucht geholt und siechte nun in Bad Soden hoffnungslos dahin. Als er von ihrem Sterbelager ins Freie trat, fühlte er sich heftig am Arm gefaßt. Es war der alte Freund und Genosse von den „Grenzboten" her, Jakob Kaufmann. Auch ihn sah er als einen Todkranken; die Ärzte hatten ihn von London als hoffnungslosen Patienten dorthin geschickt. Freytag pflegte den Schwindsüch-

tigen, von furchtbarem Husten Gequälten zwei Sommer in
Siebleben; die Winter brachte der Kranke in Wiesbaden zu;
erst im Spätherbst 1871 erlöste ihn der Tod von seinem Leiden.

Nächst Karl Ludwig und Rudolf Wachsmuth war der ver-
trauteste Freund Freytags Karl Mathy; zehn Jahre lang, bis
zu dessen Tode, hat er mit ihm in engem Verkehr gestanden.
Mathy hatte ein äußerst wechselvolles Leben hinter sich, er war
Jurist, Redakteur, Abgeordneter, Schulmeister in der Schweiz,
politischer Flüchtling, Buchhändler, Journalist, badischer Staats-
beamter und Bankdirektor
gewesen. In Gotha war
Freytag zweimal, in den
Jahren 1849 und 1854, bei
Gelegenheit politischer Be-
ratungen mit ihm zusammengetroffen. Für längere Zeit
siedelte Mathy dann Neujahr
1858 nach Gotha über, wo
er die Leitung der dortigen
Privatbank übernommen
hatte. Bereits Ende 1859
ging er als Direktor der
Allgemeinen deutschen Kreditanstalt nach Leipzig. Hier
wie dort traten beide Männer
in ein außerordentlich inniges Verhältnis. Sie hatten
die politischen Anschau-

Karl Mathy.

ungen, die bürgerliche Denkart, die journalistische Ader gemein.
Mathy war ein ungewöhnlich kluger und kräftiger Mann;
er hatte in seinem Wesen eine Gewalt und furchtlose Entschlossenheit, welche Bewunderung bei den Freunden, leidenschaftlichen Haß bei den Gegnern erregte. Sein vielbewegtes,
ruheloses, an Glücksumschlägen und Kämpfen reiches Leben
hatte ihm eine hohe Summe von Erfahrung, Welt und
Menschenkenntnis gegeben, ohne doch sein bescheidenes
und warmes Gemüt zu verhärten oder ihm die Richtung
der Seele auf hohe Ideen zu hemmen. So hatte er überall,
wohin ihn seine wechselvolle Laufbahn geführt hatte, eine Schar

warm an ihm hängender persönlicher Freunde hinterlassen. In
Gotha verkehrte er auch bei Hofe, und bei der herzoglichen Tafel
war es, wo ein Engländer, auf ihn weisend, seine Nachbarin
fragte: „Wer ist der Deutsche? Er muß ein sehr bedeutender
Mann sein, denn er hat keinen Orden.“ Mit Freytag verband
ihn auch noch seine reiche litterarische Bildung und die herzliche
Teilnahme, die er dem dichterischen Wirken des Freundes widmete. In Leipzig schloß er sich natürlich der Kitzinggesellschaft
an. Der jeweilige Redakteur der „Grenzboten“ pflegte bei diesen
Sitzungen darauf zu passen, wenn er kluge und neue Ansichten
zum besten gab, und gedachte dann wohl leise bittend seiner
Zeitschrift, worauf Mathy ebenso leise Gewährung winkte und
zu Freytag beim Hinausgehen sagte: „So ist es recht, er müht
sich um sein Blatt.“

Nur bis zum Jahre 1862 dauerte das Zusammenleben der
Freunde in Leipzig. Zu Ende dieses Jahres kehrte Karl Mathy
in sein Heimatland Baden zurück. Der Minister des Auswärtigen, der vortreffliche Freiherr von Roggenbach, der seine
hervorragende Kraft ungern für den Dienst des Landes ver-
mißte, hatte ihn wieder für den badischen Staatsdienst gewonnen
und in eine hohe Stelle der Domänen- und Finanzverwaltung
berufen. Fortab reiste Freytag alljährlich auf einige Tage nach
Karlsruhe und freute sich des raschen Gedeihens und der klugen,
energischen Thätigkeit des Freundes, welcher im Sommer 1866
nach der deutschen Katastrophe an die Spitze der Geschäfte des
Landes gerufen wurde, bestimmt, das neue Verhältnis zu
Preußen anzubahnen und den Eintritt in den neuen deutschen
Bundesstaat vorzubereiten. Doch hatten die Aufregungen des
Kriegsjahres und die schwierigen, schöpferischen Arbeiten der
darauf folgenden Zeit seine Kraft erschüttert. Als Freytag im
Herbst 1867 bei ihm in Karlsruhe weilte, sah er nicht ohne Be-
sorgnis, daß sein Aussehn und seine Haltung verändert waren,
und mitten im Gespräch faßte ihn Mathy plötzlich am Arm
und forderte leise, damit es seine im Zimmer befindliche Gattin
nicht höre, das Versprechen, daß der Freund auf die Nachricht
von seinem Tode nach Karlsruhe kommen wolle.

Wenige Monate darauf, im Februar 1868, traf diese Nachricht ein. Freytag eilte in Erfüllung seines Versprechens nach
Karlsruhe, und in der Stunde des Wiedersehens bat ihn die

Gattin des Verstorbenen, daß er das Leben des Freundes be-
schreiben möge. So entstand das Buch „Karl Mathy". Freytag hatte schon vor Jahren von dem Verstorbenen eine Schilderung seines Schulmeisterlebens zu Grenchen in der Schweiz
erbeten und für die „Bilder aus der deutschen Vergangenheit"
verwertet. Jetzt erbat er die Briefe Mathys von den Adressaten
zurück, soweit sie ihm bekannt waren, ließ sich von Freunden
des Verstorbenen berichten und schöpfte aus den Tagebüchern
desselben. Auf diese Weise kam hinreichender Stoff zusammen;
das Buch wurde im Sommer 1869 zu Siebleben geschrieben,
1870 kurz vor Ausbruch des Krieges veröffentlicht.

Die Lebensbeschreibung ist infolge der gewaltigen, gleich nach
ihrer Herausgabe eintretenden Ereignisse weniger beachtet worden,
als sie verdiente. Denn sie ist nicht nur ein Denkmal freund-
schaftlicher Gesinnung, sondern gewissermaßen eine Fortsetzung
der „Bilder". Diese schließen mit den schweizerischen und dörf-
lichen Erlebnissen und Thaten Karl Mathys. Die Biographie
führt sie weiter bis an die Schwelle des großen Jahres. Sie
giebt ein vorzügliches Bild der Zustände, der Ent- und Ver-
wickelungen, des unruhigen Durcheinanderwogens der politischen
Bestrebungen im Westen und Süden unseres Vaterlandes.
Wie sie einige Kenntniß der historischen Ereignisse und Verhältnisse jener Zeit voraussetzt, so ist sie auch wieder in hohem
Maße geeignet, die geschichtliche Anschauung zu klären und
zu vertiefen. Was sie menschlich besonders anziehend macht,
ist, daß wir in ihr den Entwicklungsgang und das Charakter-
bild eines durchaus selbstgemachten Mannes erkennen, der sich
in den verschiedensten Lebenslagen und Berufsarten bewegt
und keiner Arbeit geschämt hat, der Buchdrucker und Dorfschul-
meister gewesen ist und es durch eigene Kraft und Begabung
zu hervorragender politischer Bedeutung und zuletzt zur höchsten
Stelle in einem deutschen Staate gebracht hat. So ist diese
Biographie vorzugsweise geeignet, vorbildlich zu wirken, und
wenn sie kein Jugendbuch ersten Ranges geworden ist, so liegt
das einerseits daran, daß die darin geschilderten Verhältnisse
vielfach recht verwickelt, unjugendlich und unerquicklich sind, und
andrerseits an einer gewissen Breite der Darstellung. Für gereifte
Männer bleibt das Buch eine höchst interessante und zugleich
belehrende Lektüre.

XIV. Der Krieg gegen Frankreich und „Die Ahnen".

Noch im Spätherbst des Jahres 1869 legte Freytag in sein Buch „Karl Mathy" die Frage an den verstorbenen Freund ein: „War es Täuschung, als du den Worten und der Gesinnung eines andern hochsinnig vertrautest, oder wird das Ende erweisen, daß du recht gehabt? Du hast nach deinen bescheidenen Machtmitteln gethan, was du mußtest. Der andere hat die Ausführung auf sein Leben und Haupt genommen. Wir harren." Dies Harren sollte Freytag und seine Freunde nicht täuschen. Das Ende erwies, daß nicht Freytags in jenen Worten leise durchklingender Zweifel, sondern Mathys hochsinniges Vertrauen recht hatte. Der „andere" führte, was er auf sein Leben und Haupt genommen hatte, nämlich die dauernde Vereinigung Süddeutschlands mit Norddeutschland, schon im Jahre darauf zum Ziele. Der große Krieg, der das, wofür Freytag seit fünfundzwanzig Jahren mit seiner Feder gekämpft hatte, so überraschend schnell und glücklich vollendete, brach aus. Unser Dichter sollte ihn nicht fern von den Ereignissen in der Arbeitsstube, sondern als Augenzeuge der großen Thaten im Feldlager erleben.

Im Juli des großen Jahres 1870 erhielt er unerwarteterweise die Aufforderung, in das Hauptquartier des Kronprinzen zu kommen und den Feldzug als Berichterstatter im Auftrage des hohen Herrn mitzumachen. Was hätte ihm erwünschter kommen können? Unter den günstigsten Verhältnissen konnte er hier das große Drama miterleben. So zog er denn „in der Wetterwolke, welche über Frankreich dahinfuhr", mit dahin. Am Abend des 11. August hatte er mit dem Kronprinzen auf der Höhe der Vogesen in dem Gebirgsdorfe Petersbach die merkwürdige und bedeutsame Unterredung, von welcher noch die Rede sein wird. Dann kam der Tag von Sedan. Freytag erlebte den weltgeschichtlichen Augenblick, als der General Reille auf der Berghöhe von Donchery ansprengte und dann mit entblößtem Haupt über das Ackerfeld auf den König zuging, der ihn im Halbkreis seiner Generäle, auf den Säbel gestützt, erwartete.

Allmählich aber wurde es ihm peinlich, den bloßen „Schlachtenbummler" zu spielen: auch sah er sich durch seine persönlichen

Beziehungen zum Hauptquartier in der Wahrheit der Berichterstattung vielfach gehemmt. Darum nahm er in Reims seinen
Urlaub und reiste mit einem Feldjäger zurück. Es war eine
seltsame Fahrt, wie durch ausgestorbenes Land, kein Mensch,
kein Stück Vieh, kein Wagen meilenweit zu sehen. In den
Dörfern war überall telegraphisch frisches Fuhrwerk bestellt
worden. Trotzdem empfing der kommandierende Landwehroffizier
die Ankommenden zwar überall sehr höflich mit gutem Rotwein,
erklärte aber stets, ein Wagen sei nicht aufzutreiben gewesen.
Dann ging der Feldjäger allein in die Höfe, danach zu suchen,
und brachte immer nach kurzer Frist einen an. Nur einmal stand
einer schon bereit, und zwar an einem Orte, wo ein Unteroffizier
den Befehl hatte. So ging es zwei Nächte und den dazwischen
liegenden Tag ununterbrochen weiter; oft stieg der Feldjäger
in der Dunkelheit an Kreuzwegen ab und suchte nach den
Wegzeichen. In Pont-à-Mousson trennte sich Freytag von seinem
Begleiter und fuhr über Nancy, wo ihm das französische Gesindel auf dem Bahnhofe das übliche „à bas les Prussiens!"
zubrüllte, in den Elsaß und nach Hause.

Die Frucht dieser Reise in Feindesland sind erstens die
Kriegsartikel in den „Grenzboten" und im „Neuen Reich", nicht
eben zahlreich, aber zu dem Besten gehörig, was es in dieser Art
giebt, keineswegs bloße Schilderung und Erzählung, sondern,
wie der Charakter der Zeitschriften, für die sie bestimmt waren,
es verlangte, voller Betrachtungen, Parallelen und feinsinniger
Erwägungen über die augenblickliche Lage und die voraussicht-
liche Gestaltung der Zukunft. Aus diesen keinen Kabinettstücken
ist auch zu ersehen, welch gediegenes Verständnis mili-
tärischer Dinge sich Freytag durch Studien und Erkundigungen
bei den besten Autoritäten angeeignet hatte. Wie alles, was er
angriff, so vertiefte er auch diesen Gegenstand einerseits durch
die historische und andererseits durch die psychologische Betrach-
tungsweise. Beide in vorzüglicher Vereinigung zeigt z. B. der
vortreffliche Aufsatz „Schlachtenmut der Deutschen sonst und
jetzt", geschrieben zum Siegeseinzug der heimkehrenden Truppen,
in welchem er die Stimmungen und Gefühle des kämpfenden
deutschen Kriegers durchgeht, von den Römerschlachten an bis
zum Kompagnieangriff des eben siegreich beendeten Krieges —
ein Aufsatz, der des höchsten Interesses sicher ist, besonders derer,

die je in sich selbst Schlachtenmut und Kanonenfieber erlebt
haben. Der letzte Artikel in dieser Reihe: „Der Preuße aus
dem Jahre 1813 vor der Siegessäule", geschrieben zum 2. September 1873, schildert die ungeheuern Fortschritte, welche das
preußische Volk in den letzten sechzig Jahren besonders in ma-
terieller Beziehung gemacht hat, mahnt aber auch das neue
Geschlecht, die Tugenden des alten, die Bescheidenheit, opfer-
willige Anspruchslosigkeit und treue Pflichterfüllung nicht über
den modernen Errungenschaften einzubüßen. Damit wird ein
Ton angeschlagen, der auch in den „Erinnerungen" vernehmlich
wiederklingt, und der von uns gar nicht genug beherzigt werden
kann. Wie ein warnender Erzieher und treuer Lehrer steht der
erfahrene und weltkundige Mann vor seinem heißgeliebten
deutschen Volke und weist es auf die Abwege und Gefahren
hin, die seiner Zukunft von der neuen, äußerlich so glänzenden
Entwicklung drohen.

Die zweite, ungleich bedeutendere Frucht der siebziger Heer-
reise ist zugleich die letzte und umfangreichste Dichtung Freytags.
Schon vor Jahren, als er zu den „Bildern aus der deutschen
Vergangenheit" seine Studien machte, hatte Moritz Haupt gelegentlich geäußert, daß diese zu Vorstudien werden müßten für
einen historischen Roman. Seit 1867 trug er sich ernstlich mit
der Idee eines solchen. Es lockten ihn „Situationen und
Farben und vieles Originelle in dem poetischen Empfinden der
alten Knaben". Die lange Beschäftigung mit den Seelen-
zuständen der früheren Generationen mußte allmählich den
produktiven Trieb des Dichters zu dem Versuche reizen, die
kulturhistorischen Bilder, die vor seinem Geiste schwebten, in
poetische umzusetzen. Als dann der nationale Frühling kam,
viel herrlicher, als er selbst je gedacht hatte, da reiften diese
Keime zu Früchten. Während er auf den Landstraßen Frankreichs im Gedränge der Männer, Rosse und Fuhrwerke einher-
zog, fielen ihm immer wieder die Einbrüche der alten Germanen
in das römische Gallien ein: er überdachte, wie die deutschen
Heere und ihre Führer sich im Laufe der Jahrhunderte gewandelt haben. Eine kleine Frucht dieses Nachdenkens war der
eben erwähnte Aufsatz über den Schlachtenmut, eine große
wurden „Die Ahnen", und niemand anders teilte er die neue Idee
eher mit, als dem preußischen Kronprinzen damals, als dieser

gerade zu Ligny leidend auf dem Feldbette lag. Der hohe Herr
war sehr damit einverstanden und legte dem Dichter nahe, das
Werk der Kronprinzessin Viktoria zu widmen, was dann auch
geschehen ist. Auf dem Titel steht „Roman". „Die Ahnen" sind
aber eine Sammlung von acht Romanen, deren jeder vollständig
abgeschlossen dasteht und durchaus als Ganzes genossen und
aus sich heraus verstanden werden will. Die Fäden, welche die
Reihe verbinden, sind zwar nicht versteckt, aber verhältnismäßig
zart und können daher leicht übersehen werden.

Der erste Roman, „Ingo" betitelt, hat zum historischen
Hintergrund die Kämpfe der alten Germanen mit den Römern
und das Reckentum heimatloser Helden. Ingo widersteht in
Treue gegen sein Weib, die schwererrungene Irmgard, den Ansprüchen der mächtigen Königin Gisela, der Witwe des Türin-
gerkönigs Bisino, die ihn zum Manne begehrt. Nach einer
kurzen Zeit des Glücks auf der neu erbauten Idisburg erliegt
er der Rache der Beleidigten; sein Weib läßt sich mit ihm unter
den Trümmern des brennenden Hauses begraben. Das Kind
rettet eine treue Magd. Die Eifersucht der beiden Frauen, von
denen eine dem Helden in der Jugend verlobt war, die Streit-
scene zwischen ihnen auf dem Burghof, das Lied des Sängers
beim Mahle der Mannen, die Hilfe im Sachsenkrieg, die ver-
hängnisvolle Jagd, die Nachtwache an der Halle, endlich der
Brand des Hauses und die mordgrimme Königin vor demselben,
alle diese Züge und manche andere sind der deutschen Helden-
sage, besonders dem Nibelungenlied entnommen und geschickt
zu dem neuen Bilde verwoben. Eine höchst gelungene, fast
humoristische Gestalt ist der König Bisino, dessen Namen übrigens
in Ortsnamen wie Biesenrode, Bösenrode, Bösenburg am Süd-
und Ostharz fortlebt. Er ist ein Emporkömmling und Geizkragen,
ein Typus bäuerlicher Schlauheit, die sich bei ihm zu einer
Art von Staatsraison weiter gebildet hat; so muß es der König
unter anderm verstehen, im gegebenen Augenblick zu schweigen,
die Augen klein zu machen und überlegen zu zwinkern. Im
übrigen weht durch den Roman das volle Pathos der Heroen-
zeit: Tapferkeit und Treue, aber auch Argheit und Untreue, grimme
Leidenschaft und heldenmütige Entsagung, wilde Starrheit und
zarteste Empfindung treten oft fast unvermittelt nebeneinander.

Der Zusammenhang dieses Romans mit dem folgenden,

„Ingraban", wird durch den „Drachenzauber" gebildet, den
Jngo einst in der Alemannenschlacht dem römischen Fahnenträger
abgenommen und auf seine Nachkommen vererbt hat. Die Geschichte spielt zur Zeit des Bonifatius und der Bekehrung
des inneren Deutschlands. Der Held, anfangs trotziger Heide,
wird nach schweren Schicksalen, die er sich durch seine Verwegen-
heit und Leidenschaftlichkeit bereitet, endlich durch die mächtige
Persönlichkeit Winfrieds, durch die aufopfernde Liebe zu der
jungen Christin Walburg und durch den Opfertod des jungen
Mönches Gottfried dem neuen Glauben gewonnen. Er läßt
seinen ererbten heidnischen Talisman durch Winfried verbrennen
und fällt nach langem, glücklichem Leben mit seiner Hausfrau
und seinen Kindern als Fahrtgenosse Winfrieds bei den wilden
Friesen. — Ingraban ist der Vertreter des deutschen Volkes. An
die Bekehrung zum Christentum ist der Sieg über die Slawen
geknüpft. Nicht eher werden die Türinge der drängenden Sorben
Herr, als bis die Stimme des Christengottes, der Glockenton,
sie zum Kampfe ruft. Der Gang der Handlung ist nicht immer
ganz durchsichtig: einzelne wichtige Ereignisse sind hinter die
Coulissen verlegt, z. B. die Flucht Ingrabans aus dem Sorben-
lager. Im ganzen steht der Roman hinter dem ersten etwas
zurück. Der trotzige, leidenschaftliche, aber treue und tapfere
Heide ist in lebensvolleren Farben geschildert als der bekehrte
Christ. Vielleicht fühlte der Dichter dies und hängte deswegen
das traurige Nachspiel im Friesenlande an, indem er der
Dichtung dadurch einen wuchtigeren Abschluß zu geben gedachte; allein dieses durch dreißig Jahre von dem eigentlichen
Inhalt der Geschichte getrennte Ereignis bleibt ein unorganisches Anhängsel und ist nicht eben sehr kräftig und wirkungsvoll
ausgefallen.

Im dritten Roman, dem „Nest der Zaunkönige", fällt
der Schluß seit Immos Verwundung etwas ab. Die Konflikte
werden nicht durch Thaten, sondern durch ein großes Gericht
König Heinrichs II., durch Reden und Gegenreden, gelöst. Auch
hat die Erzählung keinen großen nationalen Hintergrund, und
die Kämpfe König Heinrichs gegen unbotmäßige Markgrafen
und Herzöge können einen solchen nicht ersetzen. Gut ist dagegen das Leben in der Klosterschule und der Widerstreit in der
Seele des Helden gegen den aufgezwungenen geistlichen Stand

geschildert, und vorzüglich die Art, wie die vier Weisheitslehren, die Immo von dem alten Bertram erhalten hat, sich bewähren.

Weit über den beiden letzten Romanen stehen „Die Brüder vom deutschen Hause", eines der besten Stücke des ganzen Cyklus. Dieser Roman führt uns in die Zeit der Kreuzzüge und des großen Kampfes zwischen Kaiser und Papst: beide treten persönlich darin auf. Mit einem friedlichen „Mairitt", edlem Ritterspiel und höfischem Minnedienst beginnt die Erzählung, dann schließt sich Ivo dem Kreuzzug Friedrichs II. an: das bunte Leben in der Hafenstadt Akkon zieht an unsern Augen vorüber: mit großer Anschaulichkeit werden die verworrenen Verhältnisse im heiligen Lande gezeichnet, nicht in allgemeinen Schilderungen, sondern so, wie sie auf das Geschick des Helden bestimmend einwirken. Dieser gerät durch Verrat in die Gefangenschaft der Assassinen des Libanons, deren Verfassung und Zustände mit den idyllischen Thälern, dem „Alten vom Berge" und den unheimlichen Messermördern sehr fesselnd dargestellt sind. Nachdem Ivo durch einen treuen Gefährten befreit worden ist, gelangt er glücklich in die Heimat zurück, und muß nun erst innerlich, dann äußerlich den härtesten Kampf seines Lebens bestehen. In seiner Seele haben schon lange echte und falsche Liebe miteinander gerungen. Anfangs ist die letztere, „der Dienst der Herrin", das höfisch minnesingerische Verhältnis zu der schönen und reichen Gräfin von Meran, einer Nichte des Kaisers, übermächtig. Allmählich aber merken wir, daß der Held „die Magd" Friderun, die Tochter des freien Bauern Bernhard, seine Jugendgespielin, wahrer und inniger liebt als jene stolze Schönheit. Ihm selbst wird dies erst in einer hinreißenden Scene am Ende klar: die Herrin erscheint mit dem Wappenmantel, den er für sie zusammenturniert hat, auf seiner Burg, entflammt seine Sinne von neuem aufs mächtigste und bietet ihm zugleich mit ihrer Hand alle Ehren und Reichtümer dieser Welt; schon liegt sie an seiner Brust, schon werden heiße Küsse gewechselt, da bringt ein Bote die Kunde, daß Friderun, die um seinetwillen zum Kaiser nach Welschland gezogen war, als Ketzerin auf einem Karren, gebunden, zum Scheiterhaufen geführt wird. Da fällt all das unwahre, höfische Minnewesen wie Spinngewebe von ihm ab, mächtig und heiß bricht es in seinem Herzen auf, die verlocken-

den und flehenden Worte der Gräfin verhallen wirkungslos
an seinem Ohr, er läßt die glänzende Herrin, der er jahrelang gehuldigt, die ihm soeben Herz und Hand ergeben hat,
allein zurück, ruft den Hof zu den Waffen und sprengt mit
den Getreuen fort, um die „niedere Magd" zu befreien.

Durch ihre Rettung zieht er die unerbittliche und furcht-
bare Rache Konrads von Marburg und seiner Ketzerrichter
auf sein Haupt. So folgt auf den inneren Kampf der äußere.
Eine dem Ingo ähnliche Schlußkatastrophe tritt ein, nur daß
an Stelle des racheschnaubenden Weibes ein wütender Priester
getreten ist. Im altersgrauen Turme, der letzten Zufluchts-
stätte seines Geschlechtes, verteidigt Ivo mit wenigen Getreuen
sich und die Geliebte gegen die fanatischen Henkersknechte
der Inquisition. Durch das Erscheinen der Brüder vom
deutschen Hause nimmt die Sache diesmal eine günstige
Wendung. Der Held gelobt sich dem Orden, gewinnt dadurch
dessen mächtigen Schutz und zieht als dessen Zugewandter nach
Osten in das wilde Preußenland, um dort eine Burg zu bauen
und als Krieger die junge deutsche Saat zu schirmen. Friderun
begleitet ihn als sein Weib. Statt eines glänzenden Hof- und
Ritterlebens hat er ein Dasein gewählt, voll von Arbeit,
Kampf und Entbehrung, aber auch voll innerer Befriedigung
und reich an Liebe und Herzensfreude.

Mit dem großen Kampfe zwischen wahrer Empfindung
und unwahrer Scheinleidenschaft verbindet sich auf diese Weise
der Kampf zwischen dem Frühlichte evangelischer Erkenntnis
und der Finsternis des mittelalterlichen Glaubensfanatismus;
jene wird zwar zur Zeit noch gewaltsam in Flammen und
Blut erstickt, aber ihre Keime bleiben für die Zukunft bewahrt,
und im fernen Preußenlande ist jeder Christ ehrwürdig; man
sorgt um anderes als um die religiösen Meinungen der einzelnen.
Als dritter großer Gedanke tritt hinzu die Kolonisation des
slawischen Ostens durch das deutsche Schwert und den deutschen
Pflug. Sie ist in bewußten Gegensatz gestellt gegen die
phantastischen Kreuzfahreransiedlungen in Palästina, die keinen
inneren Halt haben und keine Dauer versprechen. Diese drei
Ideen, die ethische, religiöse und nationale, bilden am Schlusse
des Romans einen mächtigen Dreiklang, dem eine gewaltige
und ergreifende Wirkung auf jedes für Ideen empfängliche
Gemüt sicher ist.

Die dann folgende Erzählung „Markus König" spielt im Zeitalter der Reformation, aber nicht in Mitteldeutschland sondern in Thorn und Umgegend, wo das Geschlecht der „Zaunkönige" unter dem bürgerlichen Namen „König" seit drei Jahrhunderten ansässig ist. Die Verhältnisse, welche der Erzählung zu Grunde liegen, sind die zerfahrenen und unklaren eines Übergangszeitalters. Thorn ist samt den übrigen Städten des Weichsellandes seit lange vom deutschen Orden abgefallen und der Souveränität der Krone Polen unterstellt. Markus König, der Titelheld, hat sich nun als deutsch gesinnter Mann zum Lebensziel gesetzt, seine Vaterstadt wieder unter die deutsche Herrschaft zu bringen; für diesen Zweck arbeitet, spart und intrigiert er. Der Orden aber ist in Schwelgerei und Unzucht versunken, er verdient nicht, daß sich ein wackrer Mann um ihn müht. Auch für Markus König selbst kann man sich nicht erwärmen; denn obwohl er im Grunde keineswegs ohne Gemüt ist, tritt er in allen Lebensbeziehungen kalt, herbe und streng auf, steht auch der beginnenden reformatorischen Bewegung mit entschiedener Abneigung gegenüber bis ganz zuletzt, wo er als gebrochener Greis Luthers geistlichen Zuspruch sucht. Der Bürgermeister ist ein verständiger, braver Mann, hält es aber mit Polen: darum kann man auch mit ihm nicht sympathisieren.

Auch die Schwierigkeiten und Skrupel wegen der Gottgefälligkeit und Rechtsgültigkeit der Ehe zwischen Georg und Anna sind uns, die wir im Zeitalter des Civilstands leben, nicht mehr recht verständlich; sie kommen uns gekünstelt und gequält vor. Uns will diese Ehe, wenn sie auch nur im Ringe der Genossen unter der Fahne geschlossen ist, wegen der Tiefe und Treue der gegenseitigen Neigung so wahr und echt erscheinen wie nur eine. Um sie für rechtsgültig zu erklären und kirchlich zu weihen, müssen aber die Eheleute, nachdem sie sich nach jahrelanger Trennung eben wieder gefunden haben, sofort wieder auseinandergehen und nach zwei Monaten zur Entscheidung vor Luther erscheinen. Das berührt uns so, als setze man Maschinen in Bewegung, um einen Strohhalm beiseite zu schaffen. Die lange Verhandlung mit Luther hat ebenso wie die Gerichtsscene im „Nest der Zaunkönige" etwas Ermüdendes. Auch das will uns nicht recht in den Kopf, daß der Greis Markus erst zu Luther wallfahren muß, um seinen ingrimmigen Haß gegen den Hochmeister, von dem er sich verraten glaubt, vor seinem Ende loszuwerden. Aber es ist zuzugeben, daß hierdurch eine wirkungsvolle und ergreifende Abschlußscene gewonnen wird; auch erfahren wir in ihr mancherlei, was zum Verständnis des Zusammenhanges notwendig ist.

Der eigentliche Held des Romans ist nicht Markus König sondern sein Sohn Georg. Dieser ist aus demselben Holze geschnitzt wie die Volz und Fink, wenn auch ohne deren Humor, eine heitere und lebenslustige Persönlichkeit, voll Mut und Kraft, die sich in alle Lagen zu schicken weiß, dabei ein Mann von warmem Herzen und treuer Gesinnung. Die Geschichte seiner Liebe zu Anna Fabricius gehört zu dem Zartesten und Wahrsten, was Freytag auf diesem Gebiete gedichtet hat. Wie herrlich ist bei aller Kürze die Schilderung des weiten Rittes Georgs von Frankfurt a. M. bis zu dem alten Turme, in welchem die geliebte Gattin seiner harrt, und das Wiedersehen der beiden. Anna selbst ist eine von den Gestalten, die man sofort als innerlich wahr empfindet, echt mädchenhaft, herbe und doch innig, ohne heroischen Beigeschmack und elementare Leidenschaftlichkeit, aber von tiefster Religiosität und reinster Empfindung. Ihren Abschied von dem Geliebten zur Schlittenreise nach Elbing wird niemand ohne innere Bewegung lesen können; wie natürlich und menschlich wahr und doch mit wie wenigen und einfachen Zügen weiß der Dichter das Weh der Trennung zu schildern. Ebenso steht es mit dem Seelenkampf, den sie im Beginn ihrer Ehe durchzumachen hat; die Liebe zieht sie mit aller Macht zu Georg, Sitte und Zucht halten sie zurück, bis endlich die erste siegt und aus zwei sich einsam Verzehrenden ein glückliches Paar wird.

Die äußeren Zustände stehen uns hier schon ungleich näher als in den früheren Bänden der „Ahnen". Die humanistischen und die reformatorischen Ideen haben bereits Wurzel gefaßt, und beide kämpfen vereint gegen den mönchischen Obskurantismus; der Magister repräsentiert die Verbindung dieser Ideen und bekommt durch den leichten humoristischen Beisatz, der ihm gegeben ist, den warmen und lebensvollen Zug, der uns so an ihm gefällt. Das Treiben in der noch mittelalterlichen

Stadt, der Teufelsaberglaube, der beginnende Buchhandel, der untergehende Volksstamm der Preußen, das Leben der „frommen" Landsknechte, die sich in Burg und Stadt zu einem selbständigen kleinen Kriegerstaate aufgethan haben, — das alles sind meisterhafte Bilder aus der deutschen Vergangenheit. Ob freilich ein so mörderischer Zweikampf zweier Landsknechtsfähnlein während eines Waffenstillstandes in der damaligen Zeit wahrscheinlich oder nur möglich war, muß dahingestellt bleiben. Auch die That des Peter Meffert am Ende des Gefechtes gegen seinen eigenen Fähnrich ist zu unsoldatisch, als daß sie innerlich glaubhaft wäre.

Was den Zusammenhang der Ereignisse betrifft, so sind einige Punkte nicht ganz klar geworden. So erfährt man z. B. nicht, ob Anna und der kleine Romulus wirklich mit dem Kahne umgeschlagen und dann gerettet worden sind, oder ob das nur eine falsche Nachricht gewesen ist. Ferner ist unwahrscheinlich, daß sie in den Jahren, die seitdem verflossen sind, gar keinen Versuch macht, ihrem Gatten Kunde von sich zu geben, sondern in dem alten Turm thatenlos wartet, bis der Gatte sie etwa aufsucht; und wovon haben sie, ihr Vater und ihr Kind dort eigentlich so lange gelebt? Derartige Fragen tauchen einem bei der Lektüre noch mehrere auf. Die Erzählung ist in manchen Teilen eben nur skizziert und nicht ausgeführt.

„Der Rittmeister von Alt-Rosen" führt uns in die letzten Jahre des dreißigjährigen Krieges. Die Verwüstung des Landes, die Hexenprozesse, die vorwiegend theologisch-dogmatische Denkweise geben dem Roman das Zeitkolorit. Eine Anzahl thüringisch-sächsischer Regimenter des verstorbenen Bernhard von Weimar haben sich von Turenne, an den sie durch ihre Offiziere verkauft waren, losgesagt, finden im Grafen Königsmark einen neuen Kriegsherrn und zwingen unter seiner Führung den Kaiser, endlich den langersehnten Frieden abzuschließen. Zwei Liebesgeschichten gehen daneben her, eine theologisch-geistliche und eine kriegerisch weltliche. Die zweite wird, wie im „Neste der Zaunkönige" durch eine Entführung zu gutem Ende gebracht, die erste durch das offene Bekenntnis Reginens — man denkt unwillkürlich an Goethes „Iphigenie" — und durch die Entscheidung Herzogs Ernst von Gotha. In diesem setzte der Dichter dem Ahnherrn

seines Landesherrn als einem frommen und wackern Friedens=
fürsten in schwerer Zeit ein ehrendes Denkmal. Überhaupt
zeichnet er mehr fast als die Verheerung selbst — mit den un=
menschlichen Martern jener Zeit verschont er uns glücklicher=
weise gänzlich — den Beginn des Wiederaufbaus und die
Elemente, welche das deutsche Volk nach dem furchtbaren Sturze
allmählich wieder emporhoben.

Von den Charakteren sind Rittmeister Bernhard König
und Judith dieselben, die wir schon kennen, heroisch, stark
und entschlossen, Regine und Licentiat Herrmann sind mit ihrer
innigen evangelischen Frömmigkeit, die bereits einen geringen
pietistischen Beigeschmack hat, neu. Der Reiterjunge Pieps ist
ein kleiner Absenker von Kunz und Bolz. Sehr schön hat der
Dichter die konventionelle, etwas geschraubte und überhöfliche
Redeweise der Zeit mit den zahlreichen Fremdwörtern nach=
geahmt, überhaupt einen ganz leichten, für den, der ihn spürt,
sehr ergötzlichen Hauch von Ironie über diejenigen Teile seiner
Geschichte gegossen, in denen die geistliche Anschauungsweise
und die altfränkische, ehrbare Steifheit der Zeit zum Aus=
druck kommt. Der Schluß ist eine Überraschung schlimmster Art.

Bernhard und Judith haben so unendlich viele Fähr=
lichkeiten überstanden, Judith ist eben glücklich an der
Schwelle ihrer alten schlesischen Heimat angelangt und will
nun mit ihrem geliebten Mann ein neues Leben beginnen in
Frieden und Freude, da läßt der Dichter beide gänzlich un=
erwartet einem feigen Mörder zum Opfer fallen, der seit dem
ersten Kapitel überhaupt nicht wieder aufgetreten ist, und von
dem man weder recht begreift, woher er die „Hexe aus
Thüringen" persönlich kennt, noch wie er unter die Kaiserlichen
und nach Schlesien geraten ist. Dieser böse Zufall wird wenig
Lesern und noch weniger Leserinnen gefallen, und daß Pieps
sofort Rache übt, daß die hier gewechselten Schüsse die letzten
des grauenvollen Krieges sind, daß der Dichter zweifelhaft ist,
ob er die Getöteten glücklich preisen oder beklagen soll, alles
das wird kaum jemand über den Gedanken hinweghelfen, daß
dieses plötzliche Ende ein nicht notwendiges und unorganisches
Anhängsel sei, ähnlich wie im „Ingraban".

Auch die folgende Erzählung, „Der Freikorporal bei
Markgraf Albrecht" hat wie „Der Rittmeister" die Geschicke

eines Geschwisterpaares zum Gegenstand und ist daher mit
diesem unter dem gemeinsamen Titel „Die Geschwister" zu
einem Bande vereinigt. Der „Freikorporal" ist öfters ab=
fällig beurteilt worden. In der That ist er vielfach skizzenhaft
geblieben, und die Schilderung des öden und harten Garnison=
lebens unter Friedrich Wilhelm I. mag manchen abstoßen.
Allein die Charaktere sind gut gezeichnet; der ernste, tieffühlende
Theologe, dem Freytags Großvater (S. 11 ff.) zum Modell gedient
hat, der mutige, aufopfernde, männlich=stolze Soldat, das zier=
liche, warmherzige sächsische Fräulein, der feste und liebevolle
Vater sind anziehende Gestalten aus enger und gebundener,
aber gemütvoller und gefühlsinniger Zeit, und wie lebenswahr
ist der zweimalige Kampf in der Seele des preußischen Königs
zwischen launischem Gelüst und königlichem Gerechtigkeitsgefühl
dargestellt worden!

Besonders gelungen ist aber wiederum das Zeitkolorit.
Den Gegensatz zwischen dem rauhen, aber strammen und gerad=
linig=dienstlichen preußischen Wesen und der feineren und
anmutigeren, aber bequemen und läßlichen sächsischen Art hat
seit „Minna von Barnhelm" kein Dichter zu so lebendiger An=
schauung gebracht. Dort die Uniform und die Tabakspfeife,
hier der seidene Schlafrock und die Chokolade, dort der Offizier,
hier der gräfliche Hofmeister, dort der König im Zelt die Ent=
scheidung herbeiführend, hier die königliche Maitresse beim Tri=
sette. Wie trefflich schildert in kurzen Worten der zufriedene
Landmann Schulze (S. 329) die kraftvolle Eigenart des
preußischen Staates und das Wesen des preußischen Absolutis=
mus: „Unser König führt einen schweren Stock, aber er sorgt
auch wie ein Vater für die Blauen und für uns Andere
in Hemdsärmeln." Ferner das gesetzlose, bigotte, grausame
Regiment der Jesuiten und Polen, die Bedrückung und Hilf=
losigkeit der Deutschen und Evangelischen im Weichsellande und
als einzige Hoffnung die, daß sich der König von Preußen der
Gequälten annehmen werde — wieder die Kolonisation des
Ostens, auf die Freytag als Sohn der slawischen Grenzgebiete
so häufig hinweist.

Der letzte Roman der ganzen Reihe, „Aus einer kleinen
Stadt," zeichnet sich durch ganz besondere Lebenswärme und
Lebenswahrheit aus, denn in ihm hat Freytag die Eindrücke

und manche einzelne Erlebniſſe ſeiner Jugendzeit verwertet.
In der kleinen Stadt mag man Kreuzburg wieder erkennen,
der einſame Pfarrhof mit der alten Holzkirche und dem Ring=
wall der Vandalen iſt das Dorf Wüſtebrieſe, wo Freytags
Großvater Paſtor war. Die Zeit der ſchweren Not, der furcht=
bare Druck durch den fremden Eroberer, das zähe Ankämpfen
einer kleinen Zahl mutiger Männer gegen den Übermächtigen,
deſſen ſchleichende, tigermäßige Tücke und dann wiederum der
wunderbare Umſchwung, die überſchwellende Erhebung, die
Opferfreudigkeit des Volkes, der friſche und fröhliche Partei=
gängerkrieg, alles das war dem Dichter in der erſten Jugend durch
die Erzählungen ſeiner Eltern und andrer älterer Leute lebendig
aufgegangen. In der gemütvollen Schilderung des deutſchen
Bürgertums iſt „Aus einer kleinen Stadt“ von allen Romanen
Freytags am nächſten mit „Soll und Haben“ verwandt.

Während in „Ingo“ und den „Brüdern“ der Held zwiſchen
zwei Frauen ſtand, ſteht hier die Heldin zwiſchen zwei Männern,
die ſich bis zum Tode um ihren Beſitz befehden, obwohl jeder
dem andern, wo er wehrlos iſt, edelmütig das Leben rettet.
Henriette bindet die Pflicht der Dankbarkeit und des gegebenen
Wortes an den franzöſierten Deutſchen Deſſalle, die Neigung
des eigenen Herzens und die Grundſtimmung der Seele an
den echten Deutſchen, Doktor Ernſt König. Ihn rettet ſie, obwohl
ſie noch dem Deſſalle verlobt iſt, als er in der höchſten Gefahr
ſchwebt, durch eine heroiſche That. Acht ſchwere Jahre muß
das Paar ſchmerzliche Entſagung und lange Ungewißheit über ſich
ergehn laſſen, bis endlich mit der Befreiung des Vaterlandes
um ſo voller und reicher das Glück erſcheint. Daneben her
geht die prächtige Geſchichte, wie der wohlhabende, ältliche Ein=
nehmer Köhler das arme adlige Fräulein von Buskow
liebgewinnt und heimführt.

Mit „Aus einer kleinen Stadt“ hat der Dichter das alte
thüringiſche Geſchlecht bis in das bürgerliche Leben des modernen
Staates begleitet, wo die beſte Bürgſchaft für ruhiges, dauern=
des Glück gegeben iſt. Er wollte aber die Erzählung bis über
das Revolutionsjahr weg in die zweite Hälfte unſeres Jahr=
hunderts hineinführen, um einen Blick auf die neueſte Zeit zu
gewinnen; er wollte ferner die früher berichteten Ereigniſſe
umgebildet, wie in leichtem Spiele noch einmal vorführen.

Darum hat er dem letzten Roman einen Schluß angehängt, der weder Roman noch Novelle, sondern bloß historischer Bericht ist von den Schicksalen des Sohnes des Doktors Ernst und der Henriette. Viktor verliebt sich schon als Knabe in ein kleines Schauspielermädchen, welches mit einer Wandertruppe in das Städtchen kommt, er geht als Student bald nach Berlin, verkehrt dort in Schauspielerkreisen und trifft jenes kleine Mädchen als herangereifte Bühnengröße von neuem. Er schreibt zuerst mit gutem Erfolg eine Technik des Dramas, wird dann aber politischer Tagesschriftsteller und Journalist und vermählt sich zuletzt mit einer adligen Dame. All dieses, auch daß der Vater Arzt war und die Mutter Henriette hieß, hat er mit dem jungen Gustav Freytag gemein, woraus man den sehr nahe liegenden Schluß gezogen hat, daß Viktor König Gustav Freytag selbst sein solle, daß dieser sich also gleichsam die Ahnen auf den eigenen Leib geschrieben habe. Der Dichter verwahrt sich energisch dagegen; er meint, das wäre geckenhaft gewesen, und erklärt einen Teil der Übereinstimmungen aus den allgemeinen Zeitverhältnissen. Er hat sich also zwar nicht unter Viktor König geradezu gemeint, aber vieles aus seiner Entwicklungsgeschichte auf ihn übertragen. Zu der „spielenden Vorführung" früher erzählter Ereignisse gehört z. B., wenn Victor bei dem studentischen Korps der „Vandalen" einspringt und mit dem ersten Chargierten der „Türinger", Richard von Henner „aus dem Hause Ingersleben", auf die Mensur tritt; da haben wir Georg König und Henner und weiter zurück Ingo und Theodulf. Wenn er sich nachher mit demselben Henner zu gemeinsamer litterarischer Arbeit verbindet, so entspricht dies dem späteren Treuverhältnis zwischen Georg und Henner und zwischen Ivo und seinem Marschalk.

Die Idee nämlich, welche den ganzen Romancyklus beherrscht, ist dieselbe, welche auch schon den „Bildern aus deutscher Vergangenheit" zu Grunde lag, die geheimnisvolle Einwirkung der Ahnen auf die Entschlüsse, auf den Charakter und das Schicksal der Enkel. Demgemäß sind die Helden der acht Romane in Eigenheit und Lebensführung einander sehr ähnlich. Sie alle kämpfen gegen eine überlegene Macht und erringen nur unter schweren Gefahren, oft durch Gewalt und

Entführung das geliebte Weib. Alle besitzen ein kräftiges
Selbständigkeitgefühl, hassen Unfreiheit und Dienstbarkeit in
jeder Form und verachten unwürdige Streberei und niedrigen
Knechtssinn; es sind starke, stolze und kühne Männer, die ihre
Persönlichkeit in der Welt — um einen Lieblingsausdruck
Freytags zu gebrauchen — wohl zu behaupten wissen. Gelegentlich treibt sie heiße Leidenschaft zu verwegener oder un-
besonnener That, aber redlich, gutgesinnt und vor allem treu
sind sie bis auf den Grund ihrer Seele. Treu nicht nur gegen
die Geliebte, sondern auch gegen den Genossen und das
Geschlecht, endlich gegen Volk und Vaterland. Sie sind deutsch-
gesinnt und halten zu den Personen oder Mächten, welche die
Sache des deutschen Volkes vertreten, helfen dagegen dessen Feinde
bekämpfen, seien es nun Römer, Sorben, Empörer, Papisten,
Polen oder Franzosen. Sie gehören ferner weder den höchsten
noch den niedersten Schichten der Nation an, sondern, der
Freytagschen Gesinnung entsprechend, dem Mittelstande, zuerst
dem mäßig begüterten Adel, der mit den freien Bauern freundschaftliche Beziehungen pflegt, dann, seit der Bürgerstand hervortritt, diesem.

Dieselbe Familienähnlichkeit besitzen die Frauen: es sind
hohe Gestalten mit blonden germanischen Haaren, die treu zu
dem Geliebten stehen und heldenhaft mit ihm Not und Tod
teilen, wie Irmgard, Walburg, Hildegard, Anna, Judith,
oder gar sich selbst in schwere Gefahr begeben, um ihm zu
helfen, wie Friderun und Henriette. Neben dem Helden
steht ein treuer Schwertgenosse: Wolf, Wolfram, Bruniko,
Henner (zweimal), Gottlieb Stange, Hans, ihm gegenüber
ein Neiding: Theodulf, Gundomar, Konz, Reinbold, Dessalle.
In jedem der Romane werden die jeweilige Regierung, das
Heerwesen, die religiösen Verhältnisse dargestellt; mit besonderer Vorliebe aber wird durch die Jahrhunderte hindurch
der Träger der öffentlichen Meinung verfolgt als Sänger,
Spielmann, fahrender Schüler, Buchhändler, Journalist.

Auch im einzelnen tritt ein gewisser Parallelismus in der
Handlung zu Tage. Den Hausbrand in entscheidender Stunde
finden wir in „Ingo", „Ingraban", den „Brüdern" und dem
„Rittmeister", die Gerichtssitzung im „Nest der Zaunkönige",
„Markus König," „Freikorporal". Der Zusammenhang zwischen

den einzelnen Erzählungen wird ferner durch die Über=
lieferung in dem Geschlechte selbst aufrecht erhalten. Anfangs
erscheint diese nur als undeutliche Sage oder Sang der Spiel=
leute, von der Reformation an als bestimmte Nachricht. Der
letzte der Ahnen erhält durch eine alte, von Luther selbst ge=
stiftete Familienbibel Kunde von seinen Vorfahren über drei
Jahrhunderte aufwärts. Zugleich schlingt sich hier das Band
zwischen den Nachkommen Ivos, Henners und Frideruns
von Friemar von neuem zu einem verwandtschaftlichen
Knoten. Auch die Örtlichkeit, wo der letzte Roman endigt,
ist dieselbe, wie die, wo der erste schließt, die Idisburg
oder Feste Koburg. So faßt der Schluß noch einmal die
Idee des Ganzen zusammen. Zahlreiche Einzelzüge, über welche
der flüchtige Leser leicht wegsieht, weisen in jeder der Erzählungen
auf Früheres zurück. So heißt Herr König „Markus" mit
Hindeutung auf das Markusevangelium in der vorhergehenden
Geschichte; dem Rittmeister Georg König „schreit es in das
Ohr, daß er seines Rosses letzten Sprung dem Genossen schulde,
der um seinetwillen in Not kam", genau das, was der alte
Mönch dem jungen Immo gelehrt hatte. Die Verlobung
Dessales mit Henriette, der sie dadurch vor den Soldaten
schützen will, ist eine Wiederholung der Verlobung Georgs
mit Anna unter den wilden Landsknechtshaufen.

Trotz dieser immer wiederkehrenden Ähnlichkeit der Motive,
Situationen und Einzelzüge machen die Erzählungen auf nie=
manden den Eindruck, daß der Dichter sich in diesen Dingen
wiederholt habe; so geschickt hat er zu variieren verstanden. In
Beziehung auf die Charaktere ist ihm dies allerdings weniger
gelungen.

Über den Stil der Ahnen, namentlich der ersten Teile, ist
viele Klage und Beschwerde erhoben worden, besonders von der
älteren Generation. Paul Lindau z. B. fand kaum Worte
genug, ihn als unnatürlich, geschraubt und gekünstelt zu ver=
dammen. Die Erwähnungen der Vögel und anderer Tiere z. B.
erklärt er für eine gesuchte Naivität, die ihm auf die Dauer
unleidlich sei. Diese Tadler kennen die Sprache unserer Volks=
epen nicht und möchten, scheint es, am liebsten, daß die Helden
des vierten und achten Jahrhunderts in dem ihnen geläufigen
modernen Salonstil redeten. Wenn man bedenkt, wie ungeheuer

12*

schwierig es ist, so alten Ahnen eine Sprache in den Mund zu
legen, die ihrer Zeit einigermaßen angemessen zu sein scheint
und doch uns Modernen verständlich ist, so wird man im Gegen=
teil sagen müssen, daß diese Vereinigung Freytag außerordent=
lich gut gelungen ist. Zu dem Schein der Altertümlichkeit ge=
sellt sich epische Kraft und gedrungene Knappheit. Bei der
Kampfesschilderung im „Ingo" erhebt sich die Rede zu hinreißender
Gewalt: den altgermanischen Epen ist gleichsam ihr Sprachgeist
extrahiert und in moderne Worte gegossen worden. Und woher
sollten die Menschen jener Zeit ihre bildlichen Wendungen anders
hernehmen als aus der sie umgebenden Natur? Auf das
feinste hat Freytag diesen Stil in den folgenden Erzählungen
dann abgedämpft, besonders in der Rede lateinisch geschulter
Leute. In den „Brüdern" kommt dann das damals moderne und
in der ritterlichen Gesellschaft für fein geltende Prunken mit
französischen Modewörtern zum Ausdruck. Marschalk Henner
mahnt gleich im Anfang Ritter Lutz, sich „courtois" zu halten
und seine Rede zuweilen mit einem neuen Wort zu „florieren",
statt Pferdedecke „Couverture" und statt Bach „Riviere" zu
sagen, und sterbend bittet er noch Friderun, sich um seinen Tod
nicht „pleurant" zu gehaben. In ähnlicher Weise benutzt der
Dichter die Fremdwörtersucht des Dreißigjährigen Krieges und
der auf ihn folgenden Zeit dazu, den Reden der in den Ge=
schwistern auftretenden Personen eine eigentümliche Zeit=
färbung zu verleihen. Wenn also auch der Stil nicht jeden
anmuten und manchem zuerst fremdartig vorkommen mag, so
hat Freytag im allgemeinen dennoch hierin eine glückliche Hand
bewiesen.

Dagegen machen sich in der Darstellung zwei Eigentümlich=
keiten bemerkbar, die den Genuß bisweilen stören. Erstens
sind das die langen Gespräche, in denen die Personen ihre An=
sichten über die jedesmalige Lage der Dinge austauschen; sie
fehlen in keinem der acht Romane und sind unleugbar öfter
etwas ermüdend. Die andere Eigentümlichkeit ist das Sprung=
hafte, bisweilen sogar Abgerissene der Erzählung, welches vieles
zu kombinieren und zu erraten nötig macht, das einfache Ver=
ständnis erschwert und leicht zerstreuend wirkt. Dies tritt be=
sonders gegen Ende der einzelnen Romane hervor und giebt
der Darstellung leicht etwas Skizzenhaftes. Es ist dann gerade,

als hätte dem Dichter Zeit, Kraft oder Raum nicht ausgereicht, den Schluß in wünschenswerter Ausführlichkeit auszuarbeiten. So kommt es, daß, während die Gespräche zu viel Raum beanspruchen, der Leser öfter eine eingehendere Schilderung wichtiger Geschehnisse, bisweilen auch eine durchsichtigere Motivierung gewünscht hätte.

In diesen Eigentümlichkeiten der Darstellung und in der Fremdartigkeit des Stoffes liegt auch der Grund, daß trotz des reißenden Absatzes, den die „Ahnen" fanden, das lesende Publikum auf die Dauer mehr durch die beiden anderen Romane, besonders durch „Soll und Haben", gefesselt worden ist. Dagegen hat sich die höhere Schule mit wahrer Begeisterung der „Ahnen" bemächtigt. Und in der That bildet dieses Werk für die gebildete Jugend eine nicht leicht zu erschöpfende Quelle der Belehrung und nationalen Begeisterung. Die verschiedenen Zeitepochen sind bisweilen in wenigen großen Zügen, bisweilen mit farbenreichen Einzelheiten so klar und lebensvoll gezeichnet, wie das nur der Verfasser der „Bilder" vermochte. In den meisten sogenannten historischen Romanen treten durchaus modern fühlende und handelnde Menschen auf, die Freytagschen Gestalten denken wenigstens annähernd so, wie man zu ihrer Zeit thatsächlich dachte; eine gewisse Modernisierung und Humanisierung der Empfindungsweise, eine Milderung der ursprünglichen Starrheit durch Beimischung eines größeren Quantums Freiheit und sittlichen Bewußtseins ist ja im historischen Roman, namentlich wenn er in so alten Zeiten spielt, überhaupt nicht zu vermeiden.

Aber nicht nur eine Fülle von Studien und Kenntnissen steckt, ohne sich aufzudrängen, in den „Ahnen", sondern auch eine reiche dichterische Erfindungs- und Gestaltungskraft. Das Werk ist und bleibt echte Poesie, der sich die nationalen und antiquarischen Zwecke durchaus unterordnen. Die Menschen, von deren Schicksalen und Thaten wir lesen, wachsen uns aus Herz, wir verfolgen ihr Ergehen mit freundlichem Anteil, stellenweise sogar mit leidenschaftlicher Spannung, und trotz aller Ähnlichkeit ist die Fülle der Gestalten und Verhältnisse, welche an unserm Geiste vorüberziehen, ganz erstaunlich. Auch humoristische Erscheinungen fehlen nicht, wenn die Natur des Stoffes namentlich in der älteren Zeit auch eine breitere Entfaltung

des Humors verbot. Später geben der Aberglaube, die theo=
logischen Schrullen, die jedem Zeitalter eigentümlichen Sitten
und Redewendungen, die umständliche Höflichkeit des Verkehrs,
die steifen Formen der Anrede Gelegenheit, der Darstellung
durch einen leichten humoristischen Anstrich eine angenehme
Würze zu verleihen.

Die Gabe, welche Freytag in den „Ahnen" dem deutschen
Volke als einen Besitz für alle Zeit hinterlassen hat, ist um so
höher zu bewerten, weil der historische Roman dem Dichter ganz
besondere Fesseln anlegt und schwer zu vermeidende Gefahren
bereitet. Die Erzählung behält leicht etwas Fremdartiges, oder
sie durchbricht die festen Schranken der Wahrscheinlichkeit, und die
vergangenen Menschen legen dem Schildernden unablässig Ent=
sagung auf. „Die alten Ahnen haben eine unbequeme Vor=
nehmheit" und „ein Leidwesen bei dieser Schreiberei, daß einen
die historische Treue fortwährend vexiert", so klagte Freytag
während der Arbeit. Die größte Schwierigkeit verursachte ihm
aber nicht, wie man denken sollte, die alte Zeit, sondern die
Gegenwart. Die Charaktere hervorragender Männer sind genau
bekannt und lassen keine dichterische Ergänzung mehr zu. Privat=
personen aber haben in der neueren Zeit je weiterhin, desto
weniger Teil an den großen Begebenheiten: sie lebten bis zum
letzten Menschenalter gerade in Deutschland „in kleinen und
wunderlich verkrausten Verhältnissen". Der Dichter scheute
sich, den Helden des letzten Romans als Mitkämpfer des großen
Krieges oder als Mitverfechter der großen modernen Zeitideen
auftreten zu lassen: er meint, ein solcher Held würde nicht zu
der Reihe der Ahnen gepaßt haben, und ein solcher moderner
Roman würde „die Einheit des Ganzen in Farbe, Ton und
Inhalt verstört haben". Er fürchtete ferner die Kontrolle des
großen Generalstabswerkes, wenn er die Thaten eines Lieute=
nants König in einem sorgfältig zu verschweigenden Regiment
erzählte. Man darf wohl diese Entsagung bedauern; denn
einen ungleich kraftvolleren, wirksameren Abschluß hätten die
„Ahnen" durch die Schilderung der großen nationalen Erhebung
von 1870 sicher erhalten, als ihnen jetzt das Revolutionsjahr
und sein „größter Segen, die Befreiung der Presse", gegeben
hat. Der Schlußteil mußte den Leser auf die Schlachtfelder
Frankreichs, nicht in das Boudoir einer Schauspielerin und auf

die Barrikade führen. Aber der Dichter sah einen „modernen
historischen Roman als ein bedenkliches Artefakt" an und traute
sich vielleicht auch nicht mehr die zu solcher Aufgabe unbedingt
erforderliche Schwungkraft der Seele zu. Auch hatte sich ihm
während der Arbeit die Erkenntnis aufgedrängt, daß zwar „die
Gegenwart das heilsamste Quellgebiet poetischer Stoffe sei", daß
aber andrerseits politische, religiöse und soziale Romane unvermeidlich Tendenzromane würden und damit aufhörten, eine
würdige Aufgabe des Dichters zu sein.

Und doch — werden wir bescheiden einwenden — soll der
Roman in breiter Fülle das gesamte Leben der Gegenwart
wiederspiegeln; wie kann er das, ohne solche Ideen in ihrer
Einwirkung auf die einzelnen zu schildern? Ein Parteiwerk
braucht eine solche Dichtung darum noch längst nicht zu werden.
Auch „Soll und Haben", auch „Die verlorene Handschrift" sind
nicht frei von sozialer und politischer Tendenz und doch echte
Dichterwerke geblieben. Sollte dem Dichter nicht eine poetische
Wiedergabe der siebziger Jahre in gleicher Vollendung haben
gelingen können, wenn er es ernstlich gewollt hätte? So wird
es manchem erscheinen, als verliefen die „Ahnen" nicht, wie der
Verfasser es beabsichtigte, im großen Strome der Arbeit des gesamten Volkes, sondern geradezu im Sande. Aber trotz dieses
nach unserm Empfinden allzu nüchternen Schlusses sind und
bleiben die „Ahnen" eine Art Nationalepos in Prosa und zugleich die beste und bedeutendste Bereicherung, welche der große
Krieg unserer schönen Litteratur gebracht hat, der sonst nur
„ganz verflucht vergeibelte Verse, süßliche Salonpoesie oder
Freiligrathsche Krampfverse" erzeugt hat — so schrieb wenigstens Moritz Haupt am Tage der Schlacht bei Gravelotte an
Freytag.

XV. Wiesbaden, die „Erinnerungen", „Der Kronprinz und die deutsche Kaiserkrone".

Freytag rechnet am Schluß der „Erinnerungen" zu dem,
was er von den Vorfahren als den „besten Besitz seines Lebens"
überkam, den gesunden Leib. Trotz dieser vortrefflichen Mitgift
machten sich mit den zunehmenden Jahren öfter Lungenkatarrhe
unangenehm fühlbar. Das ließ ihm wünschenswert erscheinen,

den Winter in einem wärmeren Klima zuzubringen, und bewog ihn dazu, sich in Wiesbaden anzukaufen. Seit dem Jahre 1876 zog er, wenn die Tage kürzer und die Lüfte rauher wurden, regelmäßig dorthin. Er bewohnte anfangs ein kleines, im Felde gelegenes Häuschen an der Biebricher Straße, dann eine große, gartenumgebene Villa am Hainerweg. In der Regel weilte er in dem hellen, geräumigen Arbeitszimmer des ersten Stockes. Wie in Siebleben und Leipzig, so war auch hier alles einfach, gemütlich und ohne jede Spur derjenigen genialen Unordnung, die man bei großen Dichtern und Schriftstellern zu entschuldigen, ja fast zu verlangen pflegt. Bilder und Büsten des Kronprinzen waren die einzigen Schmuckgegenstände.

Wie bisher zwischen Siebleben und Leipzig, so wechselte nun sein Leben zwischen Siebleben und der warmen Bäderstadt im Rheingau. Verkehr hatte er an dem neuen Aufenthaltsorte anfangs nur wenig. Er suchte keine Bekanntschaften, schon um seiner ungünstigen häuslichen Verhältnisse willen, liebte auch nicht, wenn sich ihm jemand vorstellen ließ, weil ihm die hochgradige Kurzsichtigkeit das Wiedererkennen erschwerte. Um so herzlicher dagegen war er im Verkehr mit wirklichen Freunden und guten Bekannten. Ein lieber Tagesausflug war ihm z. B. ein Besuch bei dem früheren Marineminister von Stosch in Östrich. In Wiesbaden selbst verkehrte er lange Zeit nur mit dem Theaterdirektor Karl Schultes und dem Schriftsteller Karl Stelter näher. Solche Freunde fanden bei ihm stets eine feine Cigarre und eine Flasche rheinischen Schaumweins oder guten Burgunders, und glückselig war er, wenn er mit diesen Freunden und deren Angehörigen ein gemütliches Zusammensein, etwa auf der Stickelmühle, mit einfacher Bewirtung veranstalten konnte; dann war er der liebenswürdigste und heiterste Gesellschafter, den es geben konnte. Er sprach viel und gut: denn er wußte und kannte einfach alles, wußte, wie der Feldherr seinen Feldzugsplan und wie der Schuster seinen Stiefel macht, wußte, was den Gelehrten erregt und wo den Landmann der Schuh drückt.

Noch einsamer lebte er in Siebleben. Die Familie des alten Gärtners, die seitwärts von dem Herrenhause in einem kleinen laubumrankten „Häusle" wohnte, hatte strengen Befehl, alle bloß Neugierigen, deren nicht wenige kamen, abzuwehren.

Dennoch gelang es oft gerade anspruchslosen Leuten, die ihn bloß einmal sehen wollten und gerade auf ihn losgingen, bis zu ihm vorzudringen, und er war dann solchen ein freundlicher und väterlicher Berater. Wenn so ein Jenenser Student zu ihm kam, geleitete er ihn wohl in sein Arbeitszimmer und befragte ihn über seine Verhältnisse und Studien. Einen solchen, der ihm etwa von späterer „freier litterarischer Thätigkeit ohne den Zwang eines Amtes" vorschwärmte, wies er wohl mit Ernst und Nachdruck auf die Notwendigkeit eines festen Berufes hin und mahnte ihn, daß auch bei poetischem Schaffen doch die wissenschaftliche Arbeit nicht entbehrt werden könne; nur diese beiden gäben festen Halt und sicheres Selbstbewußtsein; das wirkliche Talent gehe doch nicht unter. Gern zeigte er solchen Besuchern auch seine Blumen, seine Gartenhäuser, seine Konchyliensammlung und sprach von dem Dorfe und seinen Bewohnern. Wem er dann beim Abschied unter kräftigem Händedruck ein: „leben Sie wohl, Herr Studiosus, arbeiten Sie ordentlich" zurief, der nahm nicht nur eine Erinnerung, sondern auch einen Ansporn fürs Leben mit.

Es ist überhaupt merkwürdig, wie viel Vertrauen ihm geschenkt wurde. Fürsten und Minister holten seine Meinung ein, und arme, gedrückte Seelen in irgend einem Winkel Deutschlands klagten ihm ihre Nöte. Allen gab er gern und bereitwillig, was er für sie hatte, ja selbst Anmaßung und Begehrlichkeit ließ er mit gutem Humor gelten, wenn sie sich mit Energie und Rührigkeit „behauptete", z. B. im preußischen Junkerstand; Beziehungen zu solchen Leuten mochte er indessen nicht pflegen. Besuchern gegenüber, deren Gesinnung und Absicht er nicht kannte, bewahrte er steife und förmliche, fast feierliche Zurückhaltung, bis etwa im Laufe des Gespräches irgend eine Übereinstimmung in wichtigen Punkten zu Tage trat und er in ihnen Gesinnungsgenossen erkannte. Dann änderte er plötzlich Ton und Haltung, taute gleichsam auf und wurde nun liebenswürdig und gewinnend, wenngleich die Vertraulichkeit auch dann nicht über bestimmte Grenzen hinausging. Wenn er gut aufgelegt war, ließ sich das leicht an gewissen stehenden Scherz- und Stichworten erkennen. Er sprach dann von „uns alten Räubern", der Besucher hieß „liebes Kind", Bellmaus und Schmock wurden in die Rede verflochten.

Daß sich an einen solchen Mann auch viel Strebertum, Charakterlosigkeit, ja gewöhnliche Gewinnsucht herandrängte, war ja natürlich. Da er von Hause aus freigebig und hilfs= bereit war, so wurde er auch von Bettelnden mündlich und schriftlich arg heimgesucht. „Man möchte ja gern geben, aber es wird zu viel," ruft er in einem Briefe aus, und mit einem gewissen Galgenhumor erzählt er, wie ein „Kollege durch den Augenschein nachwies, daß er kein Hemd hatte". Noch lästiger waren die litterarischen Zumutungen und Zudringlichkeiten, die an ihn wie an jeden bedeutenden Schriftsteller herantraten. Massenhaft sandten ihm jüngere und ältere Kollegen ihre Werke ein in der Absicht, seine Beurteilung zur Reklame zu benutzen. Dagegen gab es nur ein Mittel, welches die Notwehr gebot: es hieß: nicht antworten. Das hinderte jedoch nicht, daß er, wenn er einmal ein wirkliches Talent fand, helfend und fördernd eingriff, und zwar dann stets auf das wirksamste. Auch dem Humor ließ er wohl einmal bei solcher Gelegenheit freien Lauf. So hatte einst eine Engländerin den „Herrn Karl Freytag, Novellenschreiber", ersucht, ihr zu gestatten, „eins seiner so be= liebten Novellen ins Englische zu übersetzen". Darauf erwiderte er: „Gnädiges Fräulein! Mit großer Freude, ja mit Begeiste= rung entnehme ich Ihren Zeilen, daß Sie eine Novelle von mir übersetzen wollen. Wie haben Sie nur in Erfahrung gebracht, daß ich eine schreibe? Zwar bin ich noch nicht damit fertig, doch hoffe ich, daß es nächstens geschehen wird, dann werde ich mir die Ehre geben, dieselbe ihnen sogleich zuzusenden. — Von Herrn Gustav Freytag, der auch Novellen geschrieben hat, die ins Englische übersetzt sind, ist mir Ihr Brief zugegangen. Mit größter Verehrung bin ich Ihr ganz ergebener Karl Freytag."

Infolge des ganz ungewöhnlichen Absatzes seiner Werke war sein ererbtes Vermögen auf annähernd eine Million an= gewachsen. Darum war sein Haushalt zwar reichlich bemessen, aber von genialer Verschleuderung seiner Habe war er weit ent= fernt. Vielmehr legte er das Erworbene mit kluger Bedächtig= keit an und verwaltete es weise. Einen ganz bedeutenden Wert stellte auch seine Bibliothek dar, welche die großen Säle der Wiesbadener Villa bis zur Decke füllte: sie enthielt außer den dem Kulturhistoriker und Dichter notwendigen neueren Werken höchst wertvolle Schriften, Einzeldrucke und fliegende Blätter aus alter Zeit. Hier fand er das Rüstzeug zu den „Bildern" und zu den „Ahnen".

Wie Goethe, so hatte sich auch Freytag seit langen Jahren daran gewöhnt, seine Arbeiten zu diktieren. Obwohl von Hause aus äußerst kurzsichtig, trug er doch, dem Rate seines Vaters folgend, keine Brille. Er mußte infolgedessen auf vieles verzichten, was das Leben Normalsichtigen bietet — sein Verhältnis zur bildenden Kunst war beispielsweise mit deshalb ein recht kühles —, aber seine Augen hielten sich und wurden nicht schlechter.

Viel Schreiberei und Ärger bereitete ihm auch sein Sitz in der Kommission für Erteilung des Schillerpreises an aufstrebende dramatische Dichter. Die Entscheidung war schwierig, das Preisrichterkollegium oft schwer unter einen Hut zu bringen: die würdigen Professoren der Berliner Universität waren nicht gewohnt, ihre wohlbegründeten Ansichten zu Gunsten anderer Meinung aufzugeben. War dann endlich die Entscheidung erfolgt, so wurde sie oft höheren Ortes nicht bestätigt, und die ganze Arbeit war umsonst gewesen. Auch andere ähnliche Stiftungen, z. B. eine Peter Wilhelm Müller-Stiftung, verursachten dem Dichter oft Kopfzerbrechen: er wollte niemandem Unrecht thun und niemanden vor den Kopf stoßen, und doch ging es oft nicht ohne das ab, „denn der Dichter ist sehr Mensch", wie er einst in einer solchen Angelegenheit schrieb.

Auch für Denkmalstiftungen wurde er häufig in Anspruch genommen, obwohl er gegen die Denkmal- und Festfeiermanie der Deutschen bei jeder Gelegenheit eiferte. Darum hätte er es auch bei weitem am liebsten gesehen, wenn man ihn mit solchen Festen verschont hätte. In der That ahnte er nichts Gutes, als ihm plötzlich die Kunde wurde, daß die „Kölnische Zeitung" im Jahre 1886 auf seinen bevorstehenden siebzigsten Geburtstag hingewiesen und zu einer festlichen Begehung dieses seines Ehrentages aufgefordert hatte. Schleunigst sandte er an das selbe Blatt einen Artikel zur Abwehr ein, der womöglich dem ganzen Plane vorbeugen sollte. Er goß dadurch eher noch Öl ins Feuer. „Wozu überhaupt siebzigste Geburtstage feiern," klagte er unmutig, „nächstens wird der fünfzigste daraus: sorgen doch jetzt bereits Zwanzigjährige für ihre Biographie mit den werten Abbildungen." Vor dem drohenden Sturme

flüchtete er nach Siebleben und verbat sich jede laute und öffent=
liche Feier; nur „die Amseln seines Gartens sollten am frühen
Morgen im schwarzen Frack den Festgesang anstimmen". Nur
wenige Freunde aus Leipzig verlebten den Tag mit ihm und
halfen ihm, die Hochflut der Briefe, Pakete, Gratulationen und
Telegramme über sich ergehen zu lassen. Natürlich fehlte es
auch hierbei nicht an Bettelbriefen und taktlosen Zumutungen;
stürmisch verlangten die Herausgeber illustrierter Blätter seine
Photographie nebst Unterschrift, andere wollten Artikel, wenn
auch noch so kurze, gegen jede Honorarforderung. Das waren
Ansinnen, die er ablehnte oder unbeantwortet ließ; nur seinem
Verleger Hirzel gewährte er eine Photographie für die Gesamt=
ausgabe seiner Werke. Die städtischen Behörden von Wies=
baden gaben der Straße, in welcher er wohnte, den Namen
„Gustav Freytag=Straße", und sein Landesherr, Herzog Ernst, er=
nannte ihn zum Geheimrat und bot ihm die Erhebung in den
Adelstand an, eine Ehre, die er seinen bürgerlichen und oft aus=
gesprochenen Grundsätzen gemäß ablehnen mußte.

Einige Monate später sandte der Kronprinz den Maler
Stauffer=Bern, einen noch jugendlichen Mann, nach Sieb=
leben, um ihn auf Staatsunkosten für die Nationalgalerie zu
malen, und Freytag mußte ihm sehr zu seinem Kummer viele
köstliche Stunden für die langweiligen Sitzungen widmen. Der
Maler änderte beständig, vernichtete, legte neu an, und schließlich
war Freytag doch nicht zufrieden mit dem, was herauskam.
Er glaubte die 10000 Mark, die das Bild kostete, übel angelegt
und äußerte gelegentlich: „Wie gerecht ist mein Widerwille
gegen dies Abklatschen! Der Stauffer hat nicht gehalten, was
man von ihm erwartete." Allerdings sieht das Bild — eine
Photographie desselben ist dem Titel dieses Buches vorgesetzt —
nicht ganz so aus, wie man sich einen bedeutenden Dichter und
Denker vorzustellen pflegt, aber das ist dem Maler kaum
übelzunehmen. Denn Freytag hatte in seinem Äußeren nur
wenig von einem solchen, und lebensvolle Charakteristik wird
man dem Gemälde kaum absprechen können.

Das Wertvollste, was die Welt dem siebzigsten Geburtstage
verdankt, ist die Gesamtausgabe seiner Werke. Er sah dieses
biblische Alter für den Termin an, wo es gälte, sich zum Feier=
abend zu rüsten, und wo man somit seine Lebensarbeit unter

Dach und Fach zu bringen habe. Ähnlich wie Goethe in „Wahr=
heit und Dichtung" eine fortlaufende Erklärung zu seinen
Schriften aus seinem Leben heraus gegeben hat, so hielt es auch
Freytag für angemessen, dieser neuen Ausgabe seiner Werke in
einer Einleitung alles das vorauszuschicken, was ein lebender
Schriftsteller über sich und seine Arbeiten den Leser wissen
lassen möchte. Diese „Erinnerungen aus meinem Leben"
sollten ursprünglich nur als Teil der Gesamtausgabe käuflich
sein, das Publikum verlangte aber so ungestüm nach einer ge=
sonderten Ausgabe, daß Verfasser und Verleger zu ihrer eigenen
Verwunderung sich schon im Jahre darauf (1887) genötigt sahen,
ihm zu willfahren und gegen die ursprüngliche Abrede eine
Sonderausgabe der „Erinnerungen" erscheinen zu lassen.

Es ist auch ein Bild aus deutscher Vergangenheit, welches
uns dieses liebenswürdige Buch vor Augen führt. Wir lernen
das Leben einer einfachen kleinstädtischen Beamtenfamilie aus
dem äußersten, halbslawischen Osten unseres Vaterlandes kennen,
das in harter, pflichtgetreuer Arbeit, in spärlichen äußeren Ver=
gnügungen, aber reich an inneren Freuden dahinfließt. Wir
sehen, wie der begabte Sohn dieses Hauses sich aus solchem
Mutterschoße loslöst, um erst in der wissenschaftlichen, dann
in der litterarischen großen Welt festen Fuß zu fassen, wie er
sodann zur Berühmtheit erwächst und mächtigen Einfluß
auf das Denken und Fühlen seiner Zeitgenossen gewinnt. In
der ersten Hälfte wiegen die Bilder aus dem Leben vor, un=
übertrefflich anschauliche und doch knappe Schilderungen von
Land und Leuten, Haus und Stadt, Schul= und Universitäts=
leben, in der zweiten ziehen der Reihe nach die Werke des Dich=
ters an unserem geistigen Auge vorüber: wir lesen, wie sie in
der Seele des Dichters keimten und aufwuchsen, welche Ideen
ihn bei ihrer Abfassung leiteten, welchen Erfolg sie hatten, aber
er verschweigt auch nirgend, worin die eigentümliche Schwierig=
keit bei den einzelnen lag, und in welchen Punkten sie ihrem
Urheber mangelhaft oder mißlungen zu sein scheinen, wie denn
überhaupt die Bescheidenheit, die dem Manne eigen war, auch
in dem Buche überall hervortritt. Außerdem lernen wir eine
Reihe bedeutender und tüchtiger Männer kennen, werfen Blicke
in interessante und wichtige Verhältnisse und sehen, wie sich die
großen Ereignisse unserer Zeit im Leben eines hochbegabten

und energischen Mannes wiederspiegeln; an allgemeinen und aus solcher Feder immer erfreulichen Betrachtungen und Reflexionen über Gegenstände des dichterischen Schaffens und Verhältnisse des öffentlichen und privaten Lebens fehlt es nirgends. So führt uns der Bericht bis zum Abschluß der „Ahnen", und wir bedauern nur, daß wir über die letzten fünfzehn Jahre des Dichters nichts erfahren.

Weitere Ehrungen folgten in den nächsten Jahren. Der Verfasser der „Technik des Dramas" schien der geeignete Mann zu sein, ein großes Theater zu leiten. Er erhielt unter der Hand die Anfrage, ob er nicht das Königl. Schauspielhaus in Berlin übernehmen wolle. Aber „lieber eine Mission in Kamerun" erklärte er kategorisch. Was sollte er sein behagliches, an stiller, erfolgreicher Arbeit reiches Leben mit einer Stellung vertauschen, die ihm viel Ärger und Aufregung und doch keine wahrhaft ersprießliche Wirksamkeit gebracht hätte? Die zahlreichen hohen Orden, die er besaß, betrachtete er mit derjenigen kühlen Gelassenheit, die dem in sich selbst gefestigten, seines eigenen Wertes bewußten Manne natürlich ist: er „sperrte den sächsischen Falken in einen Koffer", damit er sich nicht mit dem „Zähringer Löwen" zanke. Zum 30. Juni 1888, dem Tage seines fünfzigjährigen Doktorjubiläums, erneuerte, altem Brauche folgend, die Universität Berlin sein Doktordiplom und sprach ihm in dem Begleitschreiben ihren besondern Dank dafür aus, daß er in der „Verlorenen Handschrift" „durch den anheimelnden Zauber seiner goldnen Laune" den Beruf des deutschen Professors verklärt habe; wisse er doch, wie viel Mühsal und Versuchung, wie viel Ruhm und Forscherglück um die einsame Lampe des Gelehrten webe. Freytag erwiderte darauf u. a.: „Sie, hochverehrte Herren, danken dem Dichter, daß er unternommen hat, die krause Art und den edlen Idealismus deutscher Professoren seiner Zeit in leichten Bildern abzuschildern. Manches davon mag schon der nächsten Folgezeit fremdartig erscheinen. Aber so lange es ein deutsches Volkstum giebt, wird es auch deutsche Professoren geben, Männer, denen das eigene Leben wenig bedeutet im Dienste der Wissenschaft: oft wird den Helden und Opfern unendlicher Arbeit ein kleiner Zopf im Nacken hängen, und immer, so vertraue ich, wird das Volk der Deutschen mit Neigung, Ehrfurcht und zuweilen mit guter Laune auf sie schauen."

Sein siebenundsiebenzigster Geburtstag 1893 wurde von seinem Landesherrn dadurch ausgezeichnet, daß er aus dem Geheimrat einen Wirklichen Geheimrat machte, womit das Prä-

Herzog Ernst II. von Sachsen-Koburg-Gotha um d. J. 1890.

dikat Excellenz verbunden war. Im übrigen brachte er auch diesen Geburtstag in seiner Sieblebener Dorfidylle zu. Eine Deputation des dortigen Kriegervereins erschien, Schulkinder deklamierten und sangen, „und die Bleche der Dorfmusik verkündeten

schmetternd den jungen Sperlingen in der Dachrinne, daß am
Abend ein Fäßel Freibier in Aussicht stehe." Wenige Wochen
darauf erhielt er die Nachricht von dem am 22. August erfolgten
Tode seines fürstlichen Freundes. „Abgesehen von allem anderen,"
sagte er, „ist es mir in meinem Alter eine ernste Mahnung."

Überhaupt zog er sich von der großen Welt mit ihrem
lauten Treiben und unruhigen Hasten, sowie von allem litterarischen und politischen Partei- und Cliquenwesen zurück. Daß
durch die Sezession vom Jahre 1880 die nationalliberale Partei,
der er mit Leib und Seele anhing, in die Brüche ging, war ihm
ein herber Kummer; er nennt dies Ereignis „ein Unglück von
unabsehbarer Weite und das bitterste politische Leid seines
Lebens".

Nur einmal trat er seit Vollendung der „Erinnerungen"
noch in die Öffentlichkeit hervor mit der 1889 erschienenen
Schrift „Der Kronprinz und die deutsche Kaiserkrone".
Der Titel dieser Schrift ist hergenommen von der schon S. 164
erwähnten bedeutsamen Unterredung, welche der Kronprinz mit
Freytag am 11. August 1870 zu Petersbach im Elsaß hatte.
Diese bildet das Kernstück des Büchleins. Sie zeigt den Gegensatz
auf, in welchem sich damals in Bezug auf die Annahme des
Kaisertitels der Kronprinz zum König Wilhelm befand. Der
alte König, der wohl die Macht liebte, aber auf den Schein der-
selben nichts gab, hat zwar die Kaisergewalt erstrebt, aber nicht
den Kaisertitel. Denn zwischen dem alten Kaiser und Reich und
dem preußischen Staat gähnte eine unüberbrückbare Kluft vom
Dreißigjährigen durch den Siebenjährigen Krieg hindurch bis zur
Revolution von 1848, wo die Farben des alten Reichs zugleich
die der Empörer waren. Der Kronprinz Friedrich Wilhelm da
gegen wußte nichts vom alten römischen Reich deutscher Nation.
Dagegen hatten ihn die Romantiker schon in früher Jugend mit
Begeisterung erfüllt für Rittertum, gotische Dome, Kaiserherrlich-
keit. Auch Ernst Curtius, der Erzieher des jungen Friedrich
Wilhelm, war wie sein Freund Geibel trotz aller Neigung zu
klassischer Kunst und Litteratur im innersten Herzen romantisch
gestimmt und hatte diese Richtung in seinem Zögling weiter gepflegt. So erfüllte denn den Kronprinzen die Sehnsucht nach
dem Kaisertum, eine Sehnsucht, welche die schwärmerische Hingabe an seine Gemahlin noch verstärkte; für sie schien ihm nur

der höchste Titel zu genügen. Er machte sich dabei von der Neugestaltung Deutschlands ein anderes Bild als das, welches wir heute vor uns sehen. Ihm schwebte ein Einheitsstaat vor, an der Spitze ein Kaiser von Deutschland, der der einzige Landesherr auf deutschem Boden sein sollte; die andern sollten zu hohen Pairs des Reiches herabsinken und eine Art Oberhaus bilden.

Freytag vernahm den „Ausbruch warmen Begehrens" aus dem erlauchten Munde ohne Begeisterung. Ihm war es genug, wenn der König von Preußen Kriegsherr des gesamtdeutschen Bundes wurde; wolle man ja einen neuen Namen, so brauche man bloß die uralte volkstümliche Bezeichnung eines „Herzogs von Deutschland" den übrigen Titeln hinzuzufügen. Er sprach in beredten und eingehenden Worten über die Gefahren der fürstlichen Stellung, als da sind das Beharren in einem verhältnismäßig engen Kreise von Anschauungen, die Besetzung der Tage mit anmutigen Nichtigkeiten u. s. w. Alles dies sei in den letzten zwei Jahrhunderten scharfer Arbeit dem Hause der Hohenzollern wenig gefährlich gewesen. Das könne sich mit Annahme der Kaiserkrone jedoch schnell ändern. Dann werde mit der Pflicht unabläffiger Repräsentation den Fürsten gegenüber der äußere Prunk, die Hofämter und Schneiderarbeit zunehmen, ebenso das Selbstgefühl aller Fürsten und damit auch des Adels; vornehme Herren würden noch mehr, als es schon geschehe, hohe Kommandos beanspruchen: in den Offizierkasinos werde sich die alte Zucht und Einfachheit schwerlich erhalten lassen; dagegen werde im Heer, Civildienst und auch im Volke ein höfisches und serviles Wesen sich einschleichen. Infolgedessen werde im Volke Unzufriedenheit entstehen und daraus wieder auch den regierenden Familien Gefahren erwachsen.

Der Kronprinz blieb solchen Vorstellungen unzugänglich. Sein Generalmantel umfloß die hohe Gestalt wie ein Königsmantel, und um den Hals hatte er die goldene Kette des Hohenzollern geschlungen, die er sonst im Lager nicht zu tragen pflegte; so hatte er sein Äußeres der Unterredung über die Kaiserkrone angepaßt. Was ihn besonders kränkte, war, daß König Wilhelm bei der Pariser Weltausstellung freiwillig dem russischen Kaiser in allen Etikettfragen den Vorrang eingeräumt hatte; das dürfe nicht wieder vorkommen. Ja, er war geneigt, gegen die süddeutschen Herrscher, wenn sie nicht willig wären, Gewalt zu gebrauchen; sei doch die Macht dazu vorhanden.

Man hat Freytag wegen der hier von ihm entwickelten Anschauungen Schwarzseherei, Nüchternheit und Mangel an Begeisterung vorgeworfen, aber daß seine Einwendungen und Befürchtungen ganz ohne Grund gewesen seien, kann kein einsichtiger und vaterlandsliebender Mann behaupten. In scharfem Gegensatz zum Kronprinzen und also mehr auf Freytags Seite stand auch Fürst Bismarck in dieser Frage. Er dachte über Kaiser und Reich so wie der König. Vor allem wollte er den Eintritt in den Gesamtbund der eigenen freien Entschließung der süddeutschen Fürsten anheimstellen; ein gezwungenes Bayern — so meinte er — könne nicht nur nichts helfen, sondern sei geradezu gefährlich. In diesem Sinne ist denn auch die Entscheidung erfolgt. Das neue Deutschland ist kein Einheitsstaat geworden, sondern ein Mittelding zwischen Bundesstaat und Staatenbund. Der Titel „Kaiser" ist allerdings angenommen worden, aber nicht aus romantischer Schwärmerei, sondern weil — wie sich herausstellte — das Einheitswerk dadurch erleichtert und beschleunigt wurde; denn in Süddeutschland, wo die Erinnerungen an die alte Kaiserzeit lebendiger und wirksamer sind als im Norden, begeisterte man sich gerade hierfür. Die Süddeutschen wollten lieber einem Kaiser als einem Herzoge oder sonstwie titulierten Bundeshaupte Heeresfolge leisten: so groß war der moralische Zauber, der an der Kaiserkrone haftete. Es ist also zwischen dem Begehren des Kronprinzen und der Anschauungsweise Freytags schließlich ein Kompromiß getroffen worden, und auf Kompromissen beruht ja — wie Freytag selbst nachdrücklich ausgesprochen hat — jedes politische Vorwärtsschreiten.

Die kleine Schrift Freytags betrachtet aber nicht nur das Verhältnis des Kronprinzen zur deutschen Kaiserkrone, sondern die geistige und sittliche Persönlichkeit des Kronprinzen überhaupt. Es ist ergreifend zu lesen, wie sich die Zeit nach dem Kriege durch das gezwungene thatlose Harren für diesen immer trüber und tragischer gestaltete. Die Schrift atmet überall Liebe zu dem erlauchten Herrn und Verständnis für seine Lage, zollt auch dem, was er in dem beschränkten Wirkungskreise, der ihm zugefallen war, leistete, volle Anerkennung, aber sie hält sich — wie bei einem Manne von Freytags Art und Gewicht selbstverständlich ist — fern von jeder höfischen Liebedienerei und servilen Schönfärberei. Sie zieht von manchen Dingen und Zuständen den verklärenden und verhüllenden Schleier weg in einer Weise, wie es nur dem Eingeweihten möglich war, und gerade dies hat man ihrem Verfasser zum Vorwurf machen zu müssen geglaubt und von Taktlosigkeit und Mangel an Diskretion gesprochen. Freytag konnte die zum Teil sehr gehässigen Angriffe, die von gewissen Seiten gegen ihn gerichtet wurden, mit Gelassenheit ertragen. War er sich doch bewußt, noch weit mehr Material zu besitzen, welches er zurückgehalten hatte, weil er die Zeit zur Veröffentlichung noch nicht gekommen glaubte, und — was wichtiger — Kaiser Wilhelm II. hatte die Aushängebogen der Schrift vor der Veröffentlichung gesehen und nichts darin beanstandet. Wie sehr übrigens das Interesse des Publikums der Schrift entgegenkam, ergiebt sich daraus, daß in Kürze zu des Verfassers eigener Überraschung 50 000 Exemplare verkauft wurden.

XVI. Die letzten Jahre.

„Der Kronprinz und die deutsche Kaiserkrone" war in gewissem Sinne eine Fortsetzung der „Erinnerungen aus meinem Leben". Auch diese Schrift trägt die Bezeichnung „Erinnerungsblätter" auf dem Titel. Mit ihr schließt die schriftstellerische Laufbahn Freytags ab. Seitdem genoß er vollkommen die nach einem arbeits und erfolgreichen Leben so wohlverdiente Ruhe des Alters. Am wohlsten fühlte er sich in seinem geliebten Dorfidyll zu Siebleben. Da saß er nach der Arbeit im oberen Zimmer der „guten Schmiede" oder im Garten an der linken Giebelseite des Hauses, seinem Lieblingsplatze, rauchte seine Cigarre und trank unter klugem Männerwort mit den von nah und fern herbeikommenden Freunden sein Glas Burgunder. Viele Bekannte suchten ihn auf, um seine weisen Worte über Litteratur und Politik zu hören, besonders über Politik, und allen spendete er aus dem reichen Schatze seines Wissens und seiner Erfahrungen Belehrung. Dabei war er unerschöpflich an allerhand lustigen Geschichten und launigen Erfindungen. Mit den Bewohnern des stattlichen Dorfes —

es hat jetzt wohl 2—3000 Einwohner — stand er im besten
Vernehmen. Weit davon entfernt, sich etwa im Bewußtsein
seiner geistigen Größe hochmütig von den einfachen Bauern ab-
zusondern, verkehrte er vielmehr mit seinen „Dorfleuten" wie
ein guter Nachbar und Freund, kannte die Hervorragenderen
unter ihnen persönlich und ging in den Gesprächen mit ihnen
gern und mit Verständnis auf ihre ländlichen Interessen ein.
Seit 1871 gehörte er auch dem Kriegerverein des Dorfes an und
hielt im August jenes Jahres zur Fahnenweihe des Vereins
eine Rede, in welcher er unter anderm sagte: „Wir Deutschen
sind ein friedliches Volk, und wir Sieblebener wären ganz zufrieden, wenn wir in unserem ferneren Leben kein anderes
Kriegssignal hörten als das eine, welches an jedem Mittag
wohltönend aus dem Horn des Hirten durch unsere Gassen
schallt und die vierfüßigen Hofbewohner in lustigem Trabe
aus den aufgesperrten Thoren lockt, und wie wir denken ungefähr
die andern Deutschen auch. Wir begehren vor allem Ruhe zur
friedlichen Arbeit."

Je älter er wurde, um so mehr wuchs er mit den Dorfleuten und ihren Interessen zusammen und lebte zuletzt unter
ihnen wie ein Patriarch unter seinen Kindern. Wie sehr er
mit ihnen zusammenhielt, zeigt eine Äußerung, die er einst
einem kecken Studentlein gegenüber that, das ihn gefragt hatte,
ob er wohl als ein zwischen Wirtshaus und Kirche mitten inne
Wohnender mehr in jenes oder in diese ginge oder in keines
von beiden. Da erwiderte er ernst: „Doch, zur Kirche; man
muß den Leuten zeigen, daß man zu ihnen gehört."

Er war kein Großstadtmensch, nicht einmal ein Stadtmensch;
darin war er nichts weniger als ein moderner Schriftsteller,
die aus dem Pflaster, dem Salon und dem Nachtcafé der Großstadt ihre beste Kraft saugen und sich nur in stilvoll eingerich-
teten und mit allem modernen Komfort versehenen Arbeits-
zimmern wohl fühlen. Die ländliche Natur, die Vögel und
Blumen seines Gartens, sowie seine Bücher ersetzten ihm vollständig Welt und Leben. Für „Die Ahnen" brauchte er keine
Anschauungen und Anregungen aus der Gegenwart, keine
Modelle und Verhältnisse der Großstadt; seine Bibliothek, seine
früheren Studien, seine Phantasie gaben ihm reichlich, was er
bedurfte. An einen Roman oder auch nur an eine Novelle mit

zeitgenössischem Hintergrund hat er sich seit der „Verlorenen
Handschrift" nicht wieder gemacht, obwohl er des glänzendsten
Erfolges in jeder Beziehung sicher gewesen wäre; bezog er doch
nicht einmal für die „Erinnerungen" Honorar. Er gehörte
nicht zu den so zahlreichen Schriftstellern, die um des Gewinnes
willen auch dann etwas schreiben, wenn sie eigentlich nichts zu
schreiben haben, und womöglich alljährlich einen neuen glän=
zenden Prachtband auf den Weihnachtstisch des geduldigen
Publikums legen. Er hatte in den beiden großen Romanen
dem deutschen Volke gesagt, was er ihm zu sagen hatte; nun
mochten andere, jüngere Kräfte die jüngste reichsdeutsche Zeit
mit ihren ganz neuen Zuständen, Charakteren und Problemen
zu poetischen Bildern gestalten.

Sein Äußeres — um auch hiervon ein Wort zu sagen —
entsprach in gewissem Sinne nicht den Vorstellungen, die man
sich von einem Dichter und Denker zu machen pflegt. Da fehlte
ganz die interessante bleiche Farbe, die schwermütigen dunkeln
Augen, die von inneren Kämpfen zeugende Hagerkeit. Wer
ihn sah, durfte vielmehr in der breiten, kräftigen und stämmigen
Gestalt mit der rötlichen frischen Gesichtsfarbe einen intelligenten
Gutsbesitzer vom Lande vermuten. Doch zeigte die breite, weiße
Stirn den geistig bedeutenden Mann an, wenn sie auch keine
sogenannte „Denkerstirn" war. Denn reiches, ursprünglich
blondes, im Alter weißes Haar bedeckte seinen Scheitel; es war
ebenso wie der starke Schnurr= und Knebelbart stets wohlge=
pflegt. Die lange, vorn abgestumpfte Nase und das kraftvoll
vorspringende Kinn ließen auf Energie des Denkens und
Wollens schließen. Die hellblauen Augen waren infolge der
Kurzsichtigkeit merkwürdig zusammengekniffen, tiefliegend und
klein, die Augenwinkel zeigten zahlreiche Falten, wie häufig bei
Kurzsichtigen. In seinem Blick verband sich ruhiger Ernst mit
herzgewinnender Liebenswürdigkeit. Seine Bewegungen waren
langsam, seine Haltung stramm und gerade, wie die eines pen=
sionierten Majors, aber außerhalb des Hauses, weil er nicht scharf
sah, nicht ganz sicher, weswegen er auch lieber fuhr als ging.
Seine Sprache verriet nur sehr geübten Ohren noch den ge=
borenen Schlesier, sie war durch die lange Abwesenheit von
seiner Heimat fast dialektfrei geworden. Seine Kleidung und
sein ganzes Auftreten war einfach und bescheiden, aber behäbig.

Das am wenigsten erfreuliche Kapitel in Freytags Leben sind seine Familienverhältnisse. Durch seine ganze echt= deutsche Naturanlage, welche durch die Eindrücke seiner Jugend und seines Vaterhauses noch verstärkt war, hatte er einen lebendigen Sinn für ein warmes und inniges Familienleben. Wie verherrlicht er in den „Erinnerungen" das Verhältnis des deutschen Mannes zu seiner Gattin, welche ihm im wohlge= fügten Haushalt Vertraute und Genossin ist auch über den Kreis der Familie hinaus, überall da, wo sein Gemüt stark be= teiligt wird! Wie freut er sich dieser Innigkeit der Ehen in den Mittelklassen Deutschlands, um die uns manche Nation beneiden könne, und die die beste Bürgschaft sei für unsere Dauer! Wie liebevoll entwirft er mit seiner und scharfer Zeichnung das Bild des warmen Herzensverhältnisses seines Freundes Karl Mathy seiner Gattin Anna, und wie oft wird in seinen Werken überhaupt das Idealbild des liebevollen, tapfern deutschen Weibes geschildert! Ihm selbst ist dieses höchste Erdenglück des Mannes erst in höherem Alter zu teil geworden. Was er in dieser Beziehung im Mannesalter erlebte, war so trübe, daß er davon auch den vertrautesten Freunden gegenüber nicht sprach. Er trug dies langdauernde, wiederholte und schwere Leid schweigend, wie es dem Manne geziemt. Wenige kurze An= deutungen darüber mögen genügen. Genaueres mitzuteilen, kann erst Sache der Zukunft sein.

Von seiner ersten Gemahlin Emilie, geborenen Scholz, haben wir S. 59 geredet. Dieselbe starb nach langem, schwerem Leiden im Oktober 1875. Einige Wochen vorher lernte er Marie Kunigunde Dietrich kennen, welche ihm zwei Söhne gebar, Gustav im August 1876 und Waldemar im Dezember 1877. Diese Frau verfiel in Trübsinn, der sich allmählich zum Irrsinn steigerte. Über die langen, traurigen Jahre, die er mit beiden Frauen verlebte, half ihm außer der eisernen Energie seines Willens nur eins hinweg, nämlich die rastlose Arbeit, das stete Studieren, Schaffen und Gestalten. Am 19. Januar 1884 starb der jüngere seiner beiden Söhne, Waldemar, an der Diphtheritis, ein Schlag, der auf das Befinden seiner Gattin einen so unheil= vollen Einfluß ausübte, daß er sie bald darauf einer Nerven= heilanstalt übergeben mußte. Später wurde die Ehe geschieden, und die Unglückliche starb erst im März 1896 in der Privat= irrenanstalt des Doktor Brosius zu Bendorf am Rhein.

Aber schon im Jahre zuvor hatte Freytag Frau Anna
Strakosch kennen gelernt. Es war der Anfang zu einem Ver=
hältnisse, welches dem Dichter einen wenn auch späten, so doch
vollen Ersatz für das Entbehrte gewähren sollte.

Er erhielt im Herbste 1883 in seinem Hause zu Wiesbaden
unvermutet den Besuch Alexander Strakoschs und seiner Gattin
Anna, geb. Götzel aus Wien. Strakosch war Professor am Wiener
Konservatorium und Vortragsmeister bei Heinrich Laube, der
ihn — wie er das in seinem Buche „Das Wiener Stadt=
theater" ausdrücklich bezeugt — ungemein hochschätzte. Freytag
kannte ihn von Leipzig her, wo er im Hause Laubes oft mit ihm
zusammengetroffen war (vgl. S. 57). Nun brachte das Ehepaar
Grüße des alten Freundes. Freytag war durch den andauernden
häuslichen Druck, der auf ihm lastete, still und ernst geworden.

Als dann, nach dem Tode des Sohnes und der Über=
führung der Gattin in eine Nervenanstalt, Frau Strakosch bei
einem späteren Besuche Freytag wiedersah, entstand in ihr
das Mitgefühl für den schwergeprüften Dichter, und sie suchte
ihn nach Kräften aufzuheitern. Es gelang ihr, einen Brief=
wechsel mit dem sonst so schwer Zugänglichen anzuknüpfen, in
welchem nicht nur die Tagesfragen, sondern auch tiefer liegende
Dinge behandelt wurden. Für ihre Sammlung von Hand=
schriften berühmter Leute verschaffte ihr Freytag manch wert=
volles Stück. Es folgten weitere persönliche Begegnungen,
zuerst in Wiesbaden, und das Verhältnis zwischen den beiden
Menschen wurde trotz des großen Abstands der Jahre immer
inniger. Frau Anna Strakosch war es, die den Dichter bewog,
seine „Gesammelten Werke" herauszugeben und denselben die
„Erinnerungen" voranzuschicken. Sie half ihm bei der Arbeit
und schrieb die „Erinnerungen" größtenteils nach seinem
Diktat nieder.

Das Andenken an diese Zeit ist durch das den „Er=
innerungen" vorgesetzte Gedicht festgehalten, worin er sie „Ver=
traute meiner Werkstatt, Mahnerin" nennt. In den früheren
Auflagen steht darüber noch die Widmung: „An Frau Anna
Strakosch," seit 1895 ist diese auf des Dichters Wunsch weggelassen.

So hat sich Frau Anna Strakosch um den Dichter und zu=
gleich um unsere Litteratur ein bedeutendes Verdienst erworben.
Aber auch in anderer Beziehung erwies sie sich durch Rat und

Ihat dem Dichter nützlich. Sein älterer Sohn, Gustav, war
ein nervöses Kind, Frau Anna nahm sich seiner an und
hatte die Freude, ihn durch ihre Ratschläge, Pflege und Behandlung sich allmählich kräftigen zu sehen. Unter anderm gab
sie auch den Rat, daß der Knabe in Gainfahren bei Vöslau-

Gustav Freytag und seine dritte Gattin.
Gelegenheitsbild.

Wien eine Wasserkur durchmachen möge. Freytag ging darauf
ein und weilte vom Juni bis Oktober 1887 mit seinem Sohne
in dem Elternhaus der Frau Anna zu Vöslau. Unter deren
Pflege und der ärztlichen Behandlung des Vorstehers der Kalt=
wasserheilanstalt in dem nahen Gainfahren besserte sich das
Befinden des Knaben zusehends.

Während dieser ganzen Zeit setzte Freytag die Arbeit an

seinen „Gesammelten Werken" fort, wobei ihm Frau Anna half. Auch auf die Ordnung und Sammlung seines Briefwechsels war sie schon damals bedacht. Sie kam dann mit ihren Kindern nach Wiesbaden zu Freytag, erst als Besuch, bald aber dauernd, um die fehlende Hausfrau zu ersetzen. Der Seelenbund zwischen beiden war mit der Zeit so fest und innig geworden, daß die Ehe den einzig natürlichen Abschluß desselben bildete. Aber es bedurfte noch jahrelanger Bemühungen und Kämpfe, bis es beiden gelang, frei zu werden. Nach rechtskräftiger Scheidung von ihrem ersten Manne wurde sie die dritte Gattin Freytags. Am 10. März 1891 wurde die Trauung in Siebleben vollzogen; Herzog Ernst ließ es sich nicht nehmen, als Trauzeuge zu fungieren und seinen herzoglichen Küchenwagen mit allerlei Eß- und Trinkbarem zur Erhöhung der Festfreude nach Siebleben hinauszusenden; er selbst verweilte behaglich und froh in der kleinen Hochzeitsgesellschaft. Da Frau Strakosch jüdischer Abstammung und Religion war und ebenso ihre drei Kinder aus erster Ehe, so ließ Freytag, der auch für deren Erziehung zu sorgen übernommen hatte, sie in ihrer angestammten Religion erziehen.

Ein Jahrzehnt war der Dichter vereinsamt gewesen. Jetzt nach der „Regelung seines Haushalts", wie er es nannte, lebte er noch einmal auf, erweiterte den Kreis seiner Bekannten, besuchte wieder Gesellschaften, machte auch Reisen mit der Frau und befand sich in glücklicher und gehobener Stimmung. Es war eine große Herzensneigung, die ihn mit seiner dritten Frau verband, und die Jahre inneren Glückes, die er mit ihr verlebte, sind dem so lange in Einsamkeit und häuslicher Trübnis Lebenden wohl zu gönnen. Ja, der lyrische Quell sprang von neuem in ihm auf. Eine große Anzahl Gedichte hat er an sie gerichtet, und aus den Briefen, die er ihr in den zwölf Jahren seit der ersten Begegnung geschrieben, atmet wärmste Zuneigung und steigendes Glücksgefühl gegenseitigen Verständnisses. Er nannte sie „Ilse", weil ihn ihr Wesen an das der Frau Professorin in der „Verlorenen Handschrift" erinnerte. Auf seinem Schreibtisch stehen noch jetzt, von seiner Hand geschrieben und in Rahmen gefaßt, die an sie gerichteten Worte: „Sei tapfer, Ilse, das Leben ist schwer!"

Von den Gedichten möge ein zwei Monate vor seinem Tode entstandenes hier seinen Platz finden:

Meiner geliebten Ilse,
als sie aus Straßburg und Zürich heim kam:

> Weilst du mir fern, leb' ich in Schmerzen;
> Und halt' ich dich an meinem Herzen,
> So sing' ich froh: „Du mein, ich dein."
> Und dennoch frag' ich: Wann fühl' ich am tiefsten
> Die Seligkeit, dir lieb zu sein?
> Ist's Lieb' in Freude, Lieb' im Leide? —
> Zum höchsten Glück gehören beide.
> (1. Februar 1895.)

Und wieder einige Wochen später, am 10. März, mahnt er in prophetischer Ahnung seines nahen Todes die Welt, nach seinem Heimgange nicht sein Weib zu verfehren.

Am 3. März 1895 war der Dichter noch frisch und fröhlich nach Gotha gereift, um an einer Konferenz wegen eines zu stiftenden Herzog Ernst-Denkmals teilzunehmen. Ein Herzfehler hatte sich schon früher entwickelt, ohne ihn jedoch erheblich zu belästigen. Jedenfalls sah man dem immer noch kräftigen Manne keinerlei Leiden an. Außerdem hatte er, wie immer, im Winter viel an Katarrhen gelitten. In Wiesbaden erkrankte er am 16. April von neuem an einem heftigen Lungenkatarrh, blieb jedoch außer Bett und ging sogar noch in den Garten. Doch entwickelte sich in einigen Tagen eine Lungenentzündung, welche durch die Komplikation mit dem Herzleiden sehr bald ein bedenkliches Ansehen gewann. Trotz Anwendung aller nur möglichen kräftigenden Mittel ließ sich doch die überhandnehmende Schwäche des Herzens nicht mehr bannen. Doch blieb der Kranke heiteren Geistes und hatte noch für seine Familie und für seinen Freund Stosch, der ihn bis zu seinem Tode besuchte, freundliche Worte. Erst am 29. April trat längere Bewußtlosigkeit ein. Den 30. über lag er fast in ununterbrochenem Schlummer. Seine Gattin war in den letzten Tagen und Nächten nicht von seinem Lager gewichen und ruhte auf dem an sein Bett angerückten Sopha. Sein Kopf lag auf ihrem Arm, und ihre Hand hielt er fest in der seinen, an seine Lippen gedrückt. So lag er den ganzen Tag still. Als seine Frau abends um 9 Uhr seinen Kuß nicht mehr auf ihrer Hand spürte, merkte sie, daß er ausgeatmet hatte. Der Tod entstellte die Züge nicht.

Am 3. Mai fand im Sterbehause eine großartige Leichenfeier statt. Der Tote lag im Grünen zwischen brennenden Kandelabern aufgebahrt, und zahllose Kränze, zum Teil so groß

wie Wagenräder, Schleifen und Palmen bedeckten den Katafalk.
Auch der Kaiser hatte einen prachtvollen Kranz aus Lorbeer,
Maiglöckchen und Rosen übersandt. Der Kranz Ernsts von
Wildenbruch trug auf seiner Schleife folgende Zeilen:

Stumm ist der Mund, es frieret die Hand, und es schlummert
der Meister;
In der lebendigen Welt spricht sein lebendiges Wort.

Gustav Freytag auf dem Totenbette.
Gezeichnet von E. Wichgraf.

Eine große Anzahl bedeutender Persönlichkeiten war erschienen, selbst aus dem entfernten Breslau war Frau Molinari, die alte Freundin des Dichters, herbeigeeilt, dem geliebten
Toten die letzte Ehre zu erweisen. Nachdem die Reden gehalten
und die Gesänge des Theaterchors verklungen waren, bewegte

sich ein unabsehbarer Trauerzug, eine Militärkapelle an der Spitze, zum Taunusbahnhof, von wo die Leiche in Begleitung von Frau und Kindern nach Siebleben überführt wurde. Die Kränze und sonstigen Spenden nahmen einen ganzen Eisenbahnwagen ein.

Die Feier in Siebleben hatte einen einfachen, ländlichen Charakter und entsprach also so recht dem anspruchslosen Wesen des Dichters. Der Sieblebener Kriegerverein samt dem Pastor des Ortes führten spät am Abend den Toten in feierlichem Zuge von dem Bahnhofe zu Gotha nach Siebleben über, wo er von dem Ortsvorstand empfangen und dann in dem neben dem Wohngebäude liegenden, reich mit Blumen geschmückten Gartenhause aufgebahrt wurde. Die alten Krieger hielten die Nacht hindurch die Ehrenwache am Sarge. Am andern Morgen um elf Uhr fand in der kleinen, aber mit frischem Maiengrün aufs freundlichste geschmückten Kirche nochmals eine Totenfeier statt, an welcher außer zahlreichen Gästen aus der Stadt Gotha fast die ganze Gemeinde Siebleben teilnahm; der Pastor feierte ihn, seiner amtlichen Stellung entsprechend, weniger als Mann der Litteratur und der Dichtkunst, denn als warmen Freund und Förderer der Gemeinde, mit welcher, wie er sagte, die ganze große Gustav-Freytag-Gemeinde an der Bahre stehe, um zu danken und zu trauern. Dann wurde der Sarg auf dem die Kirche umgebenden Friedhofe in der gemauerten Gruft beigesetzt, in welcher auch die erste Gattin des Dichters ihre letzte Ruhestätte gefunden hatte; auch seine dritte Gattin wird laut testamentarischer Bestimmung dereinst an seiner Seite ruhen.

So wurde Gustav Freytag von deutschen Bauern zu Grabe getragen, ein Anblick, welcher die volkstümliche Bedeutung des Dichters besser veranschaulichte, als lange Reden am Sarge dies vermocht hätten. Auch die Vögel gaben ihrem alten Freunde das Geleit. Während die Trauergemeinde gemeinschaftlich den ersten Vers von „Jesus meine Zuversicht" sang, während die Freunde und Nachbarn die drei Hände voll Erde auf den Sarg warfen, flatterten die Dorfschwalben im Frühlingssonnenschein fröhlich zwitschernd über dem offenen Grab, als wollten sie den Leidtragenden verkünden, daß der Geist des Dahingeschiedenen nicht der Erde, sondern der Luft und dem Lichte angehöre, daß er in deutschen Landen seine erquickende und erhellende Wirkung nach wie vor ausüben und dem deutschen Volke nicht verloren gehen werde.

Freytags Grab in Siebleben.

XVII. Zusammenfassende Würdigung.

Freytags Bedeutung für die deutsche Litteratur und das deutsche Volk ist eine vierfache. Er hat gewirkt als Politiker, als Kulturhistoriker, als Kritiker und als Dichter, vier sehr entgegengesetzte Richtungen, die sich bei ihm indessen auf das innigste durchdringen und in seinen Schriften so eng miteinander verbunden sind, daß ihre Grenzen vielfach verwischt erscheinen. Die Wurzel seines Wesens ist die Liebe zu seinem Volke und Staate. Er selbst bezeichnet an vielen Stellen seiner Schriften als das höchste Glück des Mannes nicht etwa das traute Zusammenleben mit Weib und Kind — wir können aus dem Gange seines Lebens verstehen, warum nicht —, sondern den Stolz auf seinen Staat, den er auch das männlichste der Gefühle nennt, die Freude am Gedeihen des Vaterlandes, den „Gewinn, als Einzelner teil zu haben an dem politischen Fortschritt seines Volkes."

Als politischer Tagesschriftsteller hat er ganz wesentlich dazu beigetragen, die Grundanschauungen vom nationalen Staat und von den Aufgaben der deutschen Politik zu formen, welche jetzt allgemeiner Besitz des gebildeten und patriotisch gesinnten Teiles unseres Volkes sind. Doch erstreckt sich diese Einwirkung nicht auf das Gebiet der wirtschaftlichen und sozialen Fragen, die ihm ferner lagen. Er sprach nur gemäß den Erfahrungen, die er beim schlesischen Weberaufstand gemacht hatte, gelegentlich seine Ansicht dahin aus, daß der Staat allein ohne die Arbeitgeber den Arbeitern nicht zu helfen vermöge.

Als Kulturhistoriker hat er bei der Mehrzahl unserer Gebildeten erst das Interesse für das Leben, Denken und Fühlen früherer Geschlechter geweckt und den Blick für das eigenartige Leben der Vergangenheit geöffnet, so daß in dieser Beziehung ganz deutlich ein Unterschied wahrzunehmen ist zwischen der älteren, jetzt fast abgestorbenen Generation, die noch ohne Freytag aufgewachsen ist, und der jüngeren, der die in den Jahrhunderten angesammelten Schätze des deutschen Volksgeistes durch Freytag in gemünztes und gangbares Gold gewandelt worden sind. Indessen hat Freytag seine kulturgeschichtlichen Arbeiten nicht lediglich, ja nicht einmal in erster Linie geschrieben, um die Kenntnis der Vergangenheit zu fördern. Er wollte vielmehr

„einige der großen Gedanken darstellen, welche das Leben un=
serer Nation gerichtet haben, und einige der klugen Lehren,
welche aus dem Strom der Geschichte für die Zukunft ge=
schöpft werden können." Freytag war also weit davon entfernt,
wie die Romantiker mit schwermutsvoller, sehnsüchtiger Träu=
merei sich in eine nie gewesene herrliche Vergangenheit zu ver=
senken. „Vergebens sucht der Deutsche die gute alte Zeit."
Mit diesem frischen Windstoß aus der Gegenwart und ihrer
Größe heraus, mit dem er seine „Bilder" beginnt, verscheucht
er die phantastischen Nebel, welche romantische Schwärmerei
über Mittelalter, Rittertum, Kreuzzüge u. s. w. gebreitet hatte.
Freytag ist auch als Kulturhistoriker bei aller Achtung vor der
Vergangenheit und bei aller Liebe zu den Ahnen moderner
Gegenwartsmensch, der für die Zukunft seines Volkes arbeitet.
Die Väter haben uns trotz ihrer ungleich größeren Gebundenheit
und Unfreiheit ein gewaltiges Erbe hinterlassen, wir, die wir
so viel freier dastehen, sollen uns also von ihnen nicht be=
schämen lassen, aber nicht in Gebilden der Vergangenheit das
Heil suchen, sondern aus unserm Geiste heraus die Formen
schaffen, die für unser Leben und Wesen passen, und vor allen
Dingen die Fehler, welche in der Vergangenheit gemacht worden
sind, vermeiden.

Als Kritiker und Ästhetiker ist er besonders auf dem Ge=
biete des Dramas von weitreichendem Einfluß gewesen: seine
„Technik" hat für jüngere dichtende Dramatiker und ältere er=
klärende Didaktiker eine Art kanonischer Geltung erlangt. Aber
auch über die epische Dichtung der neueren Zeit, nämlich über
den Roman und die Novelle, entwickelt er in einigen zusammen=
hängenden, aber knappgefaßten Aufsätzen und in vielen ge=
legentlichen, zerstreuten Bemerkungen seine Ansichten. Diese
sind zwar weniger bekannt geworden als die über das Drama,
weil sie nicht, wie diese, in Buchform gefaßt und dadurch all=
gemein zugänglich gemacht worden sind; sie sind aber darum
nicht weniger beachtenswert. Besonders angehende Roman=
und Novellendichter, aber auch Leser, die mit Verstand zu ge=
nießen wünschen, sollten diese Gedanken nicht ungenützt lassen.
Beachtet man doch auch sonst, wenn ein Meister vom Fach
kund thut, was er in langjähriger Übung seines Handwerks
für Erfahrungen und Grundsätze gewonnen hat. Je länger

man nachdenkend über den kurzgefaßten Auseinandersetzungen
Freytags verweilt, um so mehr wird man die Treffsicherheit
erkennen, die er auch hier bewährt.

Freytag verlangt vom Roman vor allem, daß er eine ein=
heitliche, abgeschlossene, vollständig verständliche Geschichte er=
zähle, die den Leser erfreut und erhebt, weil ihr innerer Zu=
sammenhang der Vernunft und den Bedürfnissen des Gemütes
völlig Genüge thut. Darum soll der Dichter eine Begebenheit
erzählen, die verdient, daß sich der Leser dafür interessiere. Das
geschieht entweder, wenn die geschilderten Ereignisse an sich be=
deutend sind, oder wenn sie Menschen betreffen, die uns durch
den Dichter lieb gemacht worden sind, oder wenn der Dichter
durch Farbe und schöne Laune das an sich Geringe wirkungs=
voll mit seiner Seele zu erfüllen weiß. Darum bedarf der
Dichter ein starkes, freudiges Gemüt voll guten Zutrauens zu
der Menschheit. Ebensosehr aber bedarf er Kenntnis des Lebens
und der menschlichen Charaktere, und eine solche läßt sich nur
durch eine Fülle von Beobachtungen gewinnen.

Daß Freytag diesen letzten Grundsatz so hervorhebt und in
seinen eigenen Romanen so sichtbar hochhält, stellt ihn zu der
Richtung, welche Ästhetik und Litteraturgeschichte unter dem
Schlagwort „Realisten" zusammenzufassen pflegen. Mit dem
modernsten Auswuchs des Realismus, dem sogenannten Natu=
ralismus, hat er dagegen keine Gemeinschaft als höchstens die,
daß auch dieser Kenntnis des Lebens und reiche Beobachtung für
unumgänglich notwendig zum Dichten ansieht. Aber der „experi=
mentierende Roman" Zolas bleibt — wenigstens theoretisch, wenn
auch nicht durchweg in der Praxis — bei der Beobachtung stehen,
Freytag geht darüber hinaus. Zola will sich damit begnügen,
zunächst eingehende Studien mit Gründlichkeit und Sorgfalt
zu machen, und dann seine Beobachtungen bis ins einzelnste
hinein und genau der Wirklichkeit entsprechend wiederzugeben;
so wird ihm die Dichtung zur Wissenschaft, und wenn er dem
Leser mehr bietet, so thut er das nicht kraft seiner Theorie,
sondern trotz derselben kraft seines dichterischen Instinktes.
Freytag dagegen will nicht, daß seine Poesie nur eine „schlechte
Nachschrift der Wirklichkeit" werde oder „etwa eine unschöne
Mischung von plumper Wirklichkeit und gekünstelter Empfin=
dung"; der echte Dichter wird vielmehr das, was ihm das Leben für

sein Werk bietet, in seiner künstlerisch schaffenden Seele so um-
bilden, daß daraus „etwas ganz anderes, in der That ein Neues"
entsteht. Nicht photographische Wiedergabe, sondern freie Verwertung der Wirklichkeit mit Unterordnung unter höhere Zwecke
ist ihm das Wesen des künstlerischen Schaffens und allein im
stande, dichterische Wahrheit hervorzubringen, welche himmelweit
verschieden ist von der natürlichen Wirklichkeit.

Welch scharfer Gegensatz ferner in der Grundstimmung der
Seele zwischen dem maßvollen Realisten Freytag und den modernen Naturalisten! Dort ein freudiges, heiteres Gemüt, das
auch in dem Schlechten und Verkehrten gern noch Gutes
findet, eine schöne Laune, welche durch das Gewebe der Erzählung hindurchleuchtet; hier trübseliger Pessimismus, Glaube
an eine unbezwingliche Macht des Bösen, an einen unaufhaltsam
hereinbrechenden Verfall. Daher dort der Eindruck auferbauend,
erfrischend, erquicklich, hier niederdrückend und verstimmend.

Auch die durchgebildete technische Form, welche Freytag
von dem Roman verlangt, liegt dem Naturalismus fern.
Freytag bezeichnet nämlich als die drei notwendigsten Erforder-
nisse des kunstmäßig ausgearbeiteten Romans: eine klare Exposition, eine fesselnde Verwicklung, welche in einem ausgeführten
Höhepunkt gipfelt, und eine kräftige Katastrophe. Demgemäß
soll der Roman gerade wie das Drama in fünf Teile zerfallen:
Exposition, steigende Handlung, Höhe, Umkehr und Katastrophe.
In „Soll und Haben" bildet z. B. der Ruin des Freiherrn
und die Trennung Antons vom Geschäft den Höhepunkt, das
dritte Buch, Antons Rückkehr und Einlaufen in den Hafen des
Glücks die Katastrophe; der Umkehr, welche die polnischen
Wirren schildert, hat der Dichter eine breitere Ausführung gegeben und sie deswegen in zwei Bücher gesondert. Darum be-
trägt in „Soll und Haben" die Gesamtzahl der Bücher ausnahmsweise sechs, während die Theorie in der „Verlorenen
Handschrift" rein durchgeführt ist.

Sicherlich wird der Romandichter, welcher diesen technischen
Weisungen folgt, seinem Werke eine strenge Geschlossenheit der
Form und einen wahrhaft kunstmäßigen Aufbau geben. Die
Einteilung in fünf Bücher ist allerdings dazu nicht unbedingt
notwendig; Freytag selbst hat sie in den kleineren Romanen,
den „Ahnen", fallen lassen. Aber die allgemeinen Forderungen:

klare Exposition, starker Knotenpunkt der Verwicklung, kräftige Katastrophe liegen in der Natur der menschlichen Seele zu tief begründet, als daß sie ungestraft vernachlässigt werden könnten. Die moderne Naturalistik freilich setzt sich auch über sie hinweg und glaubt, diese Gesetze unbeachtet lassen zu müssen, weil sie in der Wirklichkeit der Geschehnisse nicht so nackt zu Tage treten; darum spinnt sich in ihren Werken die Handlung so langsam und häufig so langweilig dahin, und die Erzählung kommt oft nicht zu einem rechten Abschlusse. Von den französischen Dichtern zeigt Daudet noch eine geschlossene, fast dramatische Komposition, bei Zola ist alles gelockert, breit und zerflossen, soweit ihn nicht etwa seine natürliche Begabung unbewußt auf richtigere Wege leitete; die Komposition seiner Romane hat nicht einmal epische, geschweige denn dramatische Festigkeit.

Bei solchen tiefgehenden Gegensätzen ist klar, daß sich Freytag gegen die Erzeugnisse des Naturalismus und Pessimismus ablehnend verhalten mußte. Selbst der große Russe Turgenjew, dessen bedeutendes Talent er willig anerkannte, machte auf ihn keinen Eindruck, weil — wie er sagte — durch seine Schöpfungen ein unheimlich pessimistischer Zug gehe; den könne die Wahrhaftigkeit seiner Schilderungen nicht aufwiegen. Strenger ging er mit den deutschen Nachfolgern Ibsens ins Gericht. Er sah in ihnen hauptsächlich Spekulanten, die um jeden Preis Aufsehen erregen und dadurch nach Kräften Tantiemen erlangen wollten, die alles unfertig hinstellten und es dem Publikum überließen, sich dabei zu denken, was es wolle. Lascivitäten und Aufreizungen seien die Hauptmittel ihrer Erfolge. An Hauptmanns, des Begabtesten, bedeutendes Talent knüpfte Freytag große Hoffnungen, doch erkannte er auch die starken Anlehnungen an berühmte Vorbilder, z. B. des „Biberpelzes" an Kleists „Zerbrochenen Krug"; „Die Weber" verwarf er als eine nutzlose Aufreizung der arbeitenden Klassen, die nur verderblich wirken könne. Auch in Sudermann mußte er den Dramatiker wohl zu würdigen; er studierte ihn als Mitglied der Preisrichterkommission für den Schillerpreis gründlich und hätte ihn gern zur Berücksichtigung empfohlen, wenn seine Stücke nur nicht eine so herausfordernde Tendenz gehabt hätten. Als ein Krebsschaden der modernen Romanschriftstellerei

erschien ihm ferner mit vollem Recht die Zerstückelung der
Dichterwerke zu kurzen Abschnitten im Unterhaltungsteile der
Zeitungen. Er selbst lehnte, als ihm einst von einer großen
Zeitung ein dahingehender Vorschlag unter Anerbietung eines
ungewöhnlich hohen Honorars gemacht wurde, dieses Ansinnen
rundweg ab, weil er es mit seinem künstlerischen Gewissen nicht
vereinigen konnte.

Der Hauptfehler speziell der deutschen Romandichter ist
nach seiner Anschauung der, daß sie die Handlung gern auf
künstlich und willkürlich zusammengedachte Charaktere gründen.
Nicht auf Charakterseltsamkeiten, sondern auf nur leichte Ab-
tönungen des Durchschnittscharakters der Menschen einer Zeit
sollen sich nach ihm die erzählten Ereignisse aufbauen, wie z. B.
in der Novelle von Romeo und Julie die Leidenschaft der
Liebenden dieselbe ist, welcher jeder feurige Italiener damals
fühlte und noch fühlt. Die Charaktere sollen also so angelegt
sein, daß sich der Durchschnittsleser mit Leichtigkeit in ihrem
Thun und Lassen, in ihren Leiden und Freuden heimisch fühlen
kann. Uns Deutschen wird die Erfindung einer interessanten
und spannenden Geschichte schwerer als den Romanen — man
denke nur an die ältere italienische Novellistik; dagegen haben
wir eine größere Freude an der Originalität und Besonderheit
einer geschlossenen Persönlichkeit. Vollends bei der modernen
deutschen Romanschriftstellerei liegt wegen des tieferen psycho-
logischen Blickes, der feineren Dialektik der Sprache und endlich
wegen der mächtigen Einwirkung des Dramas die Gefahr nahe,
daß die Gedanken und Empfindungen der Helden zu große
Macht über die Ereignisse erlangen. Hierdurch und durch die
beständigen Gespräche der Personen wird die epische Erzählung
häufig einem Drama allzu ähnlich. Bei erzählenden Dichtern
germanischen Stammes wird in der Regel der Charakter des
Helden und vielleicht einzelne ungewöhnliche Situationen, in
welchen sich derselbe zeigen soll, eher reif als der Gang der
ganzen Begebenheit. Der Held sucht erst gleichsam seine Geschichte, und die Erzählung wird zusammengedacht, damit einzelne vorempfundene Gedanken und Besonderheiten des Helden
zur Darstellung kommen. Der Dichter sollte statt dessen immer
erst den Zusammenhang der Ereignisse erfinden und dann den
Charakter der Haupthelden wie der Nebenpersonen ausarbeiten.

Dann wird der Inhalt seiner Geschichte dem gesunden Menschen=
verstande und dem Gemüte der Leser eher Genüge thun, als
wenn er den umgekehrten Weg einschlägt, der dem Deutschen
freilich von Natur näher liegt.

Man sollte meinen, daß bei solchen Grundsätzen in Freytags
eigenen Romanen die eigentliche Handlung, der Verlauf der
Hauptbegebenheiten das Interessanteste und Wichtigste geworden
wäre. Dennoch haftet, wie wir sahen, die Teilnahme des Lesers
weniger an der Führung des großen Ganzen als an dem Ein=
zelnen, an der Schilderung der Personen in ihrem Berufs=,
Verkehrs= und Gemütsleben, an den menschlichen Lebenskreisen,
Beschäftigungen und Bestrebungen, welche der Dichter so künst=
lerisch abgeklärt und lebenswahr zu schildern versteht. Mag er
z. B. auch den Adel, den Fürstenstand ins Schwarze malen,
immer läßt er seinen Edelmann, seinen Fürsten so denken und
handeln, wie Leute dieser Stände es thun; solche werden in
Freytags Gestalten stets Fleisch von ihrem Fleisch erkennen.
Wie kommt es also, daß die Haupthandlung in Freytags Ro=
manen trotz seiner theoretischen Grundsätze in den Augen des
Lesers vor der Charakteristik und Einzelschilderung in den
Hintergrund tritt?

Die Ursache ist eine zwiefache. Erstens ein andrer Grund=
satz Freytags: der erzählende Dichter soll sich, wenn er auch
eine des Interesses werte Begebenheit erzählen soll, dennoch
möglichst vor außergewöhnlichen Erscheinungen und Situationen
hüten, er soll „nicht das Abenteuerliche, Seltsame, in feindlichem
Gegensatz zu der gewöhnlichen Lebensordnung Ringende,
sondern Heiteres oder Rührendes geben, das aus unserem All=
tagsleben herauswächst". Zweitens geht Freytag nicht nur bei
den Begebenheiten, die er erzählt, sondern auch bei den Leiden=
schaften, die er schildert, nie über ein gewisses ruhiges, mittleres
Maß hinaus. Besonders bei der Liebesleidenschaft. Ihm selbst
ist in der Jugend kein reiches und leidenschaftliches Liebesleben
zu teil geworden, wozu Schicksal und Temperament wohl in
gleichem Maße beigetragen haben. Darum vermag er die
höchsten Stufen der Leidenschaft nicht zu schildern. Die Liebe
ist in seinen Romanen nicht das einzige und höchste, alles an=
dere mitumfassende Glück des Menschen, sondern durchleuchtet
gleichsam nur mit mildem Glanze sein Leben und Streben,

befruchtet sein Gemüt und stählt sein Herz zu mutiger und
treuer That. So ist es im Leben auch. Verzehrend flammende
Liebesleidenschaft ist bekanntlich selten, ein mehr oder weniger
warmes Mittelmaß herrscht vor. Auch das Gebahren der
Liebenden hat in Freytags Romanen leicht einen gewissen
bürgerlichen, bisweilen fast spießbürgerlichen Anstrich; feurige
Liebesgespräche u. dgl. wollen dem Dichter nicht recht aus der
Feder. Das Wiedersehen zwischen Anton und Sabine z. B.
wollte nach seinem eigenen Geständnis „nicht recht heraus-
kommen", sondern ist „dürftig geblieben". Er rechnet diese
Scene zu den „kleinen Übergängen", es ist aber eine Haupt-
scene, auf welche das Interesse des Lesers seit lange gespannt
ist; hier sähen vielleicht die meisten gern etwas mehr Wärme
und Leidenschaft.

Im ganzen aber giebt Freytag auch in dieser Beziehung
gerade das, was der großen Menge seiner Leser angemessen
und verständlich ist. Wie wenig Deutsche könnten auch einem
Romeo, einer Julie oder einer Francesca von Rimini nach-
empfinden! Bei den Freytagschen Liebes- und Ehepaaren fühlen
wir uns dagegen in unserem Elemente. Darum ist ganz richtig,
was A. Stern sagt: eine spätere Zeit wird in Freytags
Romanen vielleicht das spannende und leidenschaftlich auf-
regende Moment ebenso vermissen wie die jetzige in Walther
Scotts Dichtungen, den sich Freytag übrigens in vielen Beziehungen zum Muster genommen hatte und wegen seiner Er-
zählerkunst höchlichst pries; dagegen werden seine beiden Hauptwerke dem künftigen Geschichtschreiber die Empfindungen, Gesinnungen und Hoffnungen der mittleren Volksschichten mehr
als andere Bücher offenbaren. Auch die Menschen, die Freytag
zeichnet, sind keine überragenden Geister, sondern solche, wie
wir sie täglich sehen.

Freytag ist somit weder in der Größe und Neuheit seiner
Ideen, noch in der Erfindung seiner Begebenheiten, noch in der
Gestaltung seiner Charaktere ein Dichter ersten Ranges, er hat
der Litteratur keine durchaus neuen Bahnen gewiesen, der
Poesie keine neuen Formen eröffnet. Von den Schranken,
welche ihm seine Begabung und die litterarischen Zustände seiner
Zeit setzten, hatte er selbst ein ganz klares Bewußtsein. „Nicht
jeder Zeit ist es vergönnt" — so sagt er in der Widmung von

'Soll und Haben' — „dem Schönen in edelſter Form den höchſten Ausdruck zu geben, aber wahr ſoll der erfindende Künſtler ſein gegen ſeine Kunſt und gegen ſein Volk.“

Wahr zu ſein gegen ſein Volk vermochte Freytag deswegen ſo vollkommen, weil er ganz und gar Deutſcher war. Er beſaß zwar umfaſſende Kenntniſſe in Geſchichte, Litteratur und Geiſtesleben anderer Völker, aber nur in der erſten Hälfte ſeines Lebens geſtattete er fremden Bildungselementen eine thatſächliche Einwirkung auf ſein Inneres. In ſeiner Jugend hatte ihn eine Zeitlang die franzöſierende Richtung des jungen Deutſchlands gefeſſelt, und beſonders der George Sand und dem franzöſiſchen Schauſpiel verdankte er, wie wir geſehen, manches. Aber bald machte er ſich davon los und fühlte ſich ſchon 1846 durch das „keltiſche Weſen“, welches in der franzöſiſchen Litteratur nach Molière aufgekommen ſei, angewidert und in ſtarkem Gegenſatz gegen die jungdeutſche franzöſierende Richtung Heinrich Laubes: er ſeinerſeits folgte der Strömung, „welche die deutſche Art in der Poeſie zu Ehren bringen wollte“. In Koburg am Hofe Herzog Ernſts hatte er viel Gelegenheit, mit engliſchen Staatsmännern und andern hervorragenden Ausländern zuſammenzukommen; ſie behandelten den berühmten deutſchen Dichter in der Regel mit freundlicher Zuvorkommenheit und ſuchten den Verkehr mit ihm wohl aus der Ferne durch Briefe feſtzuhalten. Er hat nie Wert auf dieſe Beziehungen gelegt, ſondern ſie unentwickelt gelaſſen. Er ſprach auch keine fremde Sprache und iſt nie längere Zeit und zu Studienzwecken im Auslande geweſen. Im Spätherbſt 1877 war er mit einigen Freunden in Italien, beſonders in Neapel und Kapri, und im Frühjahr 1891 beſuchte er mit ſeiner dritten Gattin die Riviera und die oberitalieniſchen Seen. Das waren aber nur vorübergehende Vergnügungsreiſen. Fremde Völker waren ihm wie Bücher, die er geleſen hatte und nun nicht wieder aufzuſchlagen nötig hatte. Er wollte es nicht machen, wie ſo mancher deutſche Maler, der anfangs eine ganz hübſche Eigenart entfaltet, dann zur weiteren Ausbildung nach Italien geht und dort von den mächtigen Gebilden der Renaiſſance erdrückt und um ſein Eigenſtes und Beſtes gebracht wird. Ihm lag daran, ſein eigenes Volk immer tiefer zu ergründen und immer beſſer verſtehen zu lernen. Einen Zug nach dem

andern fügte er in das Bild ein, welches er sich von dem
inneren und äußeren Werden desselben machte und dann anderen
so trefflich zu vermitteln wußte. — Auch ein gewisses Stammes=
bewußtsein hielt er nach deutscher Art hoch und pflegte mit Vor=
liebe „wir Norddeutsche" zu sagen.

Bei allem Stolz auf sein Volk war er aber völlig frei
von dem häßlichen Auswuchs des Nationalgefühls, den wir
mit einem französischen Ausdrucke Chauvinismus nennen,
und von Deutschtümelei in Rede und Benehmen wollte
er nichts wissen. Auch gegen eine übertriebene Angst vor
Fremdwörtern sprach er sich gelegentlich aus, aber er selbst
hielt als sprachgewandter und sprachgewaltiger Schriftsteller
seine Rede, auch ohne dem Sprachverein anzugehören, von
entbehrlichen Fremdwörtern rein. Die Schwächen seines Volkes
durchschaute er sehr wohl und arbeitete an seinem Teile daran,
sie zu beseitigen. Eine der bedenklichsten und verhängnisvollsten
erschien ihm die gutmütige oder träge Fügsamkeit gegenüber
Anmaßung und Unverstand der Regierenden. Dagegen hebt er
andrerseits mit Vorliebe das unausrottbar tiefe Bedürfnis des
deutschen Volkes hervor, Männer zu haben, die es von Herzen
lieben und verehren kann, eine herrliche Eigenschaft, die es
freilich oft dazu geführt habe, sich von seinen Helden ein
idealisiertes Bild zu machen. Bei solcher deutschen Gesinnung
und Gefühlsweise ist es nicht verwunderlich, daß er - - wie das
z. B. W. Scherer von sich gesteht — vielen tausend Deutschen
die Liebe zu ihrem Volke erweckt hat.

Aufs engste verbunden mit dem deutschen Geist ist die
bürgerliche Gesinnung Freytags. In den Nachrufen und
Gedächtnisreden ist diese Seite ganz besonders betont worden,
und auch wir haben bei Betrachtung seiner Romane immer
wieder darauf hingewiesen, wie in ihnen aus dem Bürgertum
aller geistige und sittliche Fortschritt hergeleitet wird. Da, wo
er in den „Erinnerungen" erzählt, wie sein Vater, unwillig
über die Behandlung seines Sohnes durch die Militärbehörde,
sagte: „Wäre es der Sohn eines vornehmen Mannes, er wäre
anders behandelt", ruft er aus: „Wir aber wollen bürger=
liches Wesen zu Ehren bringen!" Dennoch lag es ihm fern,
sich den höheren Ständen etwa angriffs= und zerstörungslustig
gegenüberzustellen. Seine Schilderungen haben vielmehr einen

erziehlichen Zweck. Er will Fürstentum und Adel zu den reichen
Quellen des Segens führen, die in der bürgerlichen Ehren=
haftigkeit, Gesittung und Arbeitstüchtigkeit fließen, und an diesen
Segnungen Anteil gewinnen lassen. Daß arbeitsloses Genießen
und anspruchsvolles Pochen auf erblich bevorzugte Stellung
zum Verderben führt, das zeigt er in mehreren seiner Werke
höchst eindringlich, und er giebt damit nur die allgemeine Volks=
empfindung wieder. Aus der Seele des Volkes heraus läßt
er im „Grafen Waldemar" den Gärtner Hiller sagen: „Der
Graf ist reich und vornehm; deshalb müssen wir einige Nach=
sicht mit ihm haben. Genau genommen sind alle die vornehmen
und reichen Leute nur unsertwegen da. Wer würde uns die
Kamelien abkaufen oder unsern feinen Savoyerkohl oder die
Frühschoten, wenn es keine Reichen gäbe? Wir haben den Vor=
teil davon, ein gesundes, kräftiges Leben; sie leiden darunter,
denn sie essen sich Leib und Seele krank daran. Deshalb thun
sie mir leid, und deshalb halte ich ihnen vieles zu gute." So
denkt der gesund und kräftig empfindende, nicht durch Hetzereien
bethörte Handwerker= und Arbeiterstand.

Mit besonderer Schärfe aber hat Freytag sich wiederholt
dagegen ausgesprochen, daß bürgerliche Familien geadelt werden
und sich adeln lassen. Die fortwährende Vermehrung unserer
Adelsfamilien durch modernen Briefadel — so führt er aus —
ist schädlich für die Geadelten selbst, für die Regenten und für
die Nation. Für die Geadelten; denn wenn der Adelsbrief
auch weichen und schwachen Empfindungen derselben wohlthut,
so ist er doch nichts weniger als ein Beweis gesunden Kraft=
gefühls und wird die Stärke und politische Sittlichkeit der Nach=
kommen des Geadelten entschieden nicht steigern. Wer sich
adeln läßt, der thut es nicht, um gebildeter, besser, kräftiger zu
werden, sondern aus begehrlicher Eitelkeit, und um sich und
den Seinigen kleine Vorteile zu verschaffen. Ein Künstler z. B.
sollte nicht vergessen, daß der von keinem irdischen Fürsten
einen Adelsbrief nehmen darf, den eine höhere Macht selbst
gefürstet hat der Nation zu Freude und Segen. Gar nicht zu
entschuldigen aber ist ein Industrieller oder Gutsbesitzer, der
den Adelsbrief wie eine Auszeichnung für sich begehrt.

Den Regenten aber schadet die Verleihung von Adels=
titeln, weil sie damit den Anspruch des Adels, allein hoffähig

zu sein, anerkennen, sich selbst also die Freiheit mindern, Ehrenmänner jeder Art um sich zu sammeln und damit die größte Gefahr
ihrer hohen Stellung steigern, die Abhängigkeit von den Anschauungen und Vorurteilen eines bestimmten Standes. Eine
solche Abhängigkeit muß ihr Verständnis für die höchsten
Interessen ihres Staates verengen. Solange deutsche Fürsten
nur von Adligen umgeben sind, sind sie in Gefahr, in dem
Gesichtskreise deutscher Junker zu beharren und ihrerseits
wieder der Gesinnungstüchtigkeit ihres Adels einen Zusatz
höfischer Unselbständigkeit zu geben.

Der Nation endlich schadet gehäufte Adelsverleihung, weil
sie nur gedeihen kann, wenn neue Familienkraft unablässig
aus den kleinen Kreisen menschlicher Thätigkeit emporringt
und ohne jedes Hindernis für jeden Staatszweck nutzbar gemacht wird, weil es ferner gefährlich ist, die Staatsbürger in
zwei Stände, welche doch von gleicher Thätigkeit und Tüchtigkeit sind, zu scheiden und durch solche Bevorzugung auf der
einen Seite Dünkel, auf der andern das Gefühl unberechtigter
Zurücksetzung hervorzurufen.

Diese seine aus guten Gründen erwachsene Überzeugung
bewährte Freytag auch im Leben, indem er nicht nur für seine
Person den ihm vom Herzog Ernst angebotenen Adel ablehnte,
sondern auch für seinen Sohn Gustav, den der Herzog dann
an seiner Statt adeln wollte. Er sagte bei dieser Gelegenheit:
„Wenn er als Gustav Freytag nichts werden kann, so wird
ihm ein 'von' auch nicht weiter helfen.“

Freimütig und bei aller schuldigen Ehrfurcht, doch ohne
zaghafte Scheu vor Rang und Würde, sprach er auch über hoch-
stehende Personen sein Urteil aus. Im Jahre 1859 trat er, wie
wir gesehen haben (S. 156), mit warmen und vorahnenden Worten
für den damals bestgehaßten und allgemein verkannten Prinzen
von Preußen, nachmaligen König Wilhelm, ein. Aber wo es
darauf ankam, versteckte er auch die Schwächen der Regierenden nicht unter trügerischer Umhüllung, um so weniger, weil
solche Herren, je mehr ihnen anvertraut ist, um so mehr Ursache haben, sich vor Willkür, Laune und Begehrlichkeit zu
hüten. In diesem Sinne schrieb er in der Vorrede zu der
Schrift über den Kronprinzen und die deutsche Kaiserkrone:
„Der Verfasser hat durch ein langes Leben treu an dem Ge-

schlechte der Hohenzollern gehangen und ist Toten und Leben=
den für manchen Huldbeweis verpflichtet, aber er ist nicht im
stande, vor der höchsten Erdenhoheit sein Urteil gefangen zu
geben, und er ist der Meinung, daß den Gebietern unseres
Staates besser gedeihen muß, über solche zu herrschen, welche
sich eine selbständige Auffassung bewahren, als über die, welche
Nacken und Meinung gefügig beugen."

Die treue Anhänglichkeit an sein Herrscherhaus, die Liebe
zu seinem Staate und Volke trug ganz wesentlich dazu bei,
ihm die optimistische Grundstimmung seines Wesens durch
das ganze Leben zu erhalten. Das, was er so oft das
höchste Glück des Mannes nennt, war ihm in reichem Maße
zu teil geworden. Er durfte die großartige Entwicklung der
deutschen Nation aus fast unheilbar scheinender Schwäche
heraus im Vollbewußtsein des reifen Mannesalters erleben, er
schaute mit eigenen Augen das Größte mit an, was unsere
Geschichte seit Jahrhunderten gezeitigt hat, ja er arbeitete selbst
mit voller Kraft an dem Gelingen und hat wohl mehr dazu
beigetragen, als ein oberflächlicher Beobachter vielleicht meint.
Dazu kam dann noch die Befriedigung über den äußeren und
inneren Erfolg seiner Arbeiten, „der freundliche Anteil und die
Achtung seiner Zeitgenossen" und die volle Unabhängigkeit eines
Mannes, „dem die Gunst der Mächtigen nichts Großes zuteilen
konnte." „Es ist merkwürdig" — äußerte Herzog Ernst gelegent=
lich einmal — „Freytag kennt die Menschen und hat sie doch
gern." Dieser optimistische Grundzug verleiht auch seinen
Romanen die wohlthuende Wärme, den freundlichen Humor
und die versöhnenden Abschlüsse, die ihnen die Neigung der
Leser in so reichem Maße erworben haben. „Der Dichter
muß am Leben, an den Menschen und an dem eigenen Schaffen
Freude haben; er muß an die Menschheit und sein Volk
glauben" — so pflegte er wohl zu sagen. Und doch war auch
diesem heiteren und abgeklärten Gemüt schweres und — was
schlimmer ist — langdauerndes und hoffnungsloses Leid nicht
erspart geblieben. Was ihm darüber hinweghalf, war — wie
wir gesehen haben — die stete und gleichmäßige Arbeit, die
unter solchen Umständen freilich nur einer kräftig organisierten
Seele gelingt. Wie er sich in Leben und Welt, in Glück und
Unglück zu schicken verstanden, das zeigt am besten der „Lehr=

und Trostspruch", den er in ein von den Damen des „Künstler=
hauses" in Zürich gestiftetes Künstleralbum mit eigener Hand
eingetragen hat, und der wohl seine letzte dichterische Äußerung
ist, denn einen Monat darauf nahm ihn der Tod hinweg.

Er lautet:

> Im Glücke zweifelnd hören
> Der Freunde stolzes Lob,
> Die Arbeit sich nicht stören,
> Schallt auch der Tadel grob;
> Den Mantel um sich schlagen,
> Wenn wild das Wetter brüllt,
> Das größte Leid ertragen
> Still und das Haupt verhüllt;
> Sich würdig gern verneigen
> Dem lieben Publikum,
> Doch wenigen nur zeigen
> Der Seele Heiligtum,
> Die Liebe treu bewahren
> In wohlverschlossenem Schrein
> Und unter lauten Scharen
> Gern summen: „doch allein" —
> Das, vielverehrte Freunde, war
> Mein Lehr= und Trostspruch alle Jahr.

*　　*　　*

Lassen wir zum Schlusse nochmals die Werke unseres
Dichters an unserem Auge vorüberziehen, so fällt uns der
Wechsel der schriftstellerischen Gattungen auf. Der Geist, der
in seinen Werken herrscht, ist allenthalben der gleiche, aber schier
unvermittelt springt er von einer Art dichterischer Produktion
zur andern über. Mit einem ritterlich=romantischen Drama
beginnt er seine Laufbahn, dann folgen ernste Schauspiele aus
dem modernen Leben, dann ein Lustspiel mit politischem Hinter=
grunde. Kaum hat er den rechten dramatischen Stil und das
ihm passende Stoffgebiet gefunden, so springt er vom Drama
ab und geht zum Roman über. Er erringt gleich mit dem
ersten Wurfe einen staunenswerten Erfolg. Da ist er schon
wieder beim Drama; diesmal wird es aber eine akademisch=
klassische Tragödie. Darauf schlägt die wissenschaftliche Ader
vor, er schreibt kulturhistorische Bilder, fast gleichzeitig aber
ein kanonisches Lehrbuch der Dramaturgik. Nun wendet er sich
abermals dem Roman zu und greift wieder hinein in das volle

Menschenleben der Gegenwart. Alsdann setzt er einem Zeit=
genossen und Freund ein biographisches Denkmal, in welchem
er zugleich die Bilder aus der Vergangenheit bis in die Gegen=
wart hinein fortführt. Während dieser ganzen Zeit hört er
aber nicht auf, über die verschiedensten Gegenstände, Politik,
Dichtkunst, Theater, Geschichte, Wissenschaft, kleinere Aufsätze zu
schreiben. In der darauf anbrechenden neuen, gewaltigen Zeit
nimmt auch er eine neue, noch unversuchte Gattung in An=
griff, den historischen Roman, und vollendet den großartigen
Plan in acht Einzelwerken.

Diese wunderbare Vielseitigkeit der Form, welche Freytag
von den meisten Dichtern unterscheidet, sucht Paul Lindau in
seiner Weise dadurch zu erklären, daß er eine schlaue geschäft=
liche Absicht darin sieht. Der Dichter habe bei jedem neuen
Werke dem Vergleich mit dem früheren aus dem Wege gehen
wollen, damit nicht etwa der schon errungene Erfolg den noch
zu erringenden gefährde. Eine derartige geschäftsmäßige Be=
rechnung lag Freytag fern. Der Wechsel hatte vielmehr in
jedem Falle seine in der Entwicklung des Dichters und in andern
Anlässen begründete Ursache, die wir, soweit dies möglich ist
jedesmal nachzuweisen versucht haben. Den wichtigsten Über=
gang, den vom Drama zum Roman, hat er selbst dadurch er=
klärt, daß die Fülle der Erscheinungen, Anschauungen und
Ideen, die in seiner Seele lebten und nach dichterischer Aus=
gestaltung drängten, über den engen Rahmen eines Dramas
und eines kurzen Theaterabends hinausgewachsen waren. Die
Sprunghaftigkeit seiner Produktion ist also nicht, wie Lindau
sie nennt, eine systematische, d. h. absichtliche, sondern durch die
in ihm und auf ihn wirkenden Kräfte mit Notwendigkeit hervor=
gerufen. Geschäftsmäßig vorteilhafter wäre es gewesen, wenn
er sich einem Fache ausschließlich gewidmet und dieses mit an=
haltender Stetigkeit bearbeitet hätte. Er hätte dann bald als
der erste deutsche, sei es Lustspiel=, sei es Romandichter dagestanden
und hätte in dem gewählten Fache so zu sagen den litterarischen
Markt beherrscht. Freilich wären, wenn er alle zwei oder drei
Jahre ein neues Lustspiel oder einen neuen Roman geliefert
hätte, seine Schöpfungen allmählich der äußeren Mache ver=
fallen wie wir das bei so manchem schön beanlagten Dichter
haben sehen müssen. Die tiefgehende und nachhaltige Wirkung,

die er durch die meisten seiner Werke ausgeübt hat und noch
ausübt, konnte er nur als ein aus innerem Drange heraus
arbeitender Dichter erlangen und behaupten.

Seine dichterische Schöpfungskraft war trotz der stattlichen Reihe von Werken, die er im Laufe seines langen
Lebens geschaffen, doch eine langsame. Selten gelang ihm, wie
bei den „Journalisten", ein rascher fröhlicher Wurf. In der
Regel kam ihm die Wärme für den Stoff, deren er bedurfte,
um überhaupt schreiben zu können, nur langsam, ja der Stoff
lagerte öfters jahrelang in seiner Seele, ehe sich die ihm inne-
wohnende Keimkraft zu dichterischer Gestaltung entwickelte. So
wurzelt z. B. „Soll und Haben" im Breslauer Boden und ist
erst fertig geworden fast ein Jahrzehnt, nachdem der Dichter
Breslau verlassen. Bei der Ausarbeitung eines Romans ging
er folgendermaßen zu Werke. Gemäß seinen oben (S. 213) be-
sprochenen Grundsätzen erdachte er sich zuerst die ganze Handlung fertig im Kopfe und suchte dabei für die Hauptgestalten
gleich die passenden Namen, eine Arbeit, die keineswegs leicht
und doch sehr wichtig ist: denn ein unpassend gewählter Name
setzt den Leser von vornherein in ein innerlich schiefes Verhältnis zu der Person. Freytag hatte in dieser Beziehung eine
entschieden glückliche Hand. Der Leser hat das Gefühl, daß
Wohlfart und Fink, Hummel und Hahn, Ehrenthal und Itzig,
Bolz und Bellmaus, Lenore und Ilse gar nicht anders heißen
könnten, als sie heißen. Mit Ortsnamen ist Freytag spar-
samer, als man heutzutage zu sein pflegt. Zwar die kleineren
Orte versieht er mit erdichteten Namen, wie Ostrau, Rosmin,
Vielstein, Rossau; im übrigen aber spricht er von der großen
Stadt, der Residenz, der Universitätsstadt, der Provinz, dem
Staat. Ein Neuerer würde sicherlich Preußen, Schlesien, Leipzig,
Berlin, Breslau, Krakau zu nennen sich nicht gescheut haben.
Freytag folgt hierin der Mode einer früheren Zeit. Anders
selbstverständlich in den „Ahnen", wo er nicht erdichtete, sondern
historische Verhältnisse schilderte; da mußten auch die Orte bis
zum Dorfe Frimar und dem Mühlberg hinunter klar bezeichnet
werden. Nur im letzten Roman, der wieder in der neuesten
Zeit spielt, verschweigt er den Namen der „ansehnlichen Kreisstadt im schlesischen Flachlande".

Waren also Handlung und Namen erfunden, so machte sich

der Dichter im Kopfe die Einteilung und griff dann zur Feder, um den Inhalt der einzelnen Bücher und ihrer Unterabteilungen auf ein Blatt zu schreiben. Dann erst, wenn das Skelett unverrückbar vor seinen geistigen Augen stand und schriftlich festgelegt war, begann er mit der Ausarbeitung. Er schrieb aber keineswegs der Reihe nach, sondern so wie ihm die einzelnen Abschnitte seines Werkes zufällig lieb und deutlich wurden. Was dann durch die Schrift befestigt war, half der schaffenden Seele, die Erfindung des noch nicht Geschriebenen anzuregen. Manchmal blieb die zur Ausarbeitung nötige Wärme lange aus; dann wartete er ruhig, bis die Phantasie diesen Gegenstand fertig zugerichtet hatte, „was diese freundliche Helferin dem Dichter auch besorgt, während er gar nicht über dem Werke ist, wohl gar während er schläft". Manchmal aber blieb sie störrig, dann blieb das betreffende Teilstück dürftig.

Daß er seine Prosaarbeiten nicht selbst zu schreiben, sondern zu diktieren pflegte, ist schon erwähnt worden. Da er von jeher kurzsichtig war und wegen seiner Neigung zu Lungenaffektionen lange Zeit auch nicht gebückt sitzen durfte, so gewöhnte er sich während der Tagesarbeiten für die „Grenzboten" an das Diktieren und behielt diese angenehme Gewohnheit auch später bei; in Siebleben spielte seinen Sekretär ein schriftgewandter Bauer, dem er die „Ahnen" in die Feder diktiert hat. Langsam auf und niederschreitend, sprach er laut, bedächtig und so wohlüberlegt, daß er das Diktierte nur ausnahmsweise zu verbessern brauchte; wenn er einmal im Gedanken ganz festsaß, so kam die Sache doch bald wie von selber wieder in Fluß. Von der Ungeduld, welche Diktierende leicht überkommt, war bei ihm nichts zu spüren. Als einen Vorteil, den er davon hatte, hebt er hervor, daß er während des Schaffens zugleich hörte, was dem Klange und Ausdruck oft zu Gute gekommen sei. Dagegen beklagt er das als Übelstand, daß er durch die Gegenwart des Schreibers zu „ununterbrochenem Ausspinnen des Fadens" gezwungen wurde, und so in die Gefahr kam, auch da, wo er mit der innern Arbeit noch nicht fertig war, durch ungenügenden Ausdruck über die Schwierigkeit wegzuhelfen. Darum hielt er es mit Recht für nötig, das vom Schreiber zu Papier Gebrachte später selbst noch einmal gründlich durchzuarbeiten.

Diese Durcharbeitung geschah mit größter Langsamkeit und Sorgfalt, daher die Vollendung des Stils, die Sauberkeit der ganzen Ausführung; einen Widerspruch, selbst eine unnütze Wiederholung dürfte man bei Freytag vergebens suchen, und nur selten findet sich eine Schwäche der Motivierung. Das, was dem Dichter an höchster Genialität mangelte, ersetzte ihm teilweise diese Sorgfalt im einzelnen und kleinen, so daß sich auch bei ihm das Wort Napoleons: „das Genie ist der Fleiß" in gewisser Weise bewährt.

Wie „Die Journalisten" noch lange auf der Bühne fort= leben werden, so werden Freytags Romane, die in unserm Jahrhundert spielenden so gut wie die aus der Zeit der Ahnen, noch viele Jahrzehnte hindurch von Tausenden gelesen werden und ihnen ein Antrieb werden zu ehrenhafter Gesinnung, zu treuer Pflichterfüllung, zu Redlichkeit und Opfermut und nicht zuletzt zu warmherziger Vaterlandsliebe. Freytag der Dichter ist ein Erzieher des Geistes der Deutschen zu deutschem Geiste geworden. Er gehört ferner zu den wenigen, die dem Leser durch die Gewöhnung an gesunde, reizlose und doch so reizvolle Kost den Geschmack an bloß spannender, oberflächlicher oder so= genannter pikanter Lektüre gründlich zu verderben im stande sind, ein gar nicht hoch genug anzuschlagendes Verdienst. Freytag der Dichter ist seinem Volke auch ein Erzieher zu gutem Geschmack geworden.

Wir können diese kurze Darstellung nicht besser beschließen als mit den Worten, welche der Held derselben an das Ende der Lebensbeschreibung seines Freundes setzte, und welche seinen Grabstein auf dem Kirchhof zu Siebleben zieren: „Tüchtiges Leben endet auf Erden nicht mit dem Tode, es dauert in Gemüt und Thun der Freunde, wie in den Gedanken und der Arbeit des Volkes."

Pierer'sche Hofbuchdruckerei Stephan Geibel & Co. in Altenburg.